VON GÖTTERN BEANSPRUCHT

IHRE DUNKLE WALKÜRE

BUCH EINS

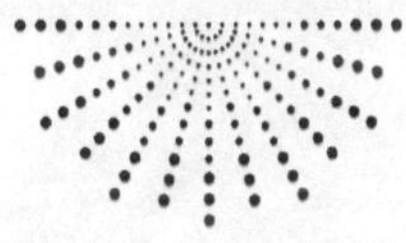

EVA CHASE

Von Göttern beansprucht

Ihre dunkle Walküre Buch 1

Alle Rechte vorbehalten. Dieses Buch oder Teile davon dürfen ohne die ausdrückliche schriftliche Genehmigung der Autorin nicht vervielfältigt oder in irgendeiner Weise verwendet werden, mit Ausnahme von kurzen Zitaten im Rahmen einer Buchbesprechung.

Diese Geschichte ist rein fiktiv. Jede Ähnlichkeit mit lebenden oder toten Personen oder tatsächlichen Ereignissen ist rein zufällig.

Erste Digitale Ausgabe, 2018

Copyright © 2024 Eva Chase

Übersetzung: Stephanie Kotz

Lektorat: Nadja Uebach

Umschlaggestaltung: Covers by Christian

Ebook ISBN: 978-1-998752-81-2

Paperback ISBN: 978-1-998582-23-5

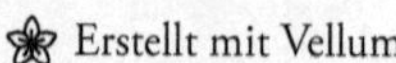 Erstellt mit Vellum

KAPITEL EINS

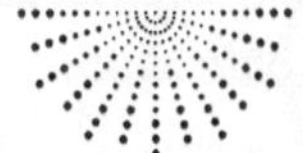

Aria

Ich würde dir gerne erzählen, dass ich auf epische Weise gestorben bin – tapfer kämpfend bei einer ausgewachsenen Straßenschlägerei oder zumindest bei etwas skandalös Heißem, wie beispielsweise einem Sturz von einem Balkon, während ich den unglaublichsten Sex meines Lebens hatte. Die Wahrheit? Mein Tod war jämmerlich banal.

Ich sprang von meinem Moped und rannte über die dreckige Straße Phillys zur Hundetagesstätte, wo ein Kunde auf mich wartete. Die heiße Juli-Sonne brachte den Asphalt zum Stinken und die Chancen standen zehn zu eins, dass die Kerle an der Ecke Crack und Pistolen unter ihren schlabberigen Pullovern versteckten. Es war schwer, zu sagen, was gefährlicher war: das Viertel oder das Päckchen, das in meiner Umhängetasche verstaut war. Eine gut bezahlte Kurierin fragte nicht, was sie beförderte; sie lieferte die Waren einfach rechtzeitig.

Einer der Schlägertypen, dessen Namen ich nie in Erfahrung gebracht hatte, stand hinter der Rezeption und Gene lehnte in der Nähe an der Wand. Oh klasse. Er richtete sich auf und schenkte mir ein schmieriges Lächeln, als ich das zugeklebte Päckchen aus meiner Tasche zog.

„Ari. Wie immer ist es eine Freude, dich zu sehen."

„Ich wünschte, ich könnte das Gleiche behaupten, Gene", erwiderte ich fröhlich und reichte dem Schlägertyp das Päckchen. Er untersuchte es, nickte knapp und griff unter den Schreibtisch, um mein Geld zu holen. Winseln und Bellen drangen aus dem Raum, in dem sich ihre wenigen Hundeschützlinge befanden, die eine Tarnung für ihr echtes Geschäft darstellten, was auch immer das war. Ich fragte nicht nach.

Gene blinzelte. Ich hatte vor langer Zeit gelernt, dass man so beleidigend ehrlich sein konnte, wie man wollte, solange man die Worte fröhlich genug aussprach. Gehirne wie seines konnten die Bedeutung und den Tonfall nicht gleichzeitig verarbeiten.

Leider bedeutete sein unterbelichtetes Hirn auch, dass er nie aufgab, mich anzubaggern, obwohl er alt genug war, um mein Dad zu sein. Außerdem war er so schmierig, dass ich nicht das geringste Interesse an ihm hätte, selbst wenn er in den Zwanzigern wäre. Er war der Cousin eines meiner besten Kunden, weshalb ich nicht einfach mit einem Messer auf ihn einstechen konnte, so wie ich es manchmal tun wollte, um es ihm ein für alle Mal verständlich zu machen.

Natürlich würde ich ihm keine tödlichen Wunden zufügen. Sie sollten nur so schmerzhaft sein, dass die Botschaft hängenblieb.

Stattdessen musste ich zur Seite ausweichen und ein steifes Lächeln aufsetzen, als er sich zu mir schob und versuchte, seinen Arm um meine Taille zu legen. Meine Hand sank zu der Tasche meiner Jeans und fand Trost in dem Klappmesser, das ich benutzen *würde*, wenn mir keine andere Wahl blieb.

„Ach, komm schon, Süße", sagte Gene. „Du kannst nicht in diesem Aufzug hier reinkommen und einem Kerl ein wenig Spaß verwehren. Ich würde schon dafür sorgen, dass du eine tolle Zeit hast."

Ich trug meine Jeans – die körperbetont geschnitten, aber nicht *so* eng war – und ein lockeres weißes T-Shirt, dessen Ausschnitt kaum mein Schlüsselbein streifte. Ich war ungeschminkt und meine schulterlangen blonden Haare waren von der Mopedfahrt zerzaust. Mit *diesem Aufzug* meinte er, dass ich existierte, jung und weiblich war.

„Ich bin mir sicher, das würdest du tun, Gene", erwiderte ich nach wie vor lächelnd. „Und ich könnte dafür sorgen, dass meine Faust deine Nase bricht. Aber ich denke, dass es wahrscheinlich besser ist, wenn wir das alles vermeiden und Freunde bleiben, hm?"

Gene setzte wieder seine verwirrte Miene auf. Er kam erneut näher, woraufhin ich die Faust hob und eine Augenbraue hochzog.

„Dreimaliger Highschool-Boxchampion", fügte ich hinzu. „Willst du mich wirklich auf die Probe stellen?" Meine Stimme war noch immer liebenswürdig, doch ich sah ihn nun mit einem harten Blick an.

Gene betrachtete mich und entschied, dass ein Rückzug im besten Interesse seiner Wahnvorstellung war, dass ich mich ihm schon bald an den Hals werfen würde.

Ich hatte noch nie in meinem Leben geboxt, jedoch so viele effektive Schwinger verteilt, dass es sich nicht wie eine komplette Lüge anfühlte.

Der Schlägertyp überreichte mir endlich meinen verdammten Umschlag. Ich zählte die Scheine, rief „Danke schön!", und stopfte das Geld in meine Tasche, während ich zur Tür ging.

Es war eine gute Bezahlung und ich hatte diese Woche bereits vernünftig verdient. Dieses Wochenende würde ich etwas für Petey kaufen können. Die Hälfte der Dinge, die ich ihm gerne besorgen würde, kamen leider nicht infrage, da es etwas sein musste, was so klein war, dass Mom es nicht bemerkte. Eine Packung von diesen Sammelkarten, auf die er so scharf war, und ein paar Snacks – vielleicht sogar bessere Schuhe, um die abgelaufenen Sneaker zu ersetzen, aus denen er längst herausgewachsen war, was Mom allerdings nicht bemerkt hatte? Wenn ich sie vorher ein wenig schmutzig machte, würde sie vielleicht nicht realisieren, dass sie neu waren …

Mir das grinsende Gesicht meines kleinen Bruders vorzustellen, war das beste Gegenmittel für Genes unerwünschte Aufmerksamkeit. Ein echtes Lächeln huschte über mein Gesicht, doch zugleich zog sich mein Herz zusammen.

Sammelkarten und Schuhe waren nicht genug. Nichts würde genug sein, solange Mom war … wie sie war. Falls Peteys Leben bei ihr nur die Hälfte des Albtraums war, das meines gewesen war …

Ich schüttelte diese Gedanken ab. Ich tat alles in meiner Macht Stehende, um ihm zu helfen. Ich würde *nicht* zulassen, dass ihm jemand wehtat. Und sobald ich genug Geld gespart hatte, um mir ein nettes Häuschen zu kaufen, und den klügsten Anwalt in der Stadt hatte, würde ich kämpfen, bis er unter meinem Dach leben konnte.

Der mitreißende Beat eines Popsongs drang aus der geöffneten Tür des Minimarkts nebenan. Ein leichtes Tänzeln schlich sich in meine Schritte, als ich zu meinem Moped lief. Vielleicht würde ich heute Abend tanzen gehen und etwas Dampf ablassen, bevor ich wieder die Straßen unsicher machte. Es war eine Weile her.

Ich schaute nicht nach links, als ich die Straße

überquerte, da es eine Einbahnstraße war. Gerade als ich die Mitte der Straße erreichte, raste ein gelber Jeep schneller um die Ecke, als es eine vernünftige Person hätte tun sollen, die in die richtige Richtung fuhr.

Der Fahrer schrie. Die Reifen quietschten. Ich warf mich zum gegenüberliegenden Gehweg.

Das hätte mich womöglich gerettet, wenn der Kerl hinter dem Steuer nicht so high gewesen wäre, dass er beschloss, mir in die gleiche Richtung auszuweichen, in die ich sprang.

Der Kühlergrill krachte mit einem Übelkeit erregenden Knirschen gegen meine Seite, das ich nicht nur hörte, sondern auch spürte. Schmerzen explodierten in meinem gesamten Körper. Meine Beine knickten ein. Die Ecke der Stoßstange stieß gegen meinen Kopf und ein schädelspaltendes *Knack* erklang.

Die misstönenden Geräusche um mich herum wurden von einer Woge aus Schmerz verschluckt. Als mein Sichtfeld auf die Größe eines Nadellochs schrumpfte und das Licht weniger wurde, war ich noch genug bei Bewusstsein, um zu denken: *Verdammter Vollidiot und sein verdammter beschissener Jepp.* Und dann: *Wer wird sich um Petey kümmern? Er wird nicht einmal wissen, warum ich fort bin.*

Ein schärferer, panischer, qualvoller Stich durchschnitt die anschwellenden Schmerzen. Er reichte jedoch nicht, um mich hier festzuhalten.

Die Welle schwappte durch mich hindurch, schlug über mir zusammen und zog mich hinab ins Dunkel, wo einfach nichts war.

Augenlider zuckten.

Meine Augenlider zuckten.

Von dort breiteten sich die Empfindungen in meinem

Körper aus und kitzelten in der Taubheit meiner Wangen und Stirn, rasten hinab zu meinem Hals, über meinen Oberkörper und meine Glieder.

Ich *hatte* Glieder. Ich hatte einen Oberkörper. Ein Oberkörper, der nicht mehr aus Schmerzen bestand.

Mein Kopf war noch immer benebelt. Ich blinzelte und Farben verschwammen vor meinen Augen. Ein Kälteschauer kribbelte über meine Haut und mein Rücken fühlte sich eigenartig schwer an. Abgesehen davon schien ich allerdings in guter Verfassung zu sein. Hatte mich jemand zum Krankenhaus gefahren? Vielleicht waren es Medikamente, die meinen Verstand und meine Sicht so durcheinanderbrachten.

Ich blinzelte erneut und die Farben verschmolzen zu Formen. Die Formen bewegten sich. In meiner Nähe rückten zwei von ihnen in den Fokus.

Es waren zwei Männer, die beide groß und muskulös waren. Einer war wahnsinnig bullig und hatte dunkle rotbraune Haare, wohingegen der andere schlank war und hellrote Haare hatte. Und diese perfekt geschnittenen Gesichter, eines war breit und hatte einen kantigen Kiefer, während das andere elegante Züge aufwies … Falls das ein Krankenhaus war, ähnelte es eher einem Filmset aus Hollywood.

Beide betrachteten mich eindringlich. Der Bullige trat einen Schritt näher und streckte ein weißes Laken aus, als wollte er es mir geben. *Mir?* Warum?

Meine Wahrnehmung wurde schärfer, das Bewusstsein ließ sich tiefer in meinem Körper und meiner leicht kühlen Haut nieder, die so kühl war, weil ich nichts anhatte. Ich lag splitterfasernackt auf irgendeiner gepolsterten Oberfläche mitten in diesem großen gelben Raum, während zwei fremde Männer über mir aufragten, die doppelt so groß waren wie ich.

Eisige Panik flutete meine Nerven. Meine Arme und

Beine zuckten, als ich trotz meiner Benommenheit die Kontrolle über sie erlangte. Ich krabbelte rückwärts und schob mich von den zwei Männern weg.

Nein, es waren nicht nur zwei. Zwei weitere Männer standen zusammen mit einer Frau etwas weiter weg. Alle beobachteten mich. Das eigenartige Ziehen in meinem Rücken brachte mich zum Schwanken, als ich die Beine unter mich zog und meine Hände sowie Füße auf den Boden stellte.

„Hey, Vorsicht", sagte der Bullige mit einem rumpelnden Bariton und schüttelte das Laken, als wollte er mich damit ködern. Als wäre ich ein Hund, den er mit einem Leckerli zu sich lockte. „Es ist alles in Ordnung. Niemand wird dir wehtun."

Äh, ja klar. Denn man konnte immer denen trauen, die derartige Versprechen gaben.

„Was zum Teufel ist hier los?", fragte ich und kauerte mich auf den Boden, um mich zu bedecken. „Wo zur Hölle bin ich?"

„Sie unterscheidet sich ziemlich von den anderen, oder?", sprach der Schlanke mit leicht belustigter Stimme und schaute zu den anderen. Sein Blick heftete sich wieder auf mich und er legte den Kopf schief. „Etwas kleiner, als ich dachte. Eine richtige Fee."

Ich hatte keine Ahnung, wovon zur Hölle er sprach, wusste jedoch, dass mir diese Bemerkung nicht gefiel. Ich knirschte mit den Zähnen und spannte die Muskeln in meinen Schultern an. „Du kannst mich gerne auf die Probe stellen."

„Und so ein Temperament!" Er grinste, als würde er erwarten, dass ich in seinen Witz einsteige.

„Gib ihr Zeit, sich an alles zu gewöhnen", sagte der Bullige. „Wir müssen dafür sorgen, dass sie sich hier wohlfühlt." Er runzelte die Stirn und schwenkte erneut das Laken. „Bist du dir sicher, dass du das hier nicht willst?"

„Ich will, dass ihr mir sagt, wie ich hierhergekommen bin und was zum Henker ihr glaubt, dass ihr hier tut", erwiderte ich.

Mein Blick huschte an ihnen vorbei und landete auf einer Tür auf der anderen Seite des Raums. Ich könnte dorthin rennen. Sie waren stärker und größer als ich, klar, aber ich war schnell. Und sie schienen nicht damit zu rechnen, dass ich wegrennen würde, weshalb ich das Überraschungselement auf meiner Seite hätte.

„Das ist ein wenig kompliziert", sagte der Schlanke. „Warum entspannst du dich nicht kurz und beruhigst dich? Dann können wir das Wesentliche besprechen."

Ein raues Lachen brach aus meiner Kehle hervor. Entspannen? Machte er Witze?

Ich schaute erneut zu der Frau – sie war fast so groß wie die Männer und sah genauso gut aus. Ihr Gesicht war inmitten der Wogen aus honigbraunem Haar so glatt wie das eines Supermodels. Wer zur Hölle *waren* diese Leute?

Würde sie mir helfen oder hatte sie vor, mich der Gnade dieser Männer auszuliefern? Oder wollte sie sich an dem beteiligen, was sie ausheckten?

Sie erwiderte meinen Blick und ihr Mund spannte sich an. Ich meinte, ich hätte Mitgefühl auf ihrem Gesicht gesehen, sie sagte allerdings kein Wort und bewegte sich keinen Millimeter.

Ich war auf mich allein gestellt.

Die anderen Kerle standen noch immer in der Nähe der großen Bogenfenster. Sie waren der Tür nicht besonders nahe. Der Bullige machte noch einen Schritt auf mich zu.

Wie lange würde es dauern, bis er handgreiflich wurde? Ich musste hier weg, und zwar *jetzt*. Ich stieß mich von dem polierten Hartholz ab.

Hätte mein Körper richtig funktioniert, hätte mich diese Anstrengung mit wenigen Schritten durch das halbe Zimmer befördert. Doch meine Schulterblätter schmerzten, als würde etwas an ihnen ziehen, und das Gewicht auf meinem Rücken warf mich zur Seite. Was zur Hölle hing da nur von mir?

Meine Schulter prallte von der Wand ab. Sofort war der Schlanke vor mir und verstellte mir den Weg. Er *lächelte* noch immer.

Meine Faust holte mehr aus Instinkt aus und nicht, weil ein Teil von mir dachte, dass ich auch nur eine Chance bei einem Nahkampf gegen ihn hätte. Daraufhin lachte er schallend. Ich schwankte nach hinten und tastete über meinen Rücken in dem Versuch, das von mir zu lösen, was an mir zerrte. Meine Finger streiften eine weiche, unebene Oberfläche, auf die sich mein Verstand keinen Reim machen konnte.

Der Bullige kam von der anderen Seite näher und schwang erneut dieses verdammte Laken. „Verpiss dich", blaffte ich beinahe knurrend. Ich wich zur Seite aus und der Schlanke folgte mir mit vor Freude funkelnden Augen.

„Ganz anders als die anderen", murmelte er. „Gut, gut." Er blickte über seine Schulter. „Neffe, ich glaube, du solltest sie ein wenig lockerer machen, damit wir später noch einmal versuchen können, uns vorzustellen."

Mich locker machen? Einer der anderen Kerle durchquerte den Raum und kam auf mich zu. Er war etwas kleiner als der Muskulöse und Schlanke, jedoch kräftig gebaut. Unter seinen zotteligen, weiß-blonden Haaren schimmerten seine Augen kristallblau und eigenartig verträumt. Er begegnete meinem Blick, ließ sich jedoch nicht anmerken, dass er bemerkt hatte, wie sehr ich am Durchdrehen war. Ein Schauder durchlief mich.

Nein. Ich konnte nicht zulassen, dass sie mich hier festhielten. Ich würde mich nicht hilflos ergeben.

Ich warf mich erneut zur Tür, wobei ich das Gewicht auf meinem Rücken besser ausglich, nun, da ich mich daran gewöhnte. Der Schlanke streckte seine Hand aus, fasste mich allerdings nicht an – zumindest nichts, was ein Teil von mir hätte sein sollen. Ein Ruck durchfuhr meinen Rücken, als hätte der Typ ein Glied gepackt, von dessen Existenz ich nicht wusste. Dadurch musste ich urplötzlich stehen bleiben.

Mir drehte sich der Kopf. Nichts von alldem ergab Sinn. „Was zur Hölle habt ihr mit mir *gemacht*?", fragte ich und schlug erneut mit der Faust nach ihm.

Der Schlanke wich elegant aus, wobei er nach wie vor diesen Teil meines Körpers festhielt, der nicht existieren sollte und den es zuvor nicht gegeben hatte. Er schenkte mir ein schmales Lächeln.

„Wir haben dich wieder zum Leben erweckt, Fee", antwortete er. „Wir haben dich zu einer Walküre gemacht."

Er zog an diesem fremden Glied und dann sah ich ihn aus dem Augenwinkel: ein riesiger, silber-weißer, gefiederter Flügel, der sich entfaltete. Ein Flügel, um den seine Finger mit einem Druck gekrümmt waren, den ich entlang des gesamten Flügels spüren konnte bis zu der Stelle, an der er mit meinem Rücken verschmolz.

Ein erstickter Schrei kam über meine Lippen, bevor der verträumt dreinschauende Mann mein Sichtfeld füllte. Seine Hände umfassten meinen Kopf. Ehe ich Gelegenheit hatte, mich zu wehren, umhüllte eine fluffige Taubheit meinen Verstand und wusch die Männer, den Raum und all meine panischen Gedanken hinfort in eine warme, helle Leere.

KAPITEL ZWEI

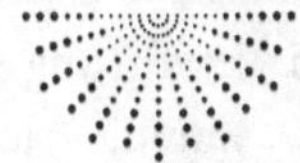

Thor

Das Mädchen brach bei Balders Berührung zusammen, ihre Augenlider schlossen sich und ihr Kopf kippte zur Seite. Ich sprang vor, um sie aufzufangen, bevor ihr Körper auf dem Boden aufschlug.

Vor einem Augenblick sah sie noch so taff aus – klein, ja, aber drahtig, muskulös und zornerfüllt –, dass mich die Weichheit ihrer schlaffen Arme überraschte. Ich senkte sie sachte auf den Boden und legte das Laken über sie, das ich ihr anzubieten versucht hatte. Es hatte ihr nicht gefallen, nackt vor uns zu sein. Das hatte ich erkannt, ohne dass sie es sagen musste.

Ihre Flügel schrumpften bereits mit einem leisen Rascheln der Federn und zogen sich in ihren Körper zurück, wo sie bleiben würden, bis sie sie wieder hervorholte. Falls sie jemals diesen Punkt erreichte. Mein Mund verzog sich, als ich eine Strähne ihrer dunkelblonden Haare von ihren geschlossenen Augen strich.

Sie sah jetzt friedlich aus, war vor einer Minute jedoch nicht nur wütend, sondern auch vollkommen verängstigt gewesen. *Wir* hatten ihr Angst gemacht. Warum in Asgards Namen war ich darauf nicht vorbereitet gewesen? Vielleicht waren ihre Vorgängerinnen die Merkwürdigen gewesen, da sie in ihrer anfänglichen Verwirrung stillgehalten hatten und so geduldig gewesen waren, sich unsere Geschichte anzuhören und in Erfahrung zu bringen, wer und was wir waren.

Menschen waren in erster Linie *meine* Schützlinge, nicht die der anderen. Ich war der Wächter der Menschheit. Und die letzten fünf Minuten waren ein episches Versagen meinerseits gewesen.

Loki trat neben mich und rieb über sein schmales Kinn, während er das Mädchen musterte. Seine Augen funkelten. „Nun, ich habe etwas Anderes versprochen, oder nicht? Sie ist eine Kämpferin."

„Eine Gute", gab ich zu. Ich hatte in genügend Schlachten gekämpft, um Kampferfahrung und Kenntnisse sogar in einer ungeschliffenen sterblichen Gestalt zu erkennen, wenn ich ihnen begegnete. „Was vielversprechend ist. Natürlich wäre es besser gewesen, wenn sie darauf abgezielt hätte, unsere Feinde zu bekämpfen anstatt *uns*."

„Ich bin mir sicher, wenn wir uns und unsere Feinde vernünftig erklären, können wir sie auf die richtige Spur bringen."

„Oh, du bist dir sicher, was?", fragte Hödur, der mit verschränkten Armen in der Nähe der Fenster stand. Seine Miene war so dunkel wie seine kurzen schwarzen Haare. „Genauso wie du dir sicher warst, dass deine ‚brillante' neue Idee problemlos funktionieren würde? Seit sie zu sich gekommen ist, sieht es für mich nach einem einzigen riesigen Problem aus."

Das Licht in Lokis Augen loderte vorübergehend kräftiger, er antwortete jedoch in seinem üblichen sarkastischen Tonfall. „Ich vermute, für dich *sieht* es nach gar nichts aus."

Hödurs Gesicht verfinsterte sich. Nach Jahrhunderten der Übung konnte er seinen blinden Blick aufgrund vom Klang von Lokis Stimme so genau auf ihn richten, dass man meinen könnte, er könnte den listigen Mann sehen. „Du weißt, was ich meine. Semantik ändert daran nichts."

„Wenn der Erfolg jedes Unterfangens anhand der ersten fünf Minuten beurteilt werden würde, wäre die Zivilisation eine schrecklich trostlose Angelegenheit", entgegnete Loki leichthin.

„Ihr geht es vorerst gut", berichtete Balder neben mir, wobei seine Stimme so langsam und melodisch war wie immer. Er war so hell, wie sein Zwilling dunkel war. „Ich habe ihren Verstand beruhigt."

„Stimmt." Ich riss meine Gedanken von meinen jüngeren Brüdern und unserem listigen Begleiter los und widmete mich wieder dem vorliegenden Problem. „Wir sollten uns etwas überlegen, wie wir ihre Lage angenehmer gestalten können, sodass sie bessere Laune hat, wenn sie das zweite Mal aufwacht."

Freya schlenderte herbei und machte eine elegante Armbewegung. „Bringt sie zum üblichen Schlafzimmer. Wir sollten ihr Kleidung besorgen. Etwas zu essen. Und vielleicht sollten wir sie eine Weile allein lassen, bevor sie sich euch erneut stellen muss?"

Loki gluckste, protestierte allerdings nicht. Hödur sah glücklich darüber aus, dass das Problem aus der Welt geschafft wurde, ohne dass er etwas tun musste, und

Balder … Nun, dieser Tage war es allgemeinhin schwer, zu sagen, was Balder dachte. Kaum etwas schien das verträumte Leuchten, das ihn umgab, durchdringen zu können. Er machte jedenfalls nicht den Eindruck, als würde er sich an dem Vorschlag stören.

Ich legte meine Arme um das Mädchen und hob sie hoch. Im Schlaf wog sie kaum mehr als eine Feder. Ich wickelte das Laken fest um sie, legte ihren Kopf und Schultern an meine viel breitere und trug sie zur Treppe.

Freya folgte mir nach oben. Als ich das Mädchen in dem Zimmer aufs Bett legte, das die anderen Walküren während ihres kurzen Aufenthalts bei uns benutzt hatten, öffnete die Göttin den Kleiderschrank und betrachtete dessen Angebot. Sie holte eine weiße Seidenbluse und eine graue Leinenhose heraus, legte sie zusammen und platzierte sie in einem ordentlichen Stapel mit verschiedenen Unterkleidern am Fußende des Bettes. Anschließend erhob sie sich und betrachtete das Mädchen.

„Denkst du, wir hätten auf ihn hören sollen?", fragte ich. Sie wusste, wen ich mit *ihm* meinte.

„Loki hat uns mindestens genauso oft aus Schwierigkeiten geholfen, wie er sie uns eingebrockt hat", antwortete sie. „So … fragwürdig seine Methoden manchmal auch sein mögen. Und es stimmt, unsere ersten Versuche haben uns nicht besonders weit gebracht."

„Ja." Mein Kiefer spannte sich an, als ich mich an die anderen jungen Frauen erinnerte, die in diesem Bett geschlafen hatten. Die sich nur wenige Tage in unserer Gegenwart aufgehalten hatten, bevor sie …

Wir wussten nicht einmal mit Sicherheit, was ihnen widerfahren war. Sie waren nicht zurückgekehrt. Das war Antwort genug.

„Wenn dieser Trickster jemals loyal gegenüber jemandem war, dann Odin", fügte Freya hinzu. „Er will ihn genauso sehr finden wie der Rest von uns. Ich bin mir sicher, er hätte nichts vorgeschlagen, was unserer Sache schaden könnte."

„Da gebe ich dir recht." Nach all der Zeit, die ich in Lokis Gegenwart verbracht hatte, nach all den verrückten Heldentaten, in die er mich während unseres langen Lebens verwickelt hatte, konnte ich noch immer nicht behaupten, dass ich wusste, wie sein bizarrer, jedoch kluger Verstand funktionierte. Die Nornen wussten, dass mir keine brillanten neuen Pläne eingefallen waren.

Die Göttin seufzte. Ich blickte zu ihr und konzentrierte mich kurz auf sie anstatt auf unsere Walküre. Auf die Frau, die ich meine Stiefmutter nennen könnte, würde sich die Bezeichnung nicht so lächerlich anfühlen, da ich bereits mehrere Jahrhunderte alt gewesen war, als die neue Ehe geschlossen worden war. Manchmal fühlte es sich nicht einmal so an, als könnte Odin mein Vater sein. Jedenfalls, wenn seine gewaltige Präsenz nicht gerade den Raum füllte.

Ich sollte höflich zu ihr sein, da sie mehr oder weniger zur Familie gehörte und ebenfalls eine Göttin war, die hier auf der Menschenebene festsaß. Ich hegte keine Abneigung gegen Freya. Wir hatten einfach kaum etwas gemeinsam.

„Kommst du zurecht?", fragte ich.

Freyas Blick glitt zu mir und ihre Lippen zuckten amüsiert, als könnte sie erkennen, wie viel Anstrengung es mich gekostet hatte, die scheinbar beste Frage auszuwählen. „So gut man es unter den Umständen erwarten kann, schätze ich. Es ist nicht so, als wäre mir die lange Abwesenheit deines Vaters fremd."

„Er war allerdings noch nie so lang fort."

„Nein, das war er nicht." Sie schüttelte den Kopf und wandte sich mit einem Schnauben der Tür zu. „Ich werde die Erfrischungen für sie besorgen, da sich die anderen drei in diesem Haus anscheinend nicht dazu herablassen werden."

Ich wusste nicht, was ich tun sollte, außer neben dem

Bett zu stehen, während ich auf Freyas Rückkehr wartete. Die Stirn des Mädchens runzelte sich. Plötzlich sah sie nicht mehr friedlich aus. Was könnte ich noch für sie tun, was ihr beim Aufwachen ein Gefühl von Sicherheit vermitteln würde?

Ich nahm den Kleiderstapel vom Bett und legte ihn näher zu ihr, damit sie ihn sah, sobald sie die Augen öffnete. Das schien nicht genug zu sein, doch mir fiel nichts anderes ein.

Freya fegte mit einem Wasserglas und einem Teller mit einem Apfel und Kräckern herein. „Das ist nur etwas, um ihr über den ersten Hunger hinwegzuhelfen", erklärte sie, als ich meine Augenbrauen hochzog. „Es können nicht alle stündlich einen ganzen Braten verschlingen wie der unersättliche Thor."

„Nur damit du Bescheid weißt, ich habe noch nie mehr als fünf Braten an einem Tag gegessen", informierte ich sie. Wir würden nicht darüber sprechen, wie viele *andere* Dinge ich am gleichen Tag noch gegessen hatte. Mein Magen knurrte. Vielleicht sollte ich ihn besser füllen, damit ich bis zum Abendessen durchhielt.

Freya lachte leise und das Mädchen regte sich. Ihre Lippen teilten sich, als sie murmelnd ausatmete, und ihre Finger krümmten sich in das Kissen, auf dem ihr Kopf geruht hatte. Die Göttin und ich erstarrten beide.

„Wir sollten sie allein lassen", sagte Freya leise. „Ich glaube nicht, dass sie begeistert sein wird, jetzt schon einen von uns zu sehen."

Ich sollte das Mädchen einfach in diesem unbekannten Zimmer in einem unbekannten Haus allein lassen? Meine Beine sträubten sich. Andererseits würde es sie wirklich beruhigen, eine unbekannte Person in diesem Raum zu sehen?

„In Ordnung", stimmte ich zu. „Aber wir müssen sicherstellen, dass wir das Richtige für sie tun."

„Wir *wollten* für alle Mädchen das Richtige tun", brummte Freya, als wir das Zimmer verließen und ein Klumpen in meinen Magen sank, der nichts mit Hunger zu tun hatte.

KAPITEL DREI

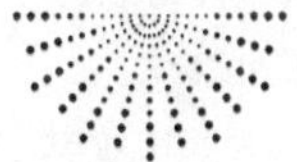

Aria

Sonnenlicht sickerte durch meine Augenlider hindurch. Zeit, aufzuwachen. Vorsichtig öffnete ich die Augen. Mein Herz hämmerte wie wild und machte einen Satz, was mir verriet, dass etwas nicht stimmte.

Dieser Gedanke brachte eine wahre Flut an Erinnerungen mit sich: die merkwürdigen Männer um mich herum und der Blick auf den Flügel … davor das Quietschen von Reifen, das Knacken und der Schmerz …

Nichts davon war jetzt hier. Ich spannte mich unter der weichen Decke an, die meinen Körper umhüllte, blieb jedoch ruhig liegen und betrachtete den Raum.

Blaue Tapeten mit einem zarten Blattmuster bedeckten die Wände. Ein großes, geschlossenes Fenster befand sich gegenüber vom Fußende des Bettes und die durchscheinenden Vorhänge zu beiden Seiten wehten in dem Luftzug, der vermutlich von einer Klimaanlage erzeugt wurde. Ein Laken war locker um mich gewickelt, die Luft an meinem Gesicht war jedoch kälter als im Juli normal war.

Falls noch Juli war. Wer wusste das schon bei all den bizarren Dingen, die ich in den letzten Stunden … oder Tagen … oder wie lange es auch her war, erlebt hatte? Vielleicht *war* ich tanzen gegangen und jemand hatte mir etwas Schreckliches in meinen Drink gekippt, was zu Halluzinationen geführt hatte?

Normalerweise passte ich gut auf meine Drinks auf. Außerdem war es nicht so, als könnte irgendeine verrückte Droge erklären, was ich hier machte oder wo *hier* war.

Ich stemmte mich langsam in eine sitzende Position. Mein Herz setzte kurz aus, als das Laken an meiner Schulter zog, doch das eigenartige Gewicht an meinem Rücken war verschwunden. Ich griff hinter mich, um mein Schulterblatt abzutasten, und spürte nichts als meine gewöhnliche nackte Haut. Ich atmete tief aus.

Okay. Der Flügel war also immerhin eine Halluzination gewesen. Oder etwas in der Art.

Und der Jeep, der mich angefahren hatte? Die Schmerzen und die Knochen, die ich knacken gehört hatte?

Ich testete meine Arme und berührte meine Rippen. Nicht einmal meine Haut war aufgeschürft. Nichts tat weh. Zur Hölle, ich fühlte mich ehrlich gesagt *besser* als an den meisten Tagen, wenn ich aufwachte.

Auf meinem Handgelenk war auch keine Spur von den winzigen Krusten zu sehen, die ich mir bei einer Rauferei vor einer Woche zugezogen hatte. Ich musterte es stirnrunzelnd. Vielleicht war ich länger als ein oder zwei Tage bewusstlos gewesen.

Diese Vorstellung machte mich nervös. Mein Blick landete auf dem Kleiderstapel neben mir auf dem Bett. Schick aussehendes Zeug, nichts, was ich normalerweise anziehen würde, doch es war besser, als nackt herumzulaufen.

Dieser Teil und das Laken waren echt gewesen. Daher waren die Kerle vielleicht ebenfalls real. Wer wusste schon, wann sie wieder auftauchen würden?

Rasch zog ich die Kleider an. Das seidige Oberteil war ein bisschen zu groß, die Hose passte jedoch und fiel Gott sei Dank nicht von meinen schmalen Hüften. Die Klamotten verströmten einen leichten Rosenduft. Das war auch nicht mein Stil, aber ich fühlte mich viel besser, jetzt, da weniger von meiner Haut entblößt war.

Was war mit den Kleidern passiert, die ich getragen hatte, als … als mich der Jeep getroffen hatte … oder nicht getroffen hatte … oder was auch immer? Was war mit den Dingen passiert, die ich *in* diesen Kleidern transportiert hatte? Mein Herz setzte erneut aus und dieses Mal konnte ich mich nicht so schnell beruhigen. Ich konnte nichts in dem Zimmer sehen, was mir gehörte.

Meine Finger krümmten sich in meine Handflächen. Mein Klappmesser. Ich musste es mir zurückholen. Es war das Einzige, was ich hatte …

Halte daran fest und benutze es, wenn nötig, Ari. Es ist für all die Zeiten, in denen ich nicht da sein kann.

Ich verschloss die Augen vor dem eisigen Ruck, der mich durchfuhr, und zwang mich, tief durchzuatmen. Ein und aus, bis ich mich etwas ruhiger fühlte.

Ich würde mein Messer zurückkriegen und ich würde mich mit demjenigen auseinandersetzen, der mich hierhergebracht hatte. Doch zuerst musste ich mich vorbereiten.

Die Sicht aus dem Fenster zeigte mir einen ausgedehnten Rasen, der mit Bäumen gesäumt war, und drei Stockwerke unter mir lag. Ich konnte keine Nachbarn entdecken, was bedeutete, dass vermutlich niemand dort draußen war, der mich sehen konnte. Wenn ich allerdings versuchen würde, zu springen – falls sich das Fenster überhaupt öffnen ließe – würde ich mir wirklich alle Knochen brechen.

Okay, also was gab es hier drin, was ich benutzen konnte?

Ein Glas, das mit etwas gefüllt war, was wie Wasser aussah, und ein Teller mit einem Granny Smith Apfel und einem Stapel Kräcker standen auf dem Nachttisch. Mein Blick blieb an ihnen hängen. Schmerzen krochen meine Kehle hinauf und erinnerten mich daran, wie trocken mein Mund war. Mein Magen war jedoch zu verkrampft, um etwas zu essen, selbst wenn ich diesem Zeug trauen würde. Die Leute hier hatten das Essen womöglich mit etwas versetzt.

Der robuste Eichenrahmen des Bettes gab nicht viel her. In dem dazu passenden riesigen Kleiderschrank fand ich weitere Klamotten, die alle in Weiß- und Grautönen gehalten waren.

Das Zimmer verfügte über zwei Türen – eine war geschlossen und befand sich abseits des riesigen Eichenschranks, und eine zweite auf der anderen Seite des Bettes war halb geöffnet und enthüllte weiße Fliesen und den Rand eines Waschbeckens. Ich rutschte über das Bett und ging ins Badezimmer.

Mein Gesicht sah im Spiegel über dem Waschbecken wie üblich aus. Möglicherweise wirkten meine grauen Augen ein wenig panisch und meine blonden Haare waren besonders zerzaust, doch das war definitiv noch ich: Aria Watson, zweiundzwanzig Jahre alt, klein, rauflustig und flügellos.

Ich drehte den Wasserhahn auf und schöpfte mit der Hand etwas Wasser in meinen Mund. Diesem Zeug vertraute ich mehr als dem, was in dem Glas war. Anschließend widmete ich mich dem Spiegel. Dahinter verbarg sich ein Schränkchen mit ein paar Seifenstücken, einer verbeulten Zahnpastatube und einem silbernen Kamm.

Der spitze Griff des Kamms sah aus, als könnte er bei

richtigem Einsatz Schaden anrichten. Ich schnappte mir das Ding und steckte es in meine rechte Hüfttasche.

Ein Klopfen erklang an der anderen Tür, die vermutlich zum Rest des Hauses führte. Meine Schultern versteiften sich. Ich zückte den Kamm und schlang meine Finger um die Zähne, sodass ich notfalls mit dem spitzen Ende zustechen konnte.

Eine ansprechende Frauenstimme drang durch die Tür. „Hallo da drin. Hast du etwas dagegen, wenn ich reinkomme? Du bist bestimmt ziemlich verwirrt. Falls du Fragen hast, werde ich sie dir nach bestem Vermögen beantworten.“

Eine Frau, keiner der Männer. Die gleiche Frau, die ich bei ihnen gesehen hatte und die nichts unternommen hatte, um mir zu helfen? Andererseits hatte sie vielleicht keine andere Wahl gehabt, solange die Männer anwesend waren. Selbst wenn sie mit ihnen unter einer Decke steckte, hätte ich eine bessere Chance, von hier zu entkommen, wenn ich herausfand, was vor sich ging.

„Okay“, antwortete ich zaghaft. „Aber ich will definitiv Antworten, bevor irgendetwas anderes geschieht.“

Als ich das Zimmer wieder betrat, öffnete sich die Tür langsam. Es *war* die Frau von vorher – die hochgewachsene, elegante Gestalt mit einer Kaskade aus honigbraunen Haaren. Sie sah aus, als wäre sie aus einem Modemagazin marschiert, die Photoshop-Bearbeitung noch intakt. Ihr perfekt sitzendes fliederfarbenes Etuikleid verstärkte diesen Eindruck.

Sie schloss die Tür hinter sich und schenkte mir ein kleines Lächeln, das ein wenig angespannt wirkte. Ihr Blick erfasste den Kamm, den ich verkehrt herum umklammerte, und eine elegante Augenbraue hob sich.

„*Das* wird nicht nötig sein“, verkündete sie.

„Ich würde mir gerne Zeit lassen und das selbst

entscheiden", entgegnete ich. „Und ich bleibe hier drüben. Du kannst jetzt mit der Erklärung beginnen."

Sie schwebte praktisch zum Bett und setzte sich sachte auf die Kante, wobei sie ihren Körper zu mir drehte. Ich wich einen Schritt zurück, ging allerdings nicht zu nah an die Wand heran. Falls es zu einem Kampf käme, bräuchte ich Bewegungsraum.

Diese Frau sah jedoch nicht wie eine Kämpferin aus. Doch man wusste nie. Die Zimperlichen, Hübschen hatten unter all der Politur manchmal einen Stahlkern.

„Es tut mir leid", entschuldigte sie sich. „Die Jungs haben es wirklich vermasselt, oder? Man sollte meinen, dass sie in all den Jahrhunderten, die sie schon leben, bessere Manieren gelernt hätten."

All die Jahrhunderte? „Du machst die Dinge nicht weniger verwirrend", informierte ich sie.

Sie neigte den Kopf. „Die wichtigste Tatsache ist: Du bist gestorben und wir haben deine Essenz hierhergerufen und dich umgestaltet. Wir haben dir einen … etwas anderen Körperbau gegeben, als du ihn gewohnt bist. Deswegen fühlst du dich so seltsam. So bist du hier gelandet."

Sie hielt inne. Ich starrte sie weiterhin an und wartete darauf, dass sie auf diese Erklärung etwas folgen ließ, was zumindest teilweise wie die Realität klang, aber sie war anscheinend fertig. *Das* sollte wohl alles erklären.

Ich lachte laut auf. „Du willst mir erzählen, dass ihr mich von den Toten zurückgeholt habt."

Sie erwiderte meinen Blick ruhig. „Das ist nicht so schwierig, wenn man ein Gott ist. Oder eine Göttin, je nachdem."

Okay, ich wusste noch immer nicht, wie ich hierhergelangt war, oder was für eine Rolle der Autounfall gespielt hatte, von dem ich dachte, dass er mich getötet hatte, aber ich wurde eindeutig von einem Haufen Irren festgehalten. Sie hielten sich für *Götter*? Das konnte nicht gut sein. Leute, die so verblendet waren, dass sie sich für unbesiegbar hielten, waren die gefährlichsten Leute dort draußen.

Doch wenn ich von ihnen wegwollte, musste ich fürs Erste mitspielen.

„Und was wollen ein Haufen Götter und Göttinnen von mir?", fragte ich.

Die Frau öffnete den Mund, um mir zu antworten, doch im selben Augenblick schwang die Zimmertür auf. Ich zuckte zusammen und meine Hand spannte sich um den Kamm herum an.

Die Gestalt im Türrahmen war einer der Männer, die ich gesehen hatte, als ich das erste Mal aufgewacht war: der Schlanke. Er war noch so groß und schlank wie zuvor und seine bernsteinfarbenen Augen strahlten so kräftig wie seine hellroten Haare. Die grüne Tunika, die er trug, brachte seine Haare noch besser zur Geltung.

Er schenkte uns ein Grinsen, das so scharf war wie die Kanten seines gut aussehenden Gesichts. Seine Stimme klang jedoch warm und ruhig. „Ich glaube nicht, dass du das Reden allein übernehmen solltest, Freya. Ich weiß, dass du den Rest von uns in einem schlechten Licht darstellen wirst."

Sie verdrehte die Augen. „Ich denke, der Rest von euch hat das ohne meine Hilfe prima geschafft."

Er schnaubte, konzentrierte sich auf mich und neigte den Kopf leicht, was beinahe wie eine Verbeugung wirkte. „Ich entschuldige mich für dein verwirrendes Aufwachen vorhin. Loki, zu deinen Diensten."

Den Namen der Frau konnte ich zuerst mit nichts in Verbindung bringen, diesen Namen kannte ich jedoch, ohne dass ich nachdenken musste. „Loki … wie der nordische Gott, der angeblich die ganze Welt zerstört hat?"

Seine Augen leuchteten noch heller. Die Rolle passte jedenfalls zu ihm, so verrückt er auch sein mochte.

„Ich glaube nicht, dass ich den ganzen Ruhm einheimsen kann", erwiderte er. „Es war wirklich eine Gemeinschaftsarbeit."

Ich wusste nicht, ob es an dem Stress der Situation oder an dem Irrsinn lag – nun, vermutlich an beidem – jedenfalls sprudelte plötzlich so schnell ein Lachen aus meiner Brust, dass ich es nicht aufhalten konnte. Ich umklammerte meine Kamm-Waffe und presste meine andere Hand auf meinen Mund, das Kichern entwischte mir jedoch trotzdem.

Der Kerl, der sich für Loki hielt, schaute zu der Frau, die angeblich Freya war, und sagte milde: „Weißt du, ich denke, sie glaubt uns nicht."

Dann schnippte er mit den Fingern und eine Flamme so breit wie sein Kopf schoss von seiner Hand bis zur Decke empor. Eine Hitzewelle durchschnitt den klimatisierten Raum und streifte mein Gesicht.

Ich stellte das Lachen ein.

„Netter kleiner Trick, oder?", erkundigte er sich. Mit einem weiteren Fingerschnippen verschwanden die Flammen. Seine schlanke, blasse Hand sah unversehrt aus, das Feuer hatte jedoch ein schwaches, gelb-braunes Brandmal auf der weißen Decke hinterlassen.

Freya schaute hoch und rümpfte die Nase. „War das wirklich notwendig?"

„Es schien die schnellste Methode zu sein, um auf den Punkt zu kommen", antwortete er. „Also was denkst du, Fee? Reicht das oder brauchst du noch mehr? Ich könnte mich verwandeln …"

Er bewegte seine Hand vor seinem Gesicht und vor meinen Augen veränderten sich seine Gesichtszüge. Sein schmaler Kiefer wurde runder, seine Kanten wurden an den Rändern weicher, und die hellroten Haare, die in seine hohe Stirn gefallen waren, ergossen sich in einer Kaskade bis zu seinen Schultern, die Freyas Konkurrenz machte. Ich hätte geschworen, dass sogar seine Wimpern wuchsen. Innerhalb von Sekunden sah mich eine reizende, wenn auch schockierend hochgewachsene Frau an.

Ich blinzelte und blinzelte noch einmal. Der Magen war mir in die Hose gerutscht. Das hier war verrückt. Unmöglich.

Aber es war auch viel zu real.

Der Kerl … war er vielleicht tatsächlich der Loki aus den Mythen, die ich als Kind gelesen hatte? Wollte ich wirklich darüber nachdenken? Er wedelte mit der Hand und sein Gesicht nahm wieder seinen vorherigen kantigen, gut aussehenden Zustand an. „Bist du überzeugt?", erkundigte er sich bei mir.

„Ich, ähm …" Mein Griff um den Kamm war erschlafft. Daher spannte ich meine Hand wieder an und hielt meinen Körper ganz steif, damit ich nicht zitterte. Ich wusste nicht, was wahr war, konnte jedoch nicht leugnen, dass das, was hier vor sich ging, vollkommen verkorkst war.

Ich würde hier nicht rauskommen, wenn ich keinen kühlen Kopf bewahrte.

Ich richtete mich etwas gerader auf und schaute zwischen Loki und Freya hin und her. „Ich will immer noch wissen, warum ihr *mich* hierhergebracht habt."

„Nun, das ist eine lange Geschichte", antwortete Loki. „Der Knackpunkt ist, dass wir eine Walküre brauchten. Als wir uns auf die Suche nach einer machten, hast du von all den kürzlich verstorbenen jungen Frau in der Gegend dem Profil am besten entsprochen. Damit meine ich mein Profil. Bei den ersten haben wir andere Kriterien benutzt, die nicht gut funktioniert haben."

„Eine Walküre", wiederholte ich. Er hatte das auch

gesagt, kurz bevor mich dieser andere Typ bewusstlos gemacht hatte. Als ich diesen Flügel gesehen hatte …

Die Erinnerung sandte ein unangenehmes Beben durch meine Nerven.

„Ja, du weißt schon: Odins Champions, Aufseherinnen des Schlachtfeldes und so weiter und so fort." Er wedelte unbestimmt mit der Hand durch die Luft. „So wie es aussieht, haben wir den Göttervater verloren und eine Walküre an unserer Seite zu haben, sollte es uns erleichtern, ihn aufzuspüren."

Ich schüttelte bereits den Kopf. Das war zu viel. „Ich weiß nicht, wovon du sprichst. Ich bin keine Walküre und offensichtlich nicht *tot*, und … Das hier ist verrückt. Hast du irgendeine Ahnung, wie verrückt das hier ist?"

„Wir haben dich zurückgeholt", erklärte Loki so sachlich, dass mir das Blut in den Adern gefror. „Und wir haben dich als Walküre zurückgeholt. Das an sich ist schon ein gewaltiger Trick. Deine Kräfte zeigen sich nur, wenn du sie brauchst oder auf sie zugreifst … Das lässt sich leicht vorführen."

Seine Finger zuckten und ein kleines Messer erschien in seiner Hand. Ohne zu zögern, schnitt er sich über seine andere Hand. Blut quoll entlang der Wunde dick und in einem Rot hervor, das viel dunkler als seine Haare war. Freya verzog das Gesicht und wandte den Blick ab.

Und etwas in mir regte sich.

Mein Puls schlug kräftiger und hallte durch meinen Kopf. Ein Kribbeln raste durch meine Muskeln hindurch. Jeder Nerv schien plötzlich hellwach zu sein. Die Stelle zwischen meinen Schulterblättern erbebte und juckte.

„Du kannst es spüren, oder?", fragte Loki. Er und Freya musterten mich jetzt beide. „Der Schlachtruf. *Wo Blut vergossen wird, fliegen die Walküren.* Du musst nur deine Flügel spreizen."

„Ich … ich habe keine Flügel", protestierte ich, meine Stimme klang jedoch schwach im Vergleich zu dem Pochen meines Herzens.

Er lächelte. „Natürlich hast du die. Du musst sie nur rauslassen."

Das Jucken in meinem Rücken bohrte sich noch tiefer. Ich atmete scharf ein. Flügel. Ich konnte keine *Flügel* haben. Sie rauslassen? Wie …

In meinem Hinterkopf stellte ich mir, ohne es zu wollen, breite gefiederte Flügel vor wie die, auf die ich vorhin einen kurzen Blick erhascht hatte. Vor meinem inneren Auge brachen sie aus meiner Haut hervor. Das Jucken zwischen meinen Schultern explodierte in einem Schmerzensstich. Etwas – ein Teil von *mir*, den ich durch meinen restlichen Körper hallen spürte – dehnte sich gegen den dünnen Stoff der Bluse, streckte sich, entfaltete sich und zerriss das Material.

Wegen des plötzlichen Gewichts stolperte ich nach vorne und packte den Bettrahmen, um mich zu fangen. Die zerrissene Bluse hing von meiner Brust und aus meinem Rücken …

Meine Kehle schnürte sich zu. Ich zwang mich, nach hinten zu schauen.

Ein riesiger Flügel, dessen Federn weiß und von hellem Silber waren, ragte über mir auf.

Meine Nerven erzitterten und der Flügel zuckte in Reaktion darauf, weil meine Nerven ihn ebenfalls durchzogen. Weil er ein Teil von mir war genauso wie der Flügel, den ich schwer auf der anderen Seite meines Rückens spüren konnte.

Ich kniff die Augen zu. Der Kamm entglitt meinen Fingern. „Nein. Es kann nicht …"

Doch das war es. Es war echt. Ich konnte sie sehen. Ich konnte sie *fühlen*, nicht nur auf mir, sondern in mir.

Lokis Stimme erreichte mich nach wie vor ruhig, jedoch sanfter. „Du kannst sie auch wegschicken, wenn du das möchtest. Sie gehören dir. Sie gehorchen deinen Befehlen. Zieh sie einfach wieder in dich."

Ja. Sie sollten verschwinden. Sie sollten von mir runter. Ich biss die Zähne zusammen und zwang das Gewicht mit der Kraft meiner Gedanken in meinen Körper zurück – erlaube mir, sie zu absorbieren, lass sie *verschwinden*.

Das Gewicht der Flügel schrumpfte, bis nichts mehr übrig war mit Ausnahme eines Stechens in meinem Rücken. Dann verblasste auch dieses. Keuchend öffnete ich die Augen.

Freya hatte bereits den Kleiderschrank geöffnet. Sie zog eine weitere Bluse heraus, die ärmellos und elfenbeinfarben war, und bot sie mir an, während sie Loki einen Blick zuwarf. „Lass uns versuchen, nicht zu viele Kleider auf einmal zu zerstören."

Ich nahm das Oberteil entgegen, um das zerrissene zu ersetzen, das in meinem Rücken offenhing. Meine Finger krümmten sich in den kühlen Stoff. Meine Hände zitterten. Ich bückte mich und hob den Kamm vom Boden auf, als würde mir der jetzt noch viel nutzen.

Götter. Walküren. Und ich war irgendwie hoffnungslos in all das verwickelt.

Ich schluckte schwer und sah zu dem Gott und der Göttin auf, die gerade Zeugen meiner Verwandlung geworden waren.

„Könnt ihr von vorne beginnen? Dieses Mal mit der langen Version."

KAPITEL VIER

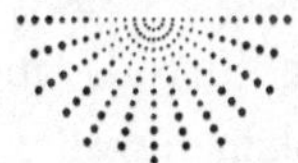

Aria

Als ich das große Zimmer betrat, in dem ich das erste Mal aufgewacht war, bemerkte ich die Einzelheiten, die mir zuvor entgangen waren, weil ich zu überwältigt gewesen war. Das gesprenkelte Goldmuster auf der hellgelben Tapete, die zwei Sofas und vereinzelten Sessel mit den Teakholzrahmen und kunstvollen Schnitzereien. Ein Strauß Lilien, der in einer Porzellanvase auf einem dazu passenden Beistelltisch stand und einen kräftigen Duft verströmte.

Ich mochte Lilien noch nie. Sie erinnerten mich an Beerdigungen. Auf Francis' …

Ich unterbrach diesen Gedanken, bevor er mich in eine Abwärtsspirale aus Erinnerungen ziehen konnte, und schlenderte scheinbar planlos zu einem der Sessel. Dabei entschied ich mich nicht willkürlich für diesen Sessel. Ich wählte den, der sich in der Nähe der am weitesten entfernten Tür befand. Der Tür, die mich in die Richtung des

Haupteingangs führen würde, wenn ich den Grundriss des Gebäudes richtig verstanden hatte.

Die Zähne des Kamms gruben sich in meine Handfläche, als ich mich auf die festen Kissen setzte. Ich hielt ihn mit den Fingern fest umschlossen. Die Leute, die mich hierhergebracht hatten, waren womöglich gar keine Leute – möglicherweise waren sie echte Götter oder so etwas – doch selbst wenn das stimmte, hieß das nicht, dass ich hier sicher war. Oder dass ich hierbleiben wollte.

Freya und Loki hatten die anderen im Haus gerufen. Die fünf ließen sich auf Sesseln nieder, die sie in einem Halbkreis um mich herum aufgestellt hatten, wobei Loki den mittleren Platz wählte. Der Mann mit den zotteligen, weiß-blonden Haaren, der mich mit seiner Berührung bewusstlos gemacht hatte, saß links von ihm neben dem Kerl, der sich während der ersten Begegnung im Hintergrund gehalten hatte.

Die zwei waren das komplette Gegenteil voneinander und dennoch einander irgendwie verblüffend ähnlich. Der zweite Kerl hatte seine schwarzen Haare kurz geschnitten und seine dunkelgrünen Augen waren zu Schlitzen verzogen, wohingegen die hellblauen seines Nachbarn so verträumt wie zuvor dreinblickten. Sie waren beide etwas kleiner als Loki und hatten jungenhaft glatte Gesichter und so viele Muskeln, dass sie ihre T-Shirts ausfüllten. Die gleichen Züge und Figur, die bei dem verträumten Typ weich aussahen, wirkten an dem Dunkelhaarigen hart. Er machte sich nicht einmal die Mühe, mich richtig anzuschauen.

Sie sahen beide auf ihre Art sehr gut aus, das stand fest. Ein Gott zu sein, bedeutete anscheinend ein göttlich gutes Aussehen. Das galt auch für den Kerl rechts von Loki – der unglaublich muskulöse Typ mit dem rotbraunen Pferdeschwanz, der versucht hatte, mich mit einem Laken zu zähmen. Als ich ihn ansah, schenkte er mir ein Lächeln, das leicht grimmig wirkte. Das änderte allerdings nichts daran, dass sein breites, kantiges Gesicht eine Augenweide war.

Ich hatte keine Ahnung, wer das Hell-und-dunkel-Paar sein könnte, doch aufgrund der Gesellschaft konnte ich den Namen des Muskelprotzes erraten.

„Lass mich raten", sagte ich und zog meine Beine auf den Sessel – es war besser, wenn sie dachten, ich würde es mir gemütlich machen. „Du musst Thor sein."

Das grimmige Lächeln dehnte sich zu einem breiten Grinsen. „Sehr gut", lobte er mit seinem sanften Bariton. „Du begreifst schnell. Würdest du uns deinen Namen verraten?"

Sie kannten ihn nicht? Ich erinnerte mich daran, was Loki darüber gesagt hatte, dass ich gewisse Kriterien erfüllte. Vermutlich hatte mein Name nicht dazu gehört.

Kurz verkrampfte sich meine Brust, als wäre mein Name etwas, woran ich festhalten sollte. Mir fiel jedoch kein Grund ein, aus dem er wirklich eine Rolle spielen könnte. „Aria Watson", antwortete ich. „Vorzugsweise Ari."

„Freut mich, dich kennenzulernen, Ari", erwiderte Thor. Für einen Gott, der den Ruf hatte, Dinge mit einem riesigen Hammer zu zerstören, wirkte er ziemlich gelassen. Der einladende Vibe, den er ausstrahlte, sorgte dafür, dass ich mich trotz allem allmählich entspannte.

Mein Blick huschte zurück zur anderen Zimmerseite. „Und ihr zwei seid …?"

„Erlaube mir, die gegensätzlichen Zwillinge vorzustellen", verkündete Loki und deutete schwungvoll mit der Hand auf das ungleiche Paar. „Balder und Hödur."

„Hallo", sagte der verträumte helle Kerl. Seine Stimme war melodisch, aber zugleich distanziert.

Sein dunkler … *Zwilling?* warf Loki einen finsteren Blick zu, ehe er seine schmalen Augen auf mich richtete. „Es ist schön, dass du dich beruhigt hast", brummte er.

Hödur hatte anscheinend einen Stock im Arsch. Er nahm es mir nicht wirklich übel, dass ich durchgedreht war, oder? Oder war er sauer, dass ich sie nicht erkannt hatte? Nun, entschuldige bitte, dass ich die nordische Mythologie seit über zehn Jahren nicht mehr nachgeschlagen habe. Ich hatte größere Probleme.

Der Name Balder kam mir irgendwie bekannt vor, als sollte er wichtig sein. Ich glaubte, es hatte ein Retrospiel gegeben, von dem Francis geschwärmt hatte und bei dem es um Balder ging? Das hatte vermutlich kaum etwas mit der tatsächlichen Mythologie zu tun ... falls die tatsächliche Mythologie überhaupt irgendetwas mit den angeblichen Göttern und der Göttin zu tun hatte, die mir gegenübersaßen.

„Also", sagte ich und konzentrierte mich wieder auf Loki, da er der Gesprächigste der Gruppe zu sein schien. „Du hast gesagt, ihr würdet alles erklären. Was ich hier mache. Was *ihr* alle hier macht. Von Anfang an."

„Ja. Nun." Er lächelte schief und fuhr mit einer Hand durch seine hellroten Haare. „Du weißt, wer wir sind. Wie vertraut bist du mit den Geschichten, die über uns erzählt werden?"

„Ich kenne sie ein bisschen", antwortete ich. „Das Thema wurde in der Schule durchgesprochen, als ich ziemlich klein war. Ich habe vermutlich ein paar Bücher aus der Bibliothek gelesen oder so etwas. Aber ich bin keine Expertin."

„In Ordnung. Ein relativ unbeschriebenes Blatt." Seine bernsteinfarbenen Augen funkelten. „Die grundlegenden Geschichten entsprechen größtenteils der Wahrheit. Außerdem haben sie sich vor langer Zeit ereignet. Seitdem hatten wir viel weniger zu tun. Daher vertreiben wir uns ab und zu die Zeit damit, dass wir die Erde besuchen und nachschauen, was wir für euch reizende Sterbliche tun können."

„Oder was für Katastrophen du erschaffen kannst", warf Hödur ein.

Loki ignorierte ihn. „Wir sind bei einem dieser Ausflüge vor einiger Zeit von Asgard – unserer Heimat – hierhergekommen. Wir fünf und Odin – der Göttervater, mein Blutsbruder, ihr Ehemann", er deutete mit dem Daumen zu Freya, „und der Vater der restlichen Truppe. Wir sind die Einzigen, die zusammengeblieben sind. Ich weiß nicht, wo in den neun Reichen sich Heimdall und Frigg und der Rest von ihnen dieser Tage amüsieren."

„Irgendwo, wo sie deinem Geschwafel nicht zuhören müssen?", schlug Thor vor. Seine Stimme klang allerdings belustigt und der Blick, den er Loki zuwarf, war beinahe liebevoll. Er wandte sich an mich. „Der wichtige Teil ist, dass Odin einen Wissensdurst hat, der nie gestillt werden kann. Er geht ständig auf Wanderschaft. Also ist er losgezogen und wir haben uns nichts dabei gedacht. Bis ein Jahr nach dem anderen ohne eine Spur von ihm verging."

Freya hatte ihre eleganten Hände auf dem Schoß gefaltet. Jetzt sah sie von ihnen auf. „Er ist mittlerweile fast doppelt so lange weg wie bei seiner bisher längsten Wanderung", sagte sie.

Ich schaute vom einen zum anderen und versuchte, ihre Reaktionen einzuschätzen. „Okay", sagte ich. „Das klingt, als gäbe es Grund zur Sorge. Aber er ist ein *Gott*, richtig? Ein ziemlich mächtiger Gott, zumindest wenn an den Geschichten etwas Wahres dran ist. In was für Schwierigkeiten könnte er schon geraten sein?"

Loki hob seine kantige Schulter. „Abgesehen von den Göttern gibt es noch andere mächtige Wesen in den Reichen. Die Nornen wissen, dass sich sogar Götter gegeneinander wenden können. Und wir machen uns nicht nur aus der Güte unserer Herzen Sorgen um ihn, auch wenn wir davon viel besitzen."

Hödur schnaubte. Loki zog eine Augenbraue hoch, der mürrische Gott sagte jedoch nichts.

Balder blickte ebenfalls zu seinem dunkleren Zwilling. „Bruder", sagte er mit seiner melodischen Stimme leicht rügend.

Hödur versteifte sich. Er wedelte herablassend mit der Hand. „Fahre fort, Trickster."

Also tat Loki genau das. „Solange wir auf der sterblichen Ebene hier in Midgard existieren, sind unsere Kräfte eingeschränkt. Je länger wir hierbleiben, desto stärker schwinden diese Kräfte. Odin ist derjenige, der die Brücke heraufbeschwören kann, die uns zurück nach Asgard bringt. Einst gab es in den anderen Reichen hier und da Pfade zum Land der Götter, doch nach Ragnarök versiegelte er alle."

„Verstanden", sagte ich. „Ihr braucht Odin, damit ihr wieder nach Hause könnt, weil ihr euch hier nicht mehr göttlich genug fühlt."

Thor lachte schallend und schlug auf die Armlehne seines Sessels. „Das ist eine Art, es zu beschreiben."

Loki spreizte seine Hände, als wollte er sagen: *Na und?*

Ich rutschte auf meinem Platz hin und her. „Aber wofür zur Hölle braucht ihr *mich*? Ihr seid Götter. Was kann irgendjemand tun, was ihr nicht tun könnt?"

„Ah, du musst verstehen, wir haben einige Lücken in unserer Bandbreite an Talenten", erklärte Loki. „Und leider haben wir uns nie die Mühe gemacht, Odin mit einem Tracker zu versehen. Wir haben jedoch festgestellt, dass wir vier, die Blutsverbindungen zu ihm haben, eine Walküre heraufbeschwören können. Als Walküre hast du eine andere Verbindung zu Odin. In mancherlei Hinsicht ist es eine direktere Verbindung. Und du besitzt noch andere spezielle Fähigkeiten, die bei der Suche behilflich sein werden."

„Also muss ich Odin einfach nur finden, mehr nicht?"

„Wir müssen dich vorher in deinen Kräften

unterrichten", entgegnete Thor. „Aber das wird dir leichtfallen, weshalb es nicht lange dauern wird."

„Und was passiert, nachdem ich ihn gefunden habe?" Könnte ich einfach in mein gewöhnliches Leben zurückkehren? Vorzugsweise ohne Flügel, die jedes Mal aus meinem Rücken sprießen wollten, wenn sich jemand in meiner Nähe an Papier schnitt?

„Lasst uns nicht zu voreilig sein", warf Loki ein.

Oh nein, ich würde ihnen nicht erlauben, dieser Frage auszuweichen. Oder … „Ihr habt ein paarmal erwähnt, dass es vor mir andere Walküren gab", sagte ich. „Wenn wir diese besondere Verbindung zu Odin haben, hätten sie ihn dann nicht schon längst finden sollen? Was ist mit ihnen passiert?"

Loki, Thor und Freya wechselten einen Blick. Hödur schaute mit angespanntem Mund finster auf den Boden. Sogar Balders verträumte Aura schien sich leicht zu verdunkeln.

„Wir sind uns nicht sicher", antwortete Thor. „Sie haben sich auf die Suche nach ihm gemacht und sind nicht zurückgekehrt."

„Wir vermuten, dass sie in das verwickelt wurden, was auch den Göttervater in seinem Griff hat", erklärte Loki. „Das unterstützt die Vermutung, dass er *tatsächlich* gefangen ist und nicht einfach nur die Zeit aus den Augen verloren hat. Du eignest dich jedoch besser als die anderen."

Hödur brummte etwas und schüttelte den Kopf. Balder bedachte seinen Bruder mit einem liebevollen Blick, seine Finger spannten sich jedoch auf den Armlehnen seines Sessels an. „Wir müssen dem Ganzen eine Chance geben", verkündete er.

„*Was* müsst ihr eine Chance geben?", fragte ich und spannte die Finger um den Kamm herum an. „Was ist so besonders an mir?"

Lokis schmale Lippen verzogen sich nach oben. „Meine

Begleiter hier waren der Meinung, dass eine ideale Walküre eine junge Dame reinen Herzens und edler Taten wäre. Meiner Meinung nach sind reinherzige Leute, die noble Taten vollbringen, auch Schwächlinge. Da ihre Herangehensweise nicht funktioniert hat, schlug ich vor, dass wir nach jemand Einfallsreicherem suchen. Vielleicht sogar nach jemand Rabiatem. Nach einer Frau, die keine Angst davor hat, sich die Hände schmutzig zu machen, wenn ihr Überleben davon abhängt. Würdest du sagen, dass das auf dich zutrifft?"

Meine Schultern spannten sich an. Wie viel wusste er? Hatte er irgendwie gesehen, was ich zum Überleben tun musste?

Loki erwiderte meinen Blick ruhig. Sie hatten nicht einmal meinen Namen gekannt – das bedeutete, dass sie keine Einzelheiten kannten, oder? Nur das Wesentliche?

Ich befeuchtete meine Lippen. „Ich habe eine Menge überlebt, wenn du das meinst, ja."

„Nun, da hast du es. Die anderen besaßen nicht die Intelligenz, um anständig auf sich selbst aufzupassen. Ich kann dir sagen, dass du prima zurechtkommen wirst."

„Du hast bereits zugegeben, dass ihr nicht wisst, was mit den anderen passiert ist", wandte ich ein. „Also hast du keine Ahnung, was ich tun muss. Und ich will immer noch wissen, was geschieht, wenn alles in Ordnung ist und ich Odin zu euch zurückbringe."

Freya beugte sich vor. „Ich schätze, du würdest mit uns nach Asgard zurückkehren", sagte sie. „Dort könntest du dir ein Leben aufbauen."

„Ich hatte hier ein Leben."

„Als sterblicher Mensch", erinnerte mich Loki. „Du bist jetzt weniger sterblich und kein Mensch mehr. Das hier ist nicht mehr deine Welt."

Innerlich empörte ich mich. Er durfte das nicht

entscheiden. Es war die einzige Welt, die ich jemals gehabt hatte, auch wenn es oft eine beschissene war. Dort gab es Leute, die mich brauchten. Ich musste bald zu Petey zurück.

Als sie meinen Blick erwiderten, konnte ich spüren, dass ihre Absichten an mir zerrten, wie die Flügel an meinem Rücken gezerrt hatten. Es war ihnen egal. Sie wollten einfach nur, dass ich ihr Werkzeug wurde, mit dem sie bekommen würden, was sie wollten. Was interessierte es sie, was anschließend mit mir geschah? Vorausgesetzt, dass ich das überlebte, was die Mädchen vor mir nicht überstanden hatten.

Sie konnten sich diesen Plan dort hinstecken, wo die Sonne nicht schien.

Ich testete meinen Griff um den Kamm und den Winkel meiner Füße auf dem Sesselkissen. „Lasst mich darüber nachdenken", sagte ich.

Dann sprang ich über die Armlehne des Sessels zur Tür.

KAPITEL FÜNF

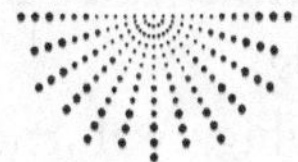

Loki

Dieses neue Mädchen war wirklich schlüpfrig. In der einen Sekunde saß sie vollkommen lässig da, in der nächsten sprang sie zur Tür, als wäre ihr Fenrir höchstpersönlich auf den Fersen. Ich musste ihren Scharfsinn – und ihren Mut – bewundern, obwohl ich durch den Raum rannte, um ihr den Weg abzuschneiden. Sie würde ohnehin bald lernen, dass sie uns nicht entkommen konnte.

Unsere Fee hielt schlitternd an, als ich vor der Tür erschien. Ihre grauen Augen blitzten. Sie wirbelte ruckzuck herum und stürzte zum nächsten Fenster, wobei ihre zerzausten blonden Haare um ihre Schultern flogen.

Ich blickte zu Thor. Er hatte sich bereits in Bewegung gesetzt, um sie abzufangen. Trotz unserer vielen Differenzen gaben wir ein gutes Team ab, wenn es die Situation verlangte.

Dieses Mädchen – sie hatte gesagt, sie hieße Aria – war

jedoch kein Feind. Wir mussten sie *sanft* bändigen, ohne dass sie dabei verletzt wurde.

Sie fummelte an dem Fenster herum, doch der Rahmen klemmte. Thor griff nach ihr. „Ari …"

Sie warf sich von ihm weg, duckte sich unter seinem gewaltigen Arm hindurch und eilte zur anderen Tür. Ich wusste ihr Durchhaltevermögen zwar zu schätzen, diese Jagd wurde jedoch etwas lästig.

„Ari", sagte ich ruhig, während ich den Boden mit mehreren Schritten auf einmal überquerte. „Darf ich weniger rennen und mehr reden empfehlen?"

„Es gibt nichts mehr zu bereden", entgegnete sie. Als ich ihr den Weg zur Tür abschnitt, wirbelte sie herum und rannte wieder zur ersten Tür.

In Ordnung, ich hatte genug. „Hödur", rief ich und klatschte in die Hände. „Tu uns einen Gefallen und wende deine winterliche Magie auf unseren Gast an. Es ist schwer, so ein Gespräch zu führen."

Der dunkle Zwilling schaute finster in meine Richtung, drehte allerdings den Kopf und folgte den Schrittgeräuschen des Mädchens. Er ließ seine Hand nach vorne schnellen.

Ari blieb wie angewurzelt auf halbem Weg durch den Raum stehen. Sie starrte auf ihre Beine hinab, die mitten in einem Fleck heraufbeschworener Schatten erstarrt waren. Ein frustrierter Laut brach aus ihrem Mund hervor. Sie sah uns alle mit wilder Miene an. Mit ihrer rechten Hand umklammerte sie nach wie vor diesen verdammten Kamm, als könnte sie einem von uns auch nur den kleinsten Schaden damit zufügen.

Das hatten wir uns jedoch gewünscht, als wir in der Leere nach einem menschlichen Geist gesucht hatten, den wir zu einer Walküre formen konnten: eine Kämpferin, eine Überlebende. Was auch immer sie durchgemacht hatte, sie war zweifellos so weit gekommen, indem sie *niemandem* vertraut hatte.

Sie würde perfekt für diese Aufgabe sein, wenn ich sie dazu überreden konnte, mit uns anstatt gegen uns zu arbeiten.

Ihr Kinn hob sich, als ich zu ihr lief. Sie sah mich trotzig an. „Ich will nicht hier sein. Ich will kein Teil dieser ... Rettungsmission sein oder was zum Henker es ist."

So viel Feuer, sogar wenn sie vollkommen hilflos war wie jetzt. Ich blieb ein paar Schritte entfernt von ihr stehen. Eine andere Person hätte vielleicht eine Hand ausgestreckt und mit einer Berührung die emotionale Bindung gestärkt, die ich aufbauen musste. Ich hatte allerdings gesehen, wie dieses Mädchen reagierte, wenn ihr jemand zu nahe kam. Sie war von derartigen Berührungen häufiger verletzt als getröstet worden.

Ich konnte meine herkömmlichen Strategien anpassen. Ein Trickster war absolut anpassungsfähig.

Thor trampelte herbei, um sich uns anzuschließen. Ich machte eine Geste, dass er sich fernhalten sollte, und sah Ari unverwandt an. Ein Muskel an ihrem Kiefer zuckte und sie spannte ihn stärker an. Unter dem Trotz hatte sie Angst.

„Ari", sagte ich leise, sanft und aufrichtig. „Ich verstehe es. Wir haben dich von allem weggeholt, was dir vertraut war, und jetzt stellen wir Forderungen und legen dir Beschränkungen auf ... Natürlich willst du nichts damit zu tun haben. *Ich* will das auch nicht. Es ist jedoch die beste Idee, die uns eingefallen ist, und ich schwöre, wir werden alles in unserer Macht Stehende tun, um dir das Ganze zu erleichtern ... und es ist besser, als tot zu sein, oder? Denn das war deine Alternative. Das Leben, das du hattest, ist so oder so fort." Ich schnippte mit den Fingern. „Einfach so. Wäre es dir wirklich lieber, wenn du gar nicht hier wärst?"

Aris Schultern begannen, zu sinken. Die wütende Röte

verblasste aus ihrem Gesicht. Sie hatte zuvor noch nicht darüber nachgedacht, oder? Wir hatten ihr erzählt, dass sie gestorben war, aber wie konnte eine Sterbliche das verarbeiten, wenn sie ihrer Einschätzung nach noch immer lebendig war?

„Ich war wirklich tot?", fragte sie. „Richtig tot, nicht nur … *am Sterben* oder in einem Koma oder so etwas?"

Ich nickte. „Die Magie, mit der wird dich hergerufen haben, konnte sich nur an einen Geist heften, der sich bereits – wenn auch erst vor kurzem – von seinem ehemaligen Körper gelöst hatte. Wir haben dich vor der Leere bewahrt, Fee."

Der Muskel zuckte erneut, dieses Mal allerdings nicht aus Angst. „Ich bin keine Fee", spuckte sie aus.

Ich erlaubte mir ein Lächeln. „Du hast noch keine Feen kennengelernt, wenn du das als Beleidigung auffasst. Sie sind klein, ja, aber die meisten, die ich kannte, waren taffer als ich."

Mit etwas Glück würde sich herausstellen, dass es sich bei ihr genauso verhielt. Ich brauchte es, dass sie taff war. Die anderen hatten lange gezögert, bei meinem Plan mitzumachen. Falls diese Situation den Bach runterging, würde ich sie ein oder zwei Jahrhunderte lang von gar nichts mehr überzeugen können.

Wenn es gut ging, würde ich das nächste Mal vielleicht weniger Gemecker ernten, wenn ich eine absolut logische und aufschlussreiche Beobachtung machte.

Ari schien nicht so recht zu wissen, was sie von meiner Antwort halten sollte. Sie saugte die Unterlippe zwischen ihre Zähne. Plötzlich bemerkte ich, dass sie nicht nur stur, mutig und schnell, sondern auf ihre feenhafte Art auch ziemlich hübsch war. Als würde diese Beobachtung einem von uns in diesem Augenblick helfen.

„Ihr seid Götter", sagte sie schließlich. „Könnt ihr nichts

wegen der ganzen Sache mit dem Tod unternehmen? Könnt ihr mich nicht als Mensch zurück ins Leben bringen?"

„Balder hätte das womöglich gekonnt, wenn er da gewesen wäre, bevor du richtig ins Gras gebissen hast", antwortete ich und nickte zu dem hellen Zwilling. „Aber er war nicht dort. Und jetzt ist es zu spät. Wir können nicht einfach einen Schalter umlegen und dich zurückschicken."

„Also bin ich entweder tot oder hier gefangen."

„Du bist nicht per se gefangen", widersprach ich. „Du wirst eine Menge Freiheiten haben – sobald wir uns sicher sein können, dass du nicht davonrennen und in der sterblichen Welt allerlei Chaos anrichten wirst. Wir haben dir ein Geschenk gegeben. Wir möchten nur sichergehen, dass du es … verantwortungsbewusst einsetzt."

Sie rümpfte die Nase, ihr Blick war jedoch wieder nachdenklich geworden. Ihr Kiefer mahlte. Und ich stellte eine wohl begründete Vermutung an. Rabiat hin oder her, fast jeder Mensch hatte eine Schwäche für jemand anderen als sich selbst.

„Es gibt Leute in dieser Welt, um die du dir Sorgen machst, oder?", fragte ich. „Leute, die dir wichtig sind? Wärst du tot, wärst du für immer aus deren Leben verschwunden. Auf diese Weise kannst du wenigstens von Zeit zu Zeit über sie wachen. Sie wieder sehen. Es ist zwar nicht das Gleiche, aber es ist mehr, als du andernfalls hättest."

Sie schwieg einen Moment lang, gefangen in dieser seltsamen Haltung, die Beine mitten im Schritt erstarrt. „In Ordnung", verkündete sie. „Ich werde sehen, was ich tun kann, um euch bei dieser Odin-Geschichte zu helfen, wenn ihr mir beibringt, wie ich diese Kräfte nutzen kann, die ihr mir gegeben habt. Und wenn ihr mir noch etwas besorgen könnt."

Sie stellte immer noch Forderungen, was? Ich schaffte es,

mir ein Glucksen zu verkneifen, da sie das vermutlich aufregen würde. „Was willst du, Fee?"

Sie verzog das Gesicht wegen des Spitznamens, allerdings nicht so stark wie zuvor. „Als ich starb, hatte ich einige Sachen bei mir. Ich hatte ein Klappmesser in der rechten Hüfttasche meiner Jeans. Zugeklappt ist es ungefähr zehn Zentimeter lang und es hat einen marmorierten, dunkelblauen Griff. Ich will es wieder haben. *Es* ist nicht gestorben, also kannst du es mir zurückholen, oder?"

„Das kann ich tun", antwortete ich. Es sollte nicht einmal so schwierig sein. „Ich werde es sofort holen. Aber ich werde dich berühren müssen. Hödur, ich denke, du kannst sie jetzt aus deinem Griff entlassen."

Sie versteifte sich, als Hödur mit einer Handbewegung den kalten Schatten entließ, der sie festgehalten hatte. Sie blieb jedoch wie erstarrt stehen, als ich etwas näher kam. Gerade so nahe, dass ich meine Hand sachte auf die nackte Seite ihrer Schulter legen konnte.

Die Energie ihres Geistes kribbelte an meinen Fingern. Ich absorbierte dieses Gefühl, das Rauschen und den Fluss, das unverkennbare Muster, das nur sie besaß. Anschließend trat ich von ihr weg und schlüpfte durch die Tür.

Draußen schwappte heiße, schwüle Luft über mich hinweg. Ich zog los und ließ mich von den Kräften tragen, die in meinen Flugschuhen eingebettet waren. Meine Schritte dehnten sich immer weiter in die Länge, bis ich mit jedem Schritt Meilen hinter mich brachte – natürlich unsichtbar für die sterblichen Augen, an denen ich vorbeiflog. Weiter und weiter segelte ich durch eine verschwommene Landschaft, bis ich der verblassenden Spur von Aris Geist zu ihrer Quelle gefolgt war.

Ich blieb im schwachen summenden Licht einer Leichenhalle stehen. Sogar für eine Leichenhalle war diese ziemlich unangenehm. Die Luft stank nach Desinfektionsmittel und darunter nach Verwesung. Die Stahltüren, die eine der Wände säumten, waren schmuddelig. Ich konnte erkennen, hinter welcher der ehemalige Körper unserer Walküre lag. Vor meinem inneren Auge konnte ich den Matsch aus Schädel, Gehirnmasse und Haaren sowie die gebrochenen Knochen sehen. Das brauchte ich nicht *in echt* zu sehen.

Ihre Habseligkeiten. Sie hatten ihr die Kleider ausgezogen und in einen Korb geworfen – da. Und dort war ihr kostbares Klappmesser. Ein interessanter persönlicher Gegenstand. Ich schätzte, er passte zu dem Mädchen.

Ich fischte das Messer aus dem blutigen Stoff und wusch es gemeinsam mit meinen Händen am Waschbecken. Der Gestank des Todes kroch tiefer in meine Lunge und ein Schauder durchlief mich. Igitt. Wehe, wenn sie mir das hier nicht hoch anrechnete.

Ich rannte auf dem gleichen Weg zurück, den ich gekommen war, wobei ich das Messer in meiner Hand festhielt. Als ich das Wohnzimmer unseres Landhauses wieder betrat, fand ich alle fast in den gleichen Positionen vor, die wir zu Beginn eingenommen hatten – Ari saß wieder auf ihrem Sessel und meine göttlichen Begleiter waren auf den Sesseln um sie herum verteilt. Niemand sprach. Sie schienen alle auf mich gewartet zu haben.

Was für ein nutzloser Haufen sie manchmal waren. Ich schüttelte den Kopf über sie, grinste und hielt Ari meine Hand mit dem Klappmesser hin. Ihr Gesicht hellte sich auf. Sie entriss es mir und drückte es sich an die Brust.

Menschen waren so merkwürdige Wesen. Ich konnte mich nicht erinnern, seit König Arthur und seinem legendären Schwert einen Sterblichen gesehen zu haben, der so an einer Waffe hing.

„Da hast du es", verkündete ich. „Haben wir einen Deal?"

„Ich habe bereits gesagt, dass ich versuchen würde, euch zu helfen, oder nicht?", entgegnete sie und hielt inne. „Mir ist noch etwas durch den Kopf gegangen."

Ich ließ mich auf meinen vorherigen Sessel fallen und streckte die Beine aus. Ich war nur ein wenig erschöpft von diesem Sprint durchs Land. „Ich bitte darum, erzähle uns von deinen Bedenken."

Sie zögerte erneut. Dann sagte sie: „Was würdet ihr mit mir tun, wenn ich mich weigern würde, eure Befehle zu befolgen? Wenn ich euch sagen würde, ihr könnt es vergessen, auf keinen Fall werde ich helfen?"

Oh. Sie hatte es nicht versäumt, diesen Aspekt zu bedenken. Ich wartete, doch keiner der anderen sagte etwas. Thor betrachtete seine Hände und verschränkte sie vor sich. Sie hatten offenbar beschlossen, dass es auch meine Aufgabe war, diesen Aspekt zu erklären. War ja klar, oder? Lasst Loki die Drecksarbeit machen. So lief es immer ab.

Ich seufzte. „Wir sind nicht grausam, Ari. Wir haben dir dieses neue Leben geschenkt … wir haben es nicht eilig, es zu beenden. Falls du beschließt, dass du nichts anderes tun willst, als den ganzen Tag im Haus herumzusitzen, dann ist es eben so. Aber wir können es nicht riskieren, dass du andere in Gefahr bringst. Du bist unsere Verantwortung. Wenn wir das Gefühl hätten, dass du ein Risiko für die sterbliche Gesellschaft – oder jemand anderen – darstellst, müssten wir dich in den Zustand zurückversetzen, in dem wir dich gefunden haben."

„Tot", sagte sie und hielt meinen Blick.

„Ja."

„Ich schätze, dann habt ihr mir kaum eine andere Wahl gelassen, oder?", fragte sie mit einem kleinen Lächeln, das so spröde war, dass es mir in die Brust schnitt.

Ich hatte sie ausgewählt. Das hier war mein Werk. Und jetzt gab es eine weitere Person, die wütend wäre, sollte sich herausstellen, dass ich mich geirrt hatte.

KAPITEL SECHS

Aria

Trotz der gewaltigen Größe des Hauses war die Küche wunderbar gemütlich. Sie war gerade groß genug für eine Arbeitsplatte und die üblichen Gerätschaften – sie sahen so alt aus, dass ich vermutete, dass sie älter als ich waren und möglicherweise sogar älter als Mom. Ein Tisch für vier Personen stand in der Ecke.

Das gefiel mir irgendwie. Daher aß ich das Sandwich dort, das ich mir mit der großen Auswahl an Lebensmitteln aus dem Kühlschrank und Schrank zusammengestellt hatte. In dieser Ecke fühlte ich mich einfach viel sicherer, als ich es an dem großen Esstisch getan hätte, den ich auf meinem Weg durch den Gang entdeckt hatte.

Eigentlich wollte ich sofort mit dem Prozess beginnen, ein superkräftiges Wesen zu werden. Doch sobald ich nach meinem jüngsten Fluchtversuch aufgestanden war, hatte mich ein Schwindelgefühl gepackt und mein Magen hatte so laut geknurrt, dass Loki gegrinst hatte. Also würde ich Energie tanken und meine Kräfte sammeln, bevor ich irgendetwas anderes in Angriff nahm. Ich vermutete, dass es Sinn ergab, dass Sterben, Auferstehen und all das Herumrennen ihren Tribut forderten.

Auferstanden als *Walküre*. Ich bekam immer noch Gänsehaut, wenn ich mich an das fremde Gewicht dieser Flügel erinnerte. Konnte ich tatsächlich mit ihnen fliegen? Bei der Vorstellung erschauderte ich in einer merkwürdigen Mischung aus Vorfreude und Entsetzen. Meine Finger schlossen sich fest um den Griff meines Klappmessers, das ich unter dem Tisch festhielt. Meine geliehene Hose hatte Taschen, das warme Plastik in meiner Hand sorgte jedoch dafür, dass ich mich geerdet fühlte.

Diese ganze Situation war so verrückt. Götter. Magische Kräfte. Von den Toten auferstehen. Doch ich hatte den Beweis mit eigenen Augen gesehen. Ich *erinnerte* mich daran, dass ich gestorben war. Ich wusste nicht, wie irgendjemand das oder die Tricks, die die Götter vorgeführt hatten, hätte vortäuschen können. Diese langen Minuten, in denen meine Beine erstarrt gewesen waren und von der Kälte der schattigen Fesseln gekribbelt hatten, mit denen sie umgeben gewesen waren ...

Das war jetzt vorbei. Es machte keinen Sinn, darüber nachzudenken. Ich musste mich auf das konzentrieren, was vor mir lag. Ich würde den Umgang mit den Kräften lernen, die mir diese seltsame Gemeinschaft angeblich beibringen konnte, und vielleicht würde ich dann in der Lage sein, mich ihrem magischen Schutz zu entziehen und von hier zu verschwinden.

Soweit ich das erkennen konnte, hatte ich weniger als einen Tag verloren. Petey würde sich noch keine Sorgen machen, weil er mich nicht gesehen und keine Geschenke von mir erhalten hatte. Manchmal musste ich eine ganze

Woche warten, bis es sicher war, ihn zu besuchen, und ich hatte ihn erst vor ein paar Tagen heimlich von seinem Mittagessen in der Grundschule weggeholt.

Außer … was, wenn die Polizei meine Mom mittlerweile über meinen Tod informiert hatte? Was, wenn sie es Petey erzählt hatte?

Er war erst sechs Jahre alt und das Bild seines süßen und viel zu unschuldigen kleinen Gesichts zeichnete sich vor meinem inneren Auge ab. Ich erinnerte mich daran, wie mich seine kurzen Arme gedrückt hatten, als er mich das letzte Mal umarmt hatte. Ich dachte auch daran, wie er aufgeregt mit den Händen gestikuliert hatte, als er mir von der Burg erzählt hatte, die er im Unterricht gebaut hatte.

Ich sah die Löcher an seinen Schuhspitzen vor mir, weil Mom sich nicht die Mühe gemacht hatte, ihm neue Schuhe zu kaufen. Den Schatten, der über sein Gesicht gehuscht war, als er von Ihr und Ivan, ihrem aktuellen Typ, gesprochen hatte.

Du könntest über sie wachen, hatte Loki gesagt. Ich würde viel mehr tun. Ich konnte mich von der restlichen ,sterblichen' Welt fernhalten – den Großteil würde ich ohnehin nicht vermissen – meinen kleinen Bruder konnte ich allerdings nicht im Stich lassen. Auf gar keinen Fall.

Ich musste so bald wie möglich zu ihm zurück, nur damit ich ihm sagen konnte, dass es mir gut ging – und dass ich nie aufhören würde, auf ihn aufzupassen.

Ich nahm noch einen Bissen von meinem Sandwich aus Schinken, Salat, Mayo und Roggenbrot, als Thor in die Küche schlenderte. Die Götter hatten mich seit unserem großen Gespräch in Ruhe gelassen, aber ich vermutete, dass sein Magen ebenfalls die Oberhand gewonnen hatte. Er beugte sich vor, spähte in den Kühlschrank und holte einen Teller mit ein paar übrig gebliebenen Keulen heraus, die so groß waren, dass sie von einem Truthahn oder einer Gans sein mussten.

„Hast du etwas dagegen, wenn ich mich zu dir setze?", fragte er.

Ich zuckte mit den Achseln. „Es ist dein Haus." Oder etwa nicht? Wie genau funktionierte ein Immobilienkauf, wenn man ein göttliches unsterbliches Wesen war?

Jedenfalls war es mehr sein Haus als meines.

Er setzte sich gegenüber von mir an den Tisch und fiel über seine Mahlzeit her, die ein morgendlicher ‚Snack' zu sein schien, soweit ich das beurteilen konnte. In der Zeit, in der ich das letzte Viertel meines Sandwiches aß, nagte er einen Knochen ab und verschlang fast die zweite Keule. Er verputzte das Fleisch mit einem gelegentlichen Schmatzen und einem zufriedenen Funkeln in seinen warmen braunen Augen.

„Ein Körper dieser Größe braucht viel Nahrung, damit er genug Energie hat, hm?", bemerkte ich.

Thor blickte von dem Knochen auf, von dem er gerade das letzte Fleischstück gerissen hatte. Er blinzelte. Dann rollte ein tiefes Glucksen von seiner Lunge herauf. „Was soll ich sagen? Großer Kerl, großer Appetit."

„Hmm", machte ich. „Ich hätte zwei von denen essen können."

Er zog seine Augenbrauen hoch. „Ach ja?"

Ich deutete mit einem Finger auf ihn. „Mach bloß keinen Kommentar darüber, dass ich eine Fee oder so etwas bin. Ich könnte dich auch unter den Tisch trinken."

Bei dieser Behauptung brach er in dröhnendes Gelächter aus, das so kräftig war, dass es den Tisch erschütterte, unter den er seine Beine nur mit Mühe gequetscht hatte. „*Das* würde ich wirklich gerne sehen. Ich bin bisher keinem anderen Gott begegnet, dem das gelungen wäre, abgesehen von Loki, der allerdings nur durch Tricks gewinnt."

„Vielleicht später", erwiderte ich und strich die Krümel von meinen Händen. „Ich denke, ich werde die Walküre-Lektionen vermutlich besser verstehen, wenn ich nüchtern bin."

„Du kannst mit mir anfangen, wenn du möchtest", schlug er vor. „Da ich bereits hier bin."

Von meinen fünf Rettern-Schrägstich-Wärtern war Thor derjenige, bei dem ich mich am wohlsten fühlte. Vielleicht weil es den Anschein machte, als gäbe es nicht viel von ihm, was ich nicht mit eigenen Augen sehen konnte. Er kam mir nicht wie ein Intrigant wie Loki vor. Und wer wusste schon, was in den Köpfen der anderen vor sich ging.

Ich hatte den Eindruck, dass Thor sagte, was er meinte, und wenn einem das nicht passte, nun, dann würde er einen vielleicht mit seinem mythischen Hammer überzeugen, den er bestimmt irgendwo in der Nähe aufbewahrte.

„In Ordnung", stimmte ich zu, stand auf und schob das Klappmesser in meine Tasche. „In welchem Teil des Walküre-Seins bist du der Experte?"

Er gluckste erneut. „Komm. Es ist zu heiß, um draußen herumzurennen. Daher sollten wir den Salon benutzen."

Der Salon entpuppte sich als ein Raum, der noch größer war als das Wohnzimmer, in dem wir uns zuvor versammelt hatten. Ein riesiger Kamin aus Backsteinen dominierte eine Wand, die verbrannten Holzstücke darin sahen jedoch nicht alt aus. Verschiedene Sessel, Sofas und Tische waren an die Wände geschoben worden. Thor trat in die Mitte des leeren Raums und rieb die Hände aneinander. Ich hatte das Gefühl, dass er dieses Zimmer relativ regelmäßig für die Aktivitäten nutzte, die wir gleich tun würden.

„Normalerweise hat Odin Walküren ausgesucht und erschaffen", erzählte Thor. „Jeder von uns hat seine eigene Verbindung zu ihm und besitzt Eigenschaften, die wir mit ihm teilen und an dich weitergeben konnten." Er schenkte mir ein breites Lächeln. „Ich habe dir Blitze gegeben."

„Blitze?" Ich schaute an meinen Armen hinab. Bisher fühlte ich mich nicht besonders elektrisch.

„Starke Reflexe", erklärte er. „Geschwindigkeit und Kraft. Du warst offensichtlich zuvor schon ziemlich taff, doch jetzt bist du noch stärker." Er grinste.

„Hmm." Ich ließ meine Muskeln spielen. Hatten sie mehr Kraft, als ich gewohnt war?

„Deine Kräfte werden sich nur vollständig aktivieren, wenn sie ausgelöst werden … oder wenn du sie bewusst einsetzt", erklärte Thor. „Andernfalls würden wir ständig jedes Glas zerquetschen, das wir anfassen, und aus Versehen Löcher in den Boden stampfen."

Ich legte den Kopf schief. „Irgendwie glaube ich, dass du aus Erfahrung sprichst."

Er lachte. „Vielleicht. Lass uns einfach sagen, dass es nützlich ist, einigermaßen normal zu sein, wenn normal alles ist, was man braucht. Allerdings kann ich dir ein Gespür für deine neuen Kräfte verschaffen, damit du weißt, wie du sie einsetzen kannst. Ich muss sie nur ein wenig provozieren …"

Plötzlich machte er einen Schritt auf mich zu und schlug mit seiner Faust nach meinem Kopf. Mein Herz machte einen Satz und ich wich aus. Er hatte nicht besonders hart zugeschlagen. Das konnte ich an der Brise erkennen, die sein Arm erzeugte, als er an meinem Kopf vorbeisauste. Allerdings schonte er mich auch nicht. Seine andere Faust flog kurz darauf auf mich zu.

Ich stolperte rückwärts über den glatten Hartholzboden und Thor folgte mir. Er lächelte noch immer, das Funkeln in seinen Augen war jedoch so eifrig, dass es fast schon furchterregend war. Er *könnte* mich zu Brei schlagen, wenn er das wollte – daran hegte ich keinerlei Zweifel.

Bei dem Gedanken wallte Panik in meiner Brust auf,

zersplitterte dort und kribbelte durch all meine Nerven. Ich hüpfte zur Seite und wich aus. Meine Bewegungen wurden immer geschmeidiger, schneller und fielen mir leichter. Mein hektischer Herzschlag beruhigte sich zu einem scharfen, aber steten Pochen. Mit einer Geschwindigkeit, die mir den Atem raubte, huschte ich aus Thors Reichweite.

Blitze. Genau so fühlte es sich an. Elektrizität tanzte durch meine Adern.

„Du kannst es jetzt spüren, oder?", fragte Thor, dessen Atem kein bisschen angestrengt klang. Diese ganze Übung kostete ihn keinerlei Kraft. „Werde ein wenig kreativ. Spiele damit. Du kannst mehr, als du möglicherweise denkst."

Er zog den Kopf ein, um mich unerwartet anzugreifen, und ich sprang aus dem Weg. Die Kraft, mit der ich mich abgestoßen hatte, beförderte mich über ihn hinweg. Ich stellte fest, dass ich an ihm vorbeisegelte und mit einem dumpfen Knall hinter ihm in der Hocke landete. Der Aufprall erschütterte meine Knochen kaum. Ein verblüfftes Lachen kam mir über die Lippen.

Ich war jetzt eine verdammte Superheldin. Es konnte gerne jemand versuchen, mich aufzuhalten, wenn ich diesen verbesserten Körper erst einmal im Griff hatte.

Thor legte jetzt eine Schippe drauf, da ich Fuß fasste. Er bewegte sich schneller, schlug härter zu und versuchte, mich zum Fallen zu bringen, indem er seine Beine und Fäuste vorschnellen ließ. Ich hüpfte immer schneller aus dem Weg und die Luft pfiff in meinen Ohren.

Wir zogen mindestens ein Dutzend Kreise durch den Raum. Ich prallte von den Wänden ab und sprang von den Möbelstücken. Jede Bewegung wurde müheloser.

Ein kribbelndes Brennen breitete sich in meinen Muskeln aus, es war jedoch ein *gutes* Brennen. Als würde ich sie an die Grenze bringen, die sie schon immer erreichen wollten. Ich wusste nicht, wie lange wir so übten, doch es fühlte sich an, als könnte ich stundenlang weitermachen.

Mich packte der Impuls, *ihn* härter zu bedrängen. Warum musste ich immer in der Defensive sein? Jeder, der einigermaßen klug war, wusste, dass man nicht grundlos einen Kampf anzettelte – diejenigen wussten allerdings auch, dass man auf den Magen zielte, wenn der Kampf doch zu einem kam.

Ich wich einem weiteren Hieb aus und sprang vor anstatt zurück. Meine Faust schlug nach Thors muskulösem Bauch. Sein Arm fuhr herab, um mich abzuwehren. Meine Fingerknöchel trafen ganz kurz seinen Bauch, bevor mich sein Abwehrschlag auf die Seite stolpern ließ.

Meine verbesserten Reflexe sorgten dafür, dass ich auf den Füßen blieb, allerdings nur knapp. Die Seite meines Arms pochte oberhalb meines Ellenbogens, wo er mich getroffen hatte. Ich ließ mich in die Hocke fallen, wobei ich den Arm entlastete, und machte mich auf einen weiteren Angriff von ihm gefasst.

Doch Thors Hände waren an seine Seiten gefallen. Er kam vorsichtig näher, sein Mund verzog sich vor Sorge und er sprach stockend.

„Scheiße. Ich wollte nicht … Du hast mich überrascht und ich konnte mich nicht rechtzeitig fangen. Bist du in Ordnung?"

Es war komisch, den Mann plötzlich so kleinlaut und besorgt zu sehen, der noch vor einem Augenblick begeistert um sich geschlagen hatte. Ich richtete mich auf und bot ihm meinen Arm an, damit er ihn untersuchen konnte. „Du hast mich nicht so hart erwischt. Das wird vermutlich einen Bluterguss geben, aber ich werde es überleben."

Er berührte meinen Arm sachte und musterte den roten Fleck, an dem mich sein Abwehrschlag getroffen hatte. „Ich könnte Balder bitten, es zu heilen. Ich hätte dich überhaupt nicht verletzen sollen."

Seine offensichtlichen Schuldgefühle sandten einen Stich durch mich hindurch. Wann hatte sich *irgendjemand* in meinem Leben jemals solche Sorgen darum gemacht, dass er mir wehgetan haben könnte? Dabei hatte er das nicht einmal getan, nicht richtig.

Ich zwang meine Stimme, Worte zu bilden, und sprach so lässig wie möglich, wobei ich obendrein schief lächelte. „Es ist in Ordnung. Es ist meine Schuld, dass ich dich so überrumpelt habe. Der Bluterguss wird mich daran erinnern, dass ich bei meinem nächsten Versuch einfach schneller sein muss."

Thor sah mir in die Augen, als wollte er sich vergewissern, dass ich das ernst meinte. Seine Haltung entspannte sich. Er warf den Kopf nach hinten und lachte. „Du bist wirklich besonders, Aria Watson. Es gibt nicht viele Götter, die einen Treffer gelandet hätten, weißt du? Ich schätze, ich sollte mich besser in Acht nehmen."

Er schaute mir erneut mit einem warmen Grinsen und einem Funkeln im Blick in die Augen, als wäre er wirklich beeindruckt. Beeindruckt von *mir*. Er hatte ein wenig Abstand zu mir gehalten, war jedoch so nah, dass ich die Wärme seines Körpers spüren konnte. Ich konnte ihn auch riechen, herb und berauschend wie ein edler, alter Alkohol. Was zur Hölle tranken nordische Götter? Met?

Thors breite Hand umfasste noch immer meinen Ellenbogen und seine Finger krümmten sich sachte um meine nackte Haut. Diese Berührung bebte meinen Arm hinauf und hinab in meinen Bauch. Urplötzlich fragte ich mich, ob seine Haut so schmecken würde, wie er roch. Wie es wohl wäre, auf diese Weise an allen möglichen Körperstellen berührt zu werden, während er mich so ansah.

Das Räuspern auf der anderen Seite des Raums brach

den Moment. Ich riss mich von Thor los, wirbelte herum und entdeckte Freya neben der Tür. Sie machte ein belustigtes Gesicht.

„Hast du es bereits geschafft, sie zusammenzuschlagen?", fragte sie. „Wir haben euch über eine Stunde lang raufen gehört. Vielleicht ist es Zeit für eine kleine Pause, sonst erschöpfen wir unsere Walküre noch." Ihr Blick heftete sich auf mich. „Was hältst du von einem kleinen Spaziergang, während du wieder zu Atem kommst?"

Ah, ja, eine kleine Verschnaufpause klang gut. Denn auf keinen Fall sollte ich den Gedanken nachhängen, die ich gerade gehabt hatte, nicht einmal eine Sekunde lang.

„Ich werde dich später fertig vermöbeln", informierte ich Thor und versuchte, den eifrigen Sprung zu ignorieren, den mein Herz machte, als mir sein Glucksen durch die Tür folgte.

KAPITEL SIEBEN

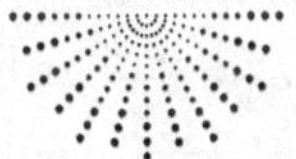

Aria

Als Freya von einem kleinen Spaziergang gesprochen hatte, hatte sie das Außengelände des Hauses gemeint. Das kräftige Sonnenlicht hätte jemanden mit ihrem hellen Teint farblos wirken lassen sollen, doch es sorgte nur dafür, dass ihre Haare wie helle Bronze schimmerten, und betonte die rosige Röte ihrer Wangen. Ich konnte mich an kaum etwas von meinen Kinderbüchern erinnern, doch ich würde mich aus dem Fenster lehnen und sagen, dass Schönheit bestimmt irgendwo auf der Liste der Dinge stand, die ihr als Göttin zugeordnet worden waren.

Ich vermutete, dass sie keine große Rolle bei meiner Beschwörung gespielt hatte angesichts dessen, dass mein Walküren-Ich genauso in-Ordnung-aber-kaum-spektakulär wie mein gewöhnliches Ich aussah.

Ein schmaler Trampelpfad führte über den Rasen und zu

einer Wiese zwischen vereinzelten Bäumen. Freyas weiße Sandalen schwebten beinahe über den Boden und erzeugten im Vergleich zu dem Klopfen meiner Sneakers kaum einen Laut. Abgesehen von der Brise, die durch die Bäume raschelte und die Sommerhitze ein wenig linderte, war dies das einzige Geräusch, das uns umgab. Ich hatte noch immer keine Nachbargebäude entdeckt.

„Wo sind wir hier?", erkundigte ich mich, kurz bevor mir ein beunruhigender Gedanke kam. „Sind wir noch auf der … der ‚sterblichen Ebene' oder wie ihr es genannt habt?"

Ein Lächeln bog Freyas Lippen nach oben. „Ja, das hier ist Midgard", antwortete sie. „Wir *können* ohne Odin nicht gehen, zumindest nicht zurück nach Asgard. Wir befinden uns im Hudson Valley, nicht allzu weit weg von New York City. Einige der Jungs genießen gerne die Großstadtatmosphäre, solange wir hier sind."

Ich wusste nicht, was ‚nicht allzu weit' in der Göttersprache bedeutete, aber in diesem Fall konnte ich nicht besonders weit von zu Hause weg sein. Wenn ich erst einmal von hier entkam, müsste ich nur noch an einen Ort gelangen, wo ich ein geeignetes Transportmittel finden konnte, um nach Philly zu kommen.

Das große Backsteinhaus wurde nun von Bäumen verdeckt. Wenn ich jetzt fliehen würde, wären Loki und die anderen nicht da, um mich aufzuhalten. Natürlich wusste ich weder, welche Kräfte Freya besaß, noch in welche Richtung ich rennen sollte.

Einfach loszurennen, hatte sich zuvor als nicht besonders erfolgreich erwiesen. Das nächste Mal würde ich meine Flucht klüger angehen, alles durchdenken und mich auf alles vorbereiten.

Freya warf mir einen Blick zu. „Hast du dort gelebt? New York?"

Ich blinzelte. Sie wussten wirklich nicht viel über mich,

oder? „Nein", antwortete ich. „Philadelphia. Ich war ein paarmal in New York, aber … ich mag Philly lieber." Die Stadt war kompakter und weniger versnobt, zumindest wenn man nicht zu weit in die Vororte ging. Und es war mir so vertraut wie meine Westentasche.

Freya summte vor sich hin. „Ich bin mir sicher, wir sind dort mindestens ein oder zwei Mal durchgekommen. Mittlerweile waren wir praktisch überall." Sie lachte kurz. „Und hast du dort eine Familie? Freunde?"

„Ein paar." Nicht, dass irgendjemand außer Petey eine echte Rolle spielte. Nicht, dass ich darüber reden wollte.

„Womit hast du dich dort draußen beschäftigt, was Loki auf den Gedanken gebracht hat, dass du die Sorte Person bist, die sich ihre Hände schmutzig machen würde?"

Ihr Gesicht hatte leicht verschlagene Züge angenommen. Natürlich diente dieser ‚Spaziergang' nicht nur dazu, mir eine Pause von meinem Training zu verschaffen. Sie wollte auch etwas von mir. Sie wollte wissen, was für ein Schlamassel das Mädchen war, das sie beinahe willkürlich ausgewählt hatten. Meine Nackenhärchen richteten sich auf, doch ich sprach mit ruhiger Stimme.

„Ich habe mein Zuhause verlassen, als ich siebzehn Jahre alt war. Die letzten fünf Jahre war ich auf mich allein gestellt. Wenn man mit nichts anfängt, tut man, was man tun muss. Ich arbeite für Kriminelle. Ich habe das Gesetz gebeugt. Ich habe gestohlen, um nicht zu verhungern … oder wenn ich jemanden gesehen habe, der nicht verdiente, was er hatte. Ich habe Leute verletzt, um nicht von ihnen verletzt zu werden."

Letzteres hatte ich leider nicht genug getan, als es wirklich einen Unterschied gemacht hätte. Ein schmerzhafter Stich fuhr mir in den Magen.

„Eine Überlebenskünstlerin", stellte Freya fest.

Ich mochte ihren lockeren Tonfall nicht. Was zur Hölle wusste eine Göttin schon über das nackte Überleben?

„Mehr als das", erwiderte ich. „Die letzten Jahre kam ich ziemlich gut zurecht. Ich habe ein Apartment für mich allein, ohne Mitbewohner. Ich habe Kunden, auf die ich mich verlassen kann, soweit man sich auf Kriminelle eben verlassen kann. Es war ein Leben." Ich würde ihr nicht von Petey erzählen.

„Aber einer dieser Kriminellen hat dich getötet?"

„Nein", brummte ich und trat gegen einen Kieselstein. Meine von Blitzen geschmiedeten Muskeln ließen ihn quer über die Wiese fliegen. „Irgendein Arschloch-Junkie in einem Jeep hat mich getötet."

„Ah." Ihre Stirn runzelte sich. „Ich habe zwar schon viel von der modernen Zeit erlebt, finde die motorisierten Fahrzeuge der Menschheit allerdings immer noch ziemlich verstörend."

„Nun, sie sind besonders ‚verstörend', wenn sie mit hundertsechzig Kilometern pro Stunde auf einen zurasen." Ich hoffte, dass sich der idiotische Fahrer bei dem Unfall schlimme Verletzungen zugezogen hatte. Dass er seinen Führerschein verloren hatte. Irgendeine Art von Karma.

Freya änderte ihre Taktik. „Siebzehn ist ziemlich jung, um das eigene Zuhause zu verlassen, oder?"

„Ja", antwortete ich steif. „Aber ich hatte gute Gründe." Gründe, die ich *definitiv* nicht mit ihr besprechen würde. Ein Echo von Geschrei, Beerdigungen und das Gespenst unerwünschter Hände, die über meine Haut wanderten, schwappten allein bei dieser kurzen Erwähnung über mich hinweg. Ich verdrängte all diese Erinnerungen und steckte sie in eine Schublade in meinem Hinterkopf, wo sie hingehörten und hoffentlich den Rest der Ewigkeit bleiben würden.

Ich würde Petey vor all dem bewahren – vor all dem Scheiß, den ich unter Moms Dach durchgemacht hatte.

Ruhelosigkeit bebte durch mich hindurch. Ich ertappte mich dabei, wie ich wieder in die Ferne schaute. Ich fragte mich, wie weit es bis zu einer echten Straße war, wo ich mir eine Mitfahrgelegenheit organisieren könnte, bevor mich jemand einholte. Ja, klar.

Als ich meinen Blick losriss, beobachtete mich Freya mit einem angespannten schmalen Lächeln. Ein Kribbeln lief mir über den Rücken. Wusste sie, worüber ich nachgedacht hatte?

Vielleicht war sie mit mir auf diesen Spaziergang gegangen, nur um mich zu testen – um zu schauen, ob ich erneut versuchen würde, wegzulaufen. Um sicherzugehen, dass ich mich ihrer Sache nun wirklich verschrieben hatte.

Aber siehe da, ich war noch hier. Darüber konnte sie sich nicht beschweren. Vielleicht würde sie mir jetzt etwas mehr über ihre bizarre kleine Familie verraten. Je besser ich verstand, in welcher Beziehung sie zueinanderstanden, desto einfacher wäre es für mich, dieser verrückten Situation zu entkommen.

„Du bist also Odins Frau", stellte ich fest. „Und die anderen Götter ... sind seine Söhne?"

„Abgesehen von Loki", erwiderte sie und zog eine Augenbraue hoch. „Er ist kein Verwandter von ihnen, auch wenn er gerne so tut. Er und Odin haben sich vor sehr langer Zeit einen Eid geschworen. Seitdem haben wir ihn am Hals."

„Blutsbrüder", sagte ich, als mir einfiel, wie Loki es genannt hatte.

„Ja. Thor und die Zwillinge sind Odins Söhne aus einer früheren Beziehung." Sie atmete leise aus. „Viele Dinge haben sich in unserem Reich verändert seit den Tagen, in denen uns die Menschheit verehrte."

Augenblick mal! „Balder und Hödur sind wirklich Zwillinge?", fragte ich. „Ich dachte, Loki hätte nur einen Witz gemacht."

Sie lachte. „Verständlich, aber nein. Sie sind eindeutig zweieiige Zwillinge, die gemeinsam geboren wurden. Tag und Nacht. Sommer und Winter. Und trotzdem unzertrennlich, abgesehen von …" Ihre Stimme verstummte und sie schloss den Mund.

„Abgesehen von?", hakte ich nach.

„Nichts. Ich habe den Faden verloren." Sie winkte ab.

Ah ha. Es gab Dinge, über die die Götter auch nicht sprechen wollten. Ich konnte mir jedoch nicht vorstellen, dass es mir etwas nützen würde, sie weiter zu bedrängen.

„Verstehen sie sich gut?", fragte ich. „Hödur kam mir ein wenig, ähm, mürrisch vor."

Freyas Lächeln kehrte zurück. „Das ist er. Ihr Band ist allerdings etwas Besonderes. Und als ihr älterer Bruder behält Thor die beiden natürlich im Auge, obwohl sie bereits seit unzähligen Jahren erwachsen sind."

Ein enger Familienverband. Loki war ein leichter Außenseiter, aber eindeutig der Klügste der Truppe, weshalb ich ihn nicht als Schwachstelle sehen konnte.

Unser Pfad hatte uns in einem zackigen Kreis geführt. Das Haus kam vor uns wieder in Sicht und die alten Backsteine zeichneten sich dunkel hinter den hellgrünen Blättern ab, die sie umgaben. Wenn ich keine Schwachstelle unter den Göttern finden konnte, hatte ihr Zuhause vielleicht eine. Aus diesem Winkel konnte ich die vordere und hintere Veranda sehen sowie Fenster entlang der gesamten Seite, der ich zugewandt war. Einige dieser Fenster waren so nah am Boden, dass ich aus ihnen springen könnte … Sogar die im zweiten Stock könnten funktionieren, wenn ich meine Flügel zum Fliegen benutzen konnte. Mein Rücken juckte bei der Idee.

Es gefiel mir nicht, wie sie sich in meinem Rücken anfühlten, aber falls das nötig war, um zu entkommen, würde ich es tun. Ich musste einfach lernen, wie ich mit ihnen umzugehen hatte. Ich würde herausfinden, was mir die anderen drei Götter beizubringen hatten, und dann wäre ich bereit.

„Danke für den Spaziergang", sagte ich und strich mir die Haare hinters Ohr, als wir die Vorderseite des Hauses erreichten. „Ich glaube, es war gut, einen klaren Kopf zu kriegen. Jetzt sollte ich mich wohl besser wieder meinem Training widmen."

„Danke für die Gesellschaft", erwiderte Freya sanft, als hätte sie den Spaziergang nicht genutzt, um mir Informationen und wer weiß was noch zu entlocken.

Als wir das Haus betraten, schwebte eine trällernde Melodie leise die Treppe herab. Es klang nach einer Geige, aber tiefer. Und irgendwie vertraut.

Freya deutete mit dem Kinn zur Treppe. „Das wird Balder sein. Du könntest ihn als Nächstes aufsuchen."

Balder. Der verträumte, helle Gott, der mich mit seiner Berührung bewusstlos gemacht hatte – allerdings auf die friedvollste Art, die man sich wünschen konnte. Ich wusste noch nicht, was ich von Loki halten sollte, und Hödur mochte mich definitiv nicht. Ich konnte genauso gut in Erfahrung bringen, was hinter diesen leicht benommenen, wenn auch umwerfenden Augen vor sich ging und was er zu meinem Walküre-Sein beigetragen hatte.

Das Lied verklang, als ich die oberste Treppenstufe erreichte. Welches Stück es auch gewesen war, das Lied, das er als Nächstes zu spielen begann, war mir noch vertrauter: die schweren Töne von ‚Amazing Grace'. Als Kind hatte ich während einer der seltenen großzügigen Phasen meiner Mom Gesangsunterricht genommen. Dieses Lied hatte ich bei meinem ersten und einzigen Vorsingen gesungen.

Der Text kitzelte am Ansatz meiner Kehle, als ich vor die geschlossene Tür trat, durch die die Musik sickerte. Als ich sie vorsichtig aufschob, konnte ich nicht anders, als im Takt mit dem Instrument zu singen.

„Through many dangers, toils and snare, we have already come. T'was grace that brought us safe thus far, and grace will lead us home."

Zur Hölle, ja, ich könnte jetzt etwas von dieser Gnade gebrauchen, damit sie mich sicher dorthin führte, wo immer ich hinmusste.

KAPITEL ACHT

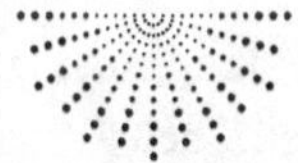

Balder

Der Bogen bewegte sich so geschmeidig über die Saiten, als hätte er seinen eigenen Willen – als würde er die Musik von selbst spielen und meine Hand würde lediglich mitmachen. Die tiefen, kräftigen Töne der Geige füllten den Raum. Ich achtete nicht einmal darauf, welches Lied ich als Nächstes spielte, sondern ließ mich einfach von meinem Instinkt leiten. Ich verlor mich in dieser Welt, die aus Wärme und Musik bestand. Die einzige Welt, in der ich immer absoluten Frieden verspürte.

Eine Stimme webte sich durch die Melodie. Roh, jedoch lieblich zitterte sie bei der ein oder anderen Note, traf allerdings meistens die richtige Kadenz. Meine Augen flogen auf.

Die junge Frau, die unsere neue Walküre war, schlüpfte gerade in den Raum. Sie erstarrte und ihr Mund klappte zu, als mein Blick ihrem begegnete. Ich hielt den Bogen an.

„Du hast eine gute Stimme. Anscheinend haben dir deine Eltern einen passenden Namen gegeben."

Arias Mund zuckte. Sie machte jedoch den Eindruck, als wäre sie sich nicht sicher, ob sie lächeln sollte. „Meine Stimme ist nicht halb so gut, wie du spielst", sagte sie. „Ist es für nordische Götter normal, christliche Hymnen zu lernen?"

„Ist das Lied eine? Ich muss zugeben, dass ich nicht immer auf die Liedquelle achte. Ich höre Musik, die mir gefällt, und speichere sie hier oben." Ich tippte leicht an meinen Kopf.

„Du musst mittlerweile eine ziemlich große Kollektion haben."

Nach all der Zeit meiner Existenz meinte sie. Ein Beben durchlief meine Gedanken. Ich wandte den Blick ab, atmete tief ein und ließ mich in das warme Leuchten sinken, welches das Lied zurückgelassen hatte und das zu dem Sonnenlicht passte, das durch das Fenster des Musikraums fiel. Es gab hier nichts Qualvolles. Und die Vergangenheit war es nicht wert, dass man über sie nachdachte jetzt, da sie vergangen war.

Als ich mich wieder zu Aria umdrehte, beobachtete sie mich argwöhnisch. „Ich wollte dich nicht stören", entschuldigte sie sich. „Ich dachte, dass du vielleicht mit deinem Teil des Walküre-Trainings beginnen könntest."

„Selbstverständlich", erwiderte ich. Es war gut, dass sie willig und erpicht auf das Training war. Ich lächelte. „Du solltest jetzt so viel wie möglich darüber lernen, was du bist. Ich werde dir so behilflich sein, wie ich kann."

Ich stand auf und brachte die Geige zu ihrem Platz an der Wand inmitten unserer Instrumentensammlung. Im Lauf der Zeitalter hatte ich verschiedene Instrumente ausprobiert, zu der Geige kehrte ich allerdings immer wieder zurück. Kein anderes Instrument konnte mit der Tiefe und Reinheit ihrer

Klänge mithalten. Ich ließ meine Finger liebevoll über das glatte Holz gleiten.

„Was wirst du mir beibringen?", fragte Aria. „Ich bin mir noch immer nicht sicher, wie du in das Ganze reinpasst."

Ich nickte. Ein wenig Verwirrung war verständlich, aber ich sollte tun, was ich konnte, um diese zu zerstreuen. Mein Blick glitt wieder zu ihr. „Es wird seine Zeit brauchen, alles zu verarbeiten. Es tut mir leid, dass deine Ankunft so schwierig für dich war. Wir haben versucht, unsere Walküren so sanft wie möglich willkommen zu heißen, es ist jedoch eine komplizierte Situation. Hätte es eine Möglichkeit dazu gegeben, hätte ich gerne vorher deine Erlaubnis eingeholt."

Da erwiderte sie mein Lächeln, wenn auch ein wenig schief. „Nun, jetzt ist es erledigt, oder? Und ich kann nicht behaupten, dass ich lieber tot wäre. Also schätze ich, dass es letztendlich ganz gut passt."

Sie *war* anders als die anderen. Ich war mir bezüglich Lokis Argumentation nicht sicher gewesen, als er sich für eine neue Strategie ausgesprochen hatte, konnte jetzt allerdings die Vorteile erkennen. Die anderen – sie hatten aus der Güte ihrer Herzen zugestimmt, uns zu helfen, wovon sie eine Menge gehabt hatten. Es war Güte gewesen, an die sie sich gewandt hatten, als sich ihre Ängste oder Unsicherheiten gemeldet hatten. Güte war jedoch weich und diffus.

Die Entschlossenheit in Aria war etwas Flexibles, aber so viel stärker, so wie die widerstandsfähige Spannung eines guten Bogens. Sie wollte lernen, weil es eine Herausforderung war, die sie bezwingen wollte, und nicht, weil sie sich verpflichtet fühlte, einer vagen Vorstellung von Richtigkeit zu folgen. Sie würde es *genießen*, ihre Kräfte zu erlernen, und sie nicht einfach nur als eine Pflicht akzeptieren.

Diese Art von Licht konnte viel länger durchhalten und viel mehr ertragen.

Sie war schnell wieder auf die Beine gekommen, nachdem sie heute Morgen noch so panisch gewesen war. Es beruhigte *mich*, das zu sehen.

„Was weißt du über Walküren?", fragte ich.

„Abgesehen von dem, was ihr mir bisher erzählt habt – dass sie etwas mit Odin zu tun haben und ihr jemand Toten nutzen müsst, um eine zu machen?" Sie zuckte mit den Achseln. „Nicht viel. Sie sind Kriegerinnen, richtig? Deswegen brauchte ich einen Teil von Thors Kraft?"

„In gewisser Hinsicht", erwiderte ich. „Die Stellung einer Walküre ist jedoch etwas Heiligeres. In den alten Zeiten hätten du und deine Schwestern über die Schlachten in Midgard gewacht und entschieden, welche Seite siegreich hervorgeht. Ihr hättet ausgewählt, welche der Gefallenen es verdienten, in Odins große Halle, Walhalla, aufzusteigen. Gerechtigkeit und Gnade."

Ihre Augenbrauen hoben sich. „Klingt nach einer großen Verantwortung."

Es gab wirklich nicht viel, was dieses Mädchen aus der Fassung brachte, oder? Ich spürte, dass ich mich noch mehr entspannte und in das Gespräch vertiefte. Ich gab ihr etwas, was sie wollte. Es war kein Unbehagen zu bemerken.

„Ja", bestätigte ich. „Allerdings hättest du sie nicht allein getragen. Es hätte Dutzende von euch gegeben, um alles zu beobachten und abzuwiegen."

„Doch jetzt habt ihr nur mich. Nach den Schwierigkeiten, die die Walküren vor mir anscheinend hatten, hieltet ihr es nicht für eine gute Idee, ein ganzes Geschwader zu rufen?"

„Ah", sagte ich und wedelte mit der Hand, als könnte ich diesen Punkt hinfort fegen. „Es kostet uns viel Energie, eine Walküre heraufzubeschwören. Wir geben unser Bestes. Jetzt kann ich dir zeigen …"

„Was ist mit den anderen passiert?", unterbrach mich Aria.

Ich legte den Kopf schief. „Die drei, die wir vorher zu uns gerufen haben, sind auf ihrer Suche verschwunden. Loki hat das erwähnt, oder nicht?"

Sie verschränkte ihre sehnigen Arme vor der Brust. „Ich meine nicht die, die ihr gerufen habt. Ich meine all diese Dutzenden Walküren, die Odin zuvor hatte, oben in Walhalla oder wo auch immer. Wenn sie so auf ihn eingestellt sind, warum suchen sie nicht bereits nach ihm? Warum musstet ihr eure eigene Walküre machen?"

Vorher. Noch ein Beben durchlief mein Bewusstsein, allerdings nur entlang der Oberfläche. Es war einfacher, das wegzuwischen.

„Seit jenen Tagen ist viel Zeit vergangen", erklärte ich. „Die Dinge haben sich geändert. Eure Kriege sind so viel größer geworden. Die alten Methoden hatten keinen Sinn mehr. Odin hat die Walküren aus ihren Pflichten entlassen und ihnen die Kräfte genommen, die damit einhergingen."

„Oh. Das ist für alle beschissen, oder?" Aria holte tief Luft. „In Ordnung. Also was kommt als Nächstes, Herr Lehrer? Wie passen Gerechtigkeit und Gnade zu mir?"

Ja, zurück zu der vorliegenden Angelegenheit. „Wenn sie ihr Urteil fällten, mussten Walküren in die Krieger hineinschauen, die sie richteten", erklärte ich. „Sie mussten ihre Motive und Emotionen spüren. Als würden sie ein Licht auf ihre Seelen werfen."

„Verstanden", sagte sie. „Und du bist der Gott des Lichts."

Noch ein Lächeln breitete sich auf meinem Gesicht aus. Ja. Wir hatten alle unseren Platz – und sie fand ihren bereits unter uns, nicht wahr?

„So was in der Art", entgegnete ich. „Und du besitzt diese

Fähigkeit ebenfalls. Wenn du lernst, dich richtig zu konzentrieren, kannst du sogar aus der Ferne spüren, was andere fühlen – die Harmonie oder deren Fehlen in ihrem Geist."

„Wie beispielsweise von einer Position über einem Schlachtfeld aus."

„Genau. Allerdings hoffen wir, dass es nicht so weit kommen wird. Es sollte dir jedoch helfen, wenn du auf deiner Suche nach Odin jemandem begegnest und entscheiden musst, ob er eine Bedrohung oder ein potenzieller Verbündeter ist."

Ich sah mich um und dachte darüber nach, wie wir diese Fähigkeit am besten üben könnten, als das Geräusch eines Automotors von draußen hereinwehte. Ich hätte mir kein besseres Timing wünschen können. Nachdem ich Aria bedeutet hatte, mir zu folgen, ging ich zum Fenster.

Ein kleiner Truck war gerade ans Ende unserer Einfahrt gefahren. Ein junger Mann hüpfte mit einer Kühlbox und ein paar Lebensmittelkartons von der Ladefläche. Eine Frau mittleren Alters stieg auf der Beifahrerseite aus und zerrte einen Sack mit Gartenausrüstung heraus. Der grauhaarige Mann, der gefahren war, folgte dem jüngeren Mann zum Haus.

„Unsere sterblichen Helfer. Sie kümmern sich um das Landhaus", erklärte ich Aria, als sie sich zu mir gesellte. Sie spähte durch das Glas. „Sie bringen Vorräte aus der Stadt und halten das Anwesen instand, damit wir uns nicht selbst darum kümmern müssen."

„Macht ihr euch keine Sorgen, dass sie etwas Göttliches sehen?", fragte Aria.

„Loki stellt sicher, dass sie nichts sehen, was sie verstören würde."

Sie gab einen skeptischen Laut von sich. „Ich habe den Eindruck, dass er vermutlich Spaß daran hätte, sie zu verstören."

Darüber musste ich lachen. „Damit hast du vielleicht recht. Er schafft es allerdings, diesen Teil seines Charakters zu kontrollieren. Wir wollen hier alle die Harmonie wahren."

„Vor allem, da ihr nicht wisst, wie lange es noch dauern wird, bis ihr nach Hause gehen könnt."

Sie wusste auch, wie man direkt auf den Punkt kam, oder? Ich schloss kurz die Augen und saugte das Sonnenlicht und die vertrauten Gerüche der Instrumente sowie der alten Notenblätter auf.

„Ja", bestätigte ich. „Das ist auch ein Grund. Es wird ihnen allerdings kein bisschen wehtun, wenn du dein Einfühlungsvermögen an ihnen ausprobierst. Beobachte die Frau von hier und versuche, sie mit deinem Verstand zu erreichen. Es ist fast so, als würdest du ihren Kopf mit deinen Gedanken streicheln. Schau, welche Eindrücke du dabei auffängst."

Aria beugte sich zur Fensterscheibe und ihre wirren blonden Haarsträhnen streiften beinahe das Glas. Ihre Augen verengten sich.

Als sie sich auf die Gärtnerin konzentrierte, ertappte ich mich dabei, dass ich mich stärker auf unsere Walküre konzentrierte. Auf das Heben und Senken ihrer Brust, die meiner so nah war, während ihre Atemzüge vor Konzentration ruhiger wurden. Auf das Licht, das diese grauen Augen zum Leuchten brachte, auf das Lächeln, das ihre Lippen nach oben bog, als sie wahrnahm, wonach sie gesucht hatte.

Ich konnte ein Gespür für *ihre* Emotionen erhalten, wenn ich sie ansah. Da war eine Entschlossenheit, die ich auch ohne eine göttliche Kraft erkennen konnte. Darunter ein wachsendes Gefühl der Befriedigung – vermutlich in Bezug auf die Fähigkeiten, die sie entdeckte. Sie war hier nicht *glücklich*, allerdings glaubte ich, dass man das auch noch nicht erwarten konnte. Zufriedenheit war ein Sieg an und für sich.

Und dann, noch tiefer darunter, schmeckte ich ein kleines, jedoch lebhaftes Pulsieren der Liebe. Jemand oder etwas, der ihr so heftig und leidenschaftlich am Herzen lag, dass ich den Drang verspürte, das Ganze zu entwirren und in jeden Winkel dieser Empfindung zu tauchen. Wann war das letzte Mal, dass ich mich in einer so starken Emotion verloren hatte? Mein Puls stockte teils aus Eifer, teils aus Angst.

Aria drehte den Kopf und ich riss mein Bewusstsein zurück an die Oberfläche. Ihre Augen funkelten jetzt.

„Ich konnte es spüren", verkündete sie. „Als ich nach ihr gegriffen habe, so wie du es erklärt hast. Nicht viel, aber … Sie macht sich Sorgen. Ich glaube, sie hat ein Haustier zu Hause, das krank ist. Aber sie ist gerne draußen in der Sonne, sie mag die Arbeit mit ihren Händen und sieht gerne, dass die Pflanzen wachsen. Sie will gute Arbeit leisten, obwohl sie weiß, dass sie nicht aufmerksam überwacht wird."

Aria grinste mich triumphierend an, als sie ihren Bericht beendete. Ich hatte nicht nach dem Verstand der Gärtnerin gegriffen, um meine Eindrücke mit Arias zu vergleichen, doch alles, was sie gesagt hatte, passte zu dem, was ich von der Frau wusste.

Ich nickte ermutigend. „Dann probiere es als Nächstes an unserem jungen Lieferanten aus."

Ich deutete auf den jungen Mann, der hinten von der Ladefläche des Trucks geklettert war. Er ging einige Schachteln durch, die noch dort standen, und die Sonne brachte seine dunkelbraunen Haare zum Glänzen. Aria beugte sich wieder vor und beobachtete ihn. Dieses Mal sprach sie, als sie sein Bewusstsein erreichte.

„Er wünscht sich, er wäre zu Hause", erzählte sie mir mit distanzierter Stimme. „Heute ist etwas in der Stadt los und er verpasst es. Er ist sauer darüber. Allerdings schüchtert ihn das Haus ein. Er will sicherstellen, dass er nichts vergessen hat, was er herbringen sollte … damit er nicht in Schwierigkeiten gerät, schätze ich?" Sie blickt zu mir und kehrt zurück. „Ist er schon mal in Schwierigkeiten geraten?"

„Nicht, dass ich wüsste", antwortete ich. „Wie ich erwähnte, versuchen wir hier, die Harmonie zu wahren. Kein böses Blut. Die Emotionen der Sterblichen sind jedoch häufig nicht besonders rational."

„Wohingegen es die Emotionen der Götter sind?", fragte Aria belustigt. Sie spähte zu mir empor. „Und was würde ich sehen, wenn ich nach *deinem* Bewusstsein greifen würde, Gott des Lichts?"

Ich spürte ihre Aufmerksamkeit auf mir wie die flackernde Hitze einer Flamme. Sie drang durch das ruhige Leuchten an der Oberfläche und tiefer zu einem Raum, in dem es Dinge gab, von denen ich nicht wollte, dass sie sie zu genau ansah, und die sich in Reaktion auf ihre Berührung regten.

Mir stockte der Atem. Ich trat zur Seite und brach ihre Konzentration. „Ich glaube, du hast bewiesen, dass du schnell lernst", sagte ich. „Vielleicht können wir eine Menschenmenge finden, an der wir beim nächsten Mal deine Fähigkeiten testen können. Du machst das bereits prima."

Ihre Brauen zogen sich zusammen, als ihr Blick mir folgte, sie bedrängte mich jedoch nicht. Sie drehte sich wieder zum Fenster um. „Noch ein wenig Übung könnte nicht schaden, oder?", meinte sie. „Ich frage mich, was in dem Kopf des anderen Kerls vor sich geht."

Als sie sich vorbeugte, blieb ich, wo ich war, und meine kurz aufwallende Nervosität beruhigte sich mit dieser Entfernung.

Dieses Mädchen war tatsächlich anders. In mancher Hinsicht wünschte ich mir, sie wäre es nicht.

KAPITEL NEUN

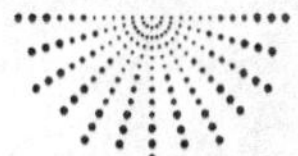

Aria

Ich verließ das Musikzimmer mit einem eigenartigen Knoten im Bauch. Ich hatte von Balder gelernt, was ich wissen musste. Er war relativ nett gewesen. Allerdings konnte ich nicht das Gefühl abschütteln, dass sich etwas verändert hatte, während ich bei ihm gewesen war. Etwas hatte seinen Enthusiasmus für die ganze Lehrer-Sache gedämpft. Am Ende hatte er gewollt, dass ich ging.

Es hätte mir egal sein sollen. Doch ich kam einfach nicht umhin, mich zu fragen, welche Rätsel sich hinter diesen verträumten blauen Augen verbargen. Denn an ihm war *mehr* als Regenbögen und Sonnenlicht.

Neugier ist der Katze Tod. Verliere dein Ziel nicht aus den Augen. Das waren alles Sprüche, die ich mir merken sollte. Was immer mit diesen Typen – Göttern – los war, hatte nichts mit mir zu tun.

Ich hatte erst zwei Schritte durch den Gang gemacht, als

sich Loki von der Wand löste, an der er in der Nähe der Treppe gelehnt hatte. „So wie ich es verstehe, machst du die Runde", sagte er mit seiner ruhigen, sarkastischen Stimme.

„Das soll ich doch tun, oder?", fragte ich. „Mich mit dieser Walküre-Sache vertraut machen, damit ich euren vermissten Göttervater finden kann?"

Der schlanke Gott grinste. „Und mit solchem Enthusiasmus. Ich bin nur beleidigt, dass du noch kein Interesse daran gezeigt hast, herauszufinden, was ich dir beibringen kann. Außer du hast dir einfach das Beste für den Schluss aufgehoben."

Er klang nicht das kleinste bisschen beleidigt. Ich verdrehte die Augen. „Du warst einfach nicht so leicht erreichbar."

„Ich bin jetzt hier." Er spreizte die Arme, als würde er sich anbieten. „Wollen wir?"

Ich zeigte nur ungern Schwäche, zögerte allerdings trotzdem. Loki war ein Trickster. Sogar die anderen Götter nannten ihn so. Ich hatte zwar einigen der ruchlosesten Kriminellen in Philly die Stirn geboten, doch keiner von ihnen hatte göttliche Klugheit auf seiner Seite gehabt. Ganz zu schweigen davon, dass es vor allen Dingen seine Schuld war, dass ich hier festsaß.

Darüber hinaus war es schwer, nicht zu bemerken, wie wahnsinnig attraktiv alle Götter waren, nun, da ich nicht im Fluchtmodus war. Bei den anderen konnte ich mich davon ablenken. Loki – der nicht auf den Mund gefallen war, Unmengen Schalk besaß und Kräfte hatte, die seine schlanke, muskulöse Gestalt praktisch massenweise ausstrahlte – war jedoch genau mein Typ. Genau die Art von Mann, von dem ich mich ferngehalten hätte, um mich stattdessen einem anderen Kerl an den Hals zu werfen, wenn ich diesen Drang verspürte. Ich wollte nämlich nur mit jemandem zusammen sein, den ich am nächsten Tag vergessen konnte.

Loki war doppelt so gefährlich wegen des Drangs, der sich aufgrund des Funkelns in seinen Augen in mir entzündete – der Drang, ihn zu überraschen, ihn zu beeindrucken, ihn bei seinen Spielchen zu schlagen … und wir würden erst gar nicht über all die Dinge sprechen, die gewisse Teile von mir anschließend gerne mit ihm getan hätten.

Allerdings hatte ich keine andere Wahl, als Zeit mit ihm zu verbringen, weshalb ich einfach nicht vergessen durfte, dass er ein böser, heimtückischer Gott war.

Als ich zu diesem Schluss kam, wurde Lokis Miene sanfter, wodurch sein kantiges Gesicht irgendwie noch attraktiver wirkte.

„Möglicherweise hatten wir nicht den besten Start", stellte er fest, wobei seine Stimme selbstironisch klang. „Das war wie so oft hauptsächlich meine Schuld. Gibt es noch andere Schneidewerkzeuge, die ich holen kann, um das wiedergutzumachen?"

Ich sah ihn an und etwas von dem Fokus, den mir Balder beigebracht hatte, kribbelte in meinem Hinterkopf. Es war schwieriger, einen Gott zu lesen als einen Sterblichen. Bei Balder hatte ich kaum etwas gespürt, bevor er die Verbindung gekappt hatte. Bei Loki fing ich einen schwachen Eindruck auf, der feurig und kühl zugleich war – das Gefühl einer aufrichtigen Entschuldigung. Ich war mir ziemlich sicher, er *würde* zurück nach Philly rennen, um ein Buttermesser aus der Küchenschublade oder die Schere aus dem Badezimmerschrank meiner Mom zu holen, wenn ich ihn darum bitten würde.

Ich war versucht, ihn das einfach zum Spaß machen zu lassen. Doch was, wenn ich dadurch noch mehr in seiner Schuld stand? Nein, es war sicherer, sich an das Wesentliche zu halten.

„Ich denke, ich habe genug Schneidewerkzeuge",

erwiderte ich. „Wenn du bereit bist, mich zu unterrichten, dann unterrichte mich. Welche Walküre-Fähigkeiten hast du auf Lager?“

Das verschlagene Leuchten in seinen bernsteinfarbenen Augen flackerte heller. „Die besten von allen, Fee. Komm mit. Ich werde dir beibringen, wie du fliegen kannst.“

Aufregung bebte durch meine Brust, als ich ihm ans Ende des Gangs folgte. Ich würde *fliegen* wie ein verdammter Vogel. Bei dem Gedanken daran, dass ich diese schweren Flügel wieder aus meinem Rücken rufen musste, verknotete sich mein Magen trotz aller Aufregung.

Loki öffnete das Dachfenster und drückte es so weit auf, dass wir aufs Dach klettern konnten. Heiße Luft und der teerartige Geruch warmer Schindeln waberten durch die Öffnung. Er streckte den Arm aus und verbeugte sich leicht, um mich vorausgehen zu lassen. „Ladies first.“

„Ich würde nicht behaupten, dass ich eine ‚Lady‘ bin“, widersprach ich. „Aber ich werde es trotzdem akzeptieren.“

Ich kletterte auf das schräge Dach und setzte meine Füße vorsichtig auf, als ich das Gleichgewicht fand. Die warme Brise wehte durch meine Haare. Wir waren drei Stockwerke über dem Boden und hatten eine Sicht auf den Rasen und die mit Bäumen bewachsenen Wiesen. Die Sonne stand tief am Himmel, wodurch sich die Schatten der Bäume weit über das Gras erstreckten.

Sollte ich den Halt verlieren, würde ich weit in die Tiefe stürzen. Doch vielleicht zerbrachen Walküren nicht so leicht. Ich war allerdings nicht besonders scharf darauf, das zu testen.

Loki schlüpfte mit einer lässigen, selbstbewussten Anmut durch die Öffnung, als würde sein viel größerer Körper genauso gut hindurchpassen wie meiner. Ich riss meinen Blick von ihm los, bevor ich anfing, ihn zu bewundern oder etwas ähnlich Dummes zu tun, und blickte auf den Rasen.

Die Leute, die das Haus in Schuss hielten, waren vor wenigen Minuten mit ihrem Truck weggefahren. Es war sonst niemand zu sehen. Die Götter hatten hier wirklich ein großes Fleckchen Privatsphäre gefunden.

„Ich schätze, wenn ich fliegen soll, brauche ich meine Flügel." Ich ließ die Schultern kreisen und das ärmellose Oberteil, das Freya für mich ausgesucht hatte, bewegte sich mit ihnen. Es hatte einen Racerback, wodurch meine Schulterblätter entblößt waren. Möglicherweise wäre ich in der Lage, meine neuen Glieder zu entfalten, ohne ein weiteres Kleidungsstück zu zerstören.

Mein Rücken hatte sich bei dem Gedanken versteift, meine Flügel dazu zu ermutigen, zu erscheinen. Das letzte Mal war ich von dem Anblick von Lokis Blut aufgebracht gewesen. Jetzt musste ich vollkommen ruhig *beschließen*, es zu tun.

Loki musterte mich. „Du magst sie nicht", stellte er fest.

Es war schwer, zu protestieren, wenn er es so geradeheraus ansprach. „Nein", antwortete ich. „Es ist nicht das angenehmste Gefühl, wenn zwei fremde … und riesige … Dinge aus dem Körper ragen, die eigentlich nicht dort sein sollten."

„Du siehst das falsch", sagte er und stützte seinen Ellenbogen oben auf das Dachfenster. „Ich kann Gestalten mit allen möglichen Teilen und Gliedern annehmen, an die ich nicht gewöhnt bin: Flügel, Schwänze, Hufe, Brüste." Er zog seine Augenbrauen hoch. „Aber ich sehe sie nicht als fremde Teile, die ich am Hals habe. Sie sind eher unterschiedliche Facetten meines Körpers, die ich an die Oberfläche bringe. Und so verhält es sich auch bei deinen Flügeln. Sie *sind* dazu bestimmt, jetzt da zu sein. Sie gehören dir. Besitze sie. Nimm sie an."

Ich holte tief Luft. Vielleicht hatte er recht. Ich musste mich an die Flügel gewöhnen, wenn ich sie *benutzen* wollte –

um von hier zu verschwinden, um zu Petey zu gelangen und um das durchzustehen, was sonst noch vor mir lag. Der Gedanke, dass sie unter meiner Haut lauerten, machte mich allerdings nach wie vor nervös.

„Rufe sie langsam hervor", schlug Loki vor. „Lass dir Zeit, gewöhne dich an das Gefühl und lerne sie kennen. Ich kann dir dabei helfen, deine Haltung anzupassen, damit du sie leichter tragen kannst."

Er trat zu mir und mein Körper spannte sich wegen der plötzlichen Bewegung an. Seine Hand hielt ungefähr fünfzehn Zentimeter entfernt von meiner Schulter inne. Erneut schien er mich zu mustern.

„Wenn es okay ist, dass ich dir helfe?", sagte er.

Ich schluckte schwer. Der Trickster-Gott besaß zwar nicht Balders Fähigkeit, Emotionen zu lesen, aber ihm entging eindeutig kaum etwas. Der Gedanke, dass er womöglich die tiefere Quelle meines Unbehagens erraten könnte, sorgte dafür, dass meine Nervosität zu einem unbehaglichen Kribbeln wurde. Deswegen war er jedoch hier. Um mich zu unterrichten. Um mir dabei zu helfen, diese Walküre-Sache zu verstehen.

Leute, die einen nur herumschubsen – oder Schlimmeres mit einem tun – wollten, baten vorher im Allgemeinen nicht um Erlaubnis.

„Okay", sagte ich. „Langsam und gleichmäßig. Probieren wir es."

Loki ließ seine Fingerspitzen einfach dort auf meinem Rücken liegen, wo meine Flügel hervorbrechen würden. Seine Berührung war so leicht, dass ich sie kaum spürte. „Stell sie dir vor, so wie du es zuvor getan hast", sagte er leise. „Bewege sie vorsichtig aus dir heraus, strecke sie Stück für Stück ..."

Ich brauchte diese Flügel. Ich musste fliegen. Ich holte noch einmal tief Luft und beschwor die Erinnerung daran herauf, wie die Flügel aufgetaucht waren. Das Jucken bohrte sich in meinen Rücken. Bohrte sich rein und schloss sich um das Knorpelgewebe, das darauf wartete, hervorzubrechen.

Ja. Raus mit euch. Vorsichtig.

Ich schubste sie mit meinem Verstand an, ein Schubser und ein Ziehen. Eine brennende Empfindung kribbelte über meine Schulterblätter. Dann erhoben sich die Flügel, breiteten sich einen gefiederten Zentimeter nach dem anderen aus und ihr Gewicht legte sich mit jeder verstreichenden Sekunde schwerer auf mich.

„Da", murmelte Loki. „Die gehören dir – genauso sehr wie diese Feenarme und -beine. Deine Muskeln. Deine Knochen. Deine Nerven. Drücke deinen Rücken durch, hier." Er drückte auf meine Wirbelsäule. „Und runde deine Schultern leicht … ja."

Als ich meine Haltung gemäß seinen Anweisungen veränderte, verteilte sich das Gewicht der Flügel auf meinem Rücken. Sie waren noch da, aber nicht mehr ganz so aufdringlich.

„Spann sie an", sagte er und trat zurück, um mir Platz zu machen. „Bleib einfach so stehen und probiere sie aus. Spüre, wie sehr sie ein Teil von dir sind."

Ich konzentrierte mich auf die Flügel und sie reagierten. Sie entfalteten sich über mir, was sich anfühlte, als würde ich meine Arme über meinen Kopf strecken.

Meine Muskeln. Meine Nerven.

Ich krümmte die Spitzen mit einem zaghaften Flügelschlag und die Federn regten sich in der Brise. Die Luftbewegung kitzelte durch die Flügel hindurch. Sie bebte durch den Rest meines Körpers auf eine Weise, die nicht unbedingt unangenehm war.

Meine Flügel. *Meine.* Und sie würden mich nach Hause bringen.

Loki grinste. „An irgendeinem Punkt musst du einfach den Sprung wagen."

Er sprang in die Luft – und schwebte nur ein Stück entfernt von der Dachkante. Ich musterte ihn.

„Wie machst du das?"

„Magie!", antwortete er mit einem Fingerschnipsen und gluckste. „Mehr oder weniger wortwörtlich. Zufälligerweise bin ich im Besitz eines Paars höchst übernatürlich geladener Schuhe."

„Hmm. Vielleicht könnte ich mir einfach die ausleihen."

„Du könntest es versuchen. Zu deinem Pech sind sie so eingestellt, dass sie nur an meinen Füßen funktionieren. Natürlich könntest du einfach die prächtigen Flügel benutzen, die du bereits besitzt. Komm schon." Sein Tonfall wurde herausfordernd. „Ich wette, du kannst mich nicht fangen."

„Das werden wir ja sehen", brummte ich. Die Entfernung vom Dach zum Boden sah immer noch schrecklich groß aus. Mein Herz schlug schneller, als ich meine Flügel testete. Die Luft wurde bei jedem Schlag unter sie gewirbelt und hob mich fast von den Schindeln.

Gute, stabile Flügel. Sie würden mich tragen. Ich musste einfach den Sprung wagen …

Ich sprang nach vorne über die Dachrinne und in die Luft. Mein Körper stürzte ab und mein Magen schlingerte. Ein Schrei brach aus meinem Mund hervor. Meine Arme ruderten wie wild und meine Flügel ruderten ebenfalls – sie ruderten und sausten durch die Luft, womit sie meinen Sturz bremsten. Ich schoss nach oben und der Wind rauschte an mir vorbei.

Ein Kichern löste sich aus meiner Kehle. Ich flog. Ich flog wirklich, wahrhaftig.

Als ich den Schwung verlor, schlug ich erneut mit den Flügeln, zunächst etwas hektisch, dann selbstbewusster. Ich glitt nach oben und neigte mich nach links. Irgendein Instinkt tief in mir wusste genau, wie ich mich bewegen musste. Ich flog zu der Stelle, wo Loki auf mich wartete.

„Nun, schau dich einer an", sagte er. „Was denkst du?"

„Ich denke", antwortete ich leicht atemlos, „dass ich noch viel höher fliegen kann."

Ich streckte meine Flügel weiter und brachte mich näher zum Himmel. Ein stärkerer Wind erfasste mich und ich segelte auf ihm, während seine warmen Finger über meine Flügel neckten. Das schwindende Sonnenlicht streifte meine Haut, die frische Landluft füllte meine Lunge und in diesem Moment fühlte ich mich unbesiegbar. Ich konnte überallhin. Ich konnte alles tun.

Ich tauchte hinab, schnellte wieder in die Höhe und mir wurde ganz schwindlig vor Freude. Ich lachte und genoss die Empfindung. Loki marschierte mir hinterher und lief auf der Luft. Als sich unsere Blicke trafen, strahlte er mich an, als wäre er genauso zufrieden über diese neue Entdeckung wie ich.

„Das ist mein Mädchen", sagte er.

Seine Stimme klang erfreut, vielleicht sogar stolz, doch die Worte brachten meinen Verstand zurück auf den Boden der Tatsachen. Ich war *nicht* sein Mädchen. Das würde ich nicht zulassen. Die einzige Person, der ich gehörte, war ich, ganz gleich, wer mich in diesem veränderten – und irgendwie erstaunlichen – Körper zurückgebracht hatte.

Ich schlug schneller mit den Flügeln, um noch höher in den Himmel zu sausen. Hoch und hoch, bis der Luftdruck weniger zu werden begann und eine eigenartige Empfindung meine Ohren füllte.

Loki stieg mit mir auf. Als ich innehielt und auf der Stelle schwebte, indem ich meine Flügel gleichmäßig bewegte, deutete er mit dem Arm auf die Landschaft um uns herum.

„Ich habe dir mehr als die Kraft der Verwandlung geschenkt", erklärte er. „Du wirst feststellen, dass deine Walküre-Sinne viel schärfer sind, als du es gewohnt bist. Wenn du über Schlachtfelder segeln musst, hilft es, wenn man sich auf die Einzelheiten fokussieren kann, wenn man seine Entscheidung treffen muss. Deine Augen sind schärfer als die eines Falken, deine Ohren besser als die eines Wolfs."

„So wie deine?", erkundigte ich mich.

Er gluckste. „Oh, niemand kann meine schlagen. Sieh dich um. Schau, was du sehen kannst."

Zuvor hatte ich keine Gelegenheit gehabt, meine Sicht zu nutzen. Ich betrachtete die Welt und die fernen Formen und Farben wurden schärfer, als ich mich auf sie konzentrierte. Zu meiner Linken schlängelte sich der Hudson River durch die Landschaft. Der ausgedehnte graue Fleck in der Ferne — innerhalb eines Atemzugs verengte sich mein Sichtfeld auf glänzende Wolkenkratzer mit funkelnden Fenstern. New York City. Konnte ich sogar das ferne Hupen der Autos hören? Nein, das musste von einem Ort kommen, der näher war. Dort. Meine Augen verengten sich erneut auf ein Gehöft im Westen meilenweit weg von hier, wo jemand wegen einer Kuh hupte, die auf die Straße gewandert war.

Wenn New York dort drüben war, bedeutete das, dass Philadelphia … in dieser Richtung lag. Ich wirbelte herum, als hätte ich einfach nur Spaß an der Bewegung, merkte mir jedoch in welcher Richtung es sich vom Haus aus befand. Meine Heimatstadt war so weit weg, dass sie nicht einmal diese scharfen Augen ausmachen konnten, aber ich konnte das Summen der Stadt beinahe fühlen sowie all diese Menschenleben, auf die meine Walküre-Sinne eingestellt waren.

„Die ganze Welt steht dir offen", verkündete Loki. „Es ist spektakulär, oder?"

„Ja", musste ich zugeben. Mein Blick wanderte über die

Felder und meine Ohren waren gespitzt. Weitere Autos fuhren über andere Straßen, die uns umgaben. Ein Pflug rumpelte über ein Feld. Dinge, die ich ohne einen besonderen Fokus sehen konnte. Ich runzelte die Stirn. „Müssen wir uns keine Sorgen darum machen, dass *uns* gewöhnliche Leute sehen?"

Loki schenkte mir ein schiefes Lächeln. „Du bist jetzt Teil des Götterreichs, Fee. Kein Sterblicher kann dich sehen, außer du erlaubst es ihnen bewusst."

Das war eine nützliche Information. Also konnte ich überall hinfliegen.

Ich konzentrierte mich wieder auf meinen neuen Körper, schoss nach unten und segelte in einem weiteren großen Kreis durch die Luft, wobei ich mit dem Wind trieb. Oh, das hier war absolut spektakulär. Ich mochte die Flügel-Sache nach wie vor nicht, solange ich am Boden war, doch hier oben … Ja, ich würde sie behalten.

Die Schatten der Bäume erreichten jetzt das Haus. Eine tiefe grollende Stimme drang aus einem geöffneten Fenster zu uns.

„Loki! Schwing deinen Hintern hier runter. Es gibt Abendessen. Und sag Ari bitte, dass sie auch kommen soll."

Loki gab mir noch immer lächelnd ein Zeichen. „Es ist am besten, wenn man Thor und seiner bevorzugten Abendessenszeit nicht in die Quere kommt. Er ist nicht der angenehmste Geselle, wenn man ihn hungern lässt. Außerdem glaube ich, dass du an einem Tag schrecklich weit gekommen bist."

„Das bin ich", stimmte ich zu, während ich mit ihm zum Haus segelte. Und ich würde noch viel weiter kommen, sobald ich die Gelegenheit dazu erhielt.

Heute Nacht, wenn die Götter schliefen, könnte ich mich aus dem Haus schleichen, ohne dass es jemand bemerken würde.

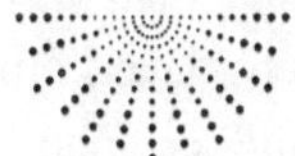

KAPITEL ZEHN

Aria

Das Kissen auf meinem Bett war so flauschig, dass ich meinen Kopf darin vergraben und dem Schlaf nachgeben wollte. Die Gedanken kreisten jedoch nach wie vor durch meinen Kopf und sorgten dafür, dass ich viel zu wachsam war. Mein Körper spannte sich bei jedem Knarzen des Hauses an, bevor er sich wieder entspannte. Nach dem Abendessen hatte ich behauptet, dass mich all das Training erschöpft hatte, und war auf mein Zimmer gegangen. Die Nacht war mittlerweile hereingebrochen und Sterne zeichneten sich vor dem tiefschwarzen Himmel ab, die ich in der Großstadt wegen des Lichts der Straßenlaternen nie gesehen hatte. Seit einer Stunde hörte ich keine Bewegungen mehr.

Anscheinend schliefen die Götter. Das bedeutete, dass es an der Zeit war, dass ich in die Gänge kam.

Ich rutschte aus dem Bett und tapste über den Boden zur

Zimmertür. Die Angeln quietschten leise, als ich sie öffnete. Ich zuckte zusammen und erstarrte, doch niemand regte sich in den Zimmern um mich herum und unter mir.

Hatten sie wirklich darauf vertraut, dass ich in meinem Zimmer bleiben würde? Vielleicht hatte ich heute genügend Enthusiasmus vorgetäuscht, dass sie geglaubt hatten, dass ich mich vollständig auf ihren Plan einlassen würde. Allerdings würde ich nicht einfach davon ausgehen und nachlässig werden. Ich hatte meine eigenen Pläne und mir bereits Ausreden überlegt.

Ich huschte durch den Flur zu dem Dachfenster, das aufs Dach führte. Die Fensterscheibe öffnete sich zischend. Ich quetschte mich hinaus in die warme Nachtluft.

Grillen zirpten irgendwo unter mir. Winzige Glühwürmchen sausten über den Rasen, der von dem Licht des beinahe vollen Monds schwach beleuchtet wurde. Es wäre irgendwie hübsch, wenn ich hier rausgekommen wäre, um die Aussicht zu bewundern. Ich kroch vom Fenster weg über die nachgiebigen Schindeln und beugte den Kopf.

Die kribbelnde, brennende Empfindung meiner hervorbrechenden Flügel sorgte noch immer dafür, dass meine Nerven zuckten, doch ich gewöhnte mich allmählich daran. Vor allem, als ich sie ausbreitete und spürte, wie die Luft durch ihre Federn fuhr. Die Erinnerung daran, wie es sich angefühlt hatte, an diesem Nachmittag zum Himmel zu fliegen, überkam mich. Mein Puls machte einen freudigen Satz.

In einem Augenblick würde ich das erneut spüren. Und mit etwas Glück würde ich Petey kurz darauf wieder sehen.

Mit einem Schlag meiner Flügel sprang ich von dem Dach in die Luft, die sich unter den Federn sammelte, bevor ich zu fallen begann. Ich segelte über das Haus und atmete scharf ein, als die Brise über meine Haut strich und an meinen Kleidern zerrte.

Während der ersten Minuten glitt ich einfach nur um das Haus und den Garten und wartete ab, was passierte. Falls die Götter irgendeinen Schutz angebracht hatten, könnte ich noch immer die Unschuldige spielen und behaupten, ich hätte Schwierigkeiten beim Schlafen gehabt und nur das Fliegen üben wollen. Wenn ich das Grundstück nicht verließ, konnten sie mich nicht beschuldigen, einen Fluchtversuch unternommen zu haben.

Es kam jedoch niemand aus dem Haus, um nachzuschauen, was ich trieb. Es gab keinerlei Anzeichen, dass mich irgendjemand bemerkt hatte. Ich befeuchtete meine Lippen. Konnte es wirklich so einfach sein?

Möglicherweise hatten sie eine Methode, wie sie mich finden konnten, wenn sie aufwachten. Ich wusste nicht, zu welcher Magie sie fähig waren. Aber vielleicht würde es nicht einmal dazu kommen. Ich war mir noch nicht sicher, was ich tun würde, nachdem ich Petey besucht hatte. Ich könnte mich jederzeit wieder ins Haus schleichen und ins Bett gehen, als wäre ich nie fort gewesen. Dann wüssten sie nicht einmal, dass ich weg war. Es hatte keinen Sinn, zu versuchen, richtig zu fliehen, bis ich mir sicher war, dass ich alle Tricks kannte, um ihnen aus dem Weg zu gehen.

Ich flog ein letztes Mal um das Haus, bevor ich mich nach rechts und Südwesten wandte. Mit ein paar Flügelschlägen segelte ich in Richtung Zuhause.

Der Wind peitschte über mich und trällerte in meinen Ohren. Die Landschaft breitete sich unter mir aus, wie ich es bisher nur in Luftaufnahmen gesehen hatte. Ich grinste und genoss die Freiheit.

Und dann erschien ein Schattenfleck vor mir und krachte gegen meinen Körper.

Kalte Ranken wickelten sich um meine Glieder und Flügel und zog sie nach unten. Ich schrie und wehrte mich, doch sie widersetzten sich meinen Anstrengungen. Die schattenhafte Gefahr zerrte mich zurück zur Erde.

Nach unten zu einem Feld abseits des Hauses, wo ein dunkelhaariger, dunkeläugiger Gott sein Gesicht nach oben geneigt hatte und meinen Sturz beobachtete.

Der Schatten tat mir nicht weh. Er ließ mich mit den Füßen voran und einem leichten Rumms auf den Boden fallen. Der kühle Klammergriff seiner Ranken verursachte mir jedoch Gänsehaut. Ich wand mich in ihrem Griff und versuchte, mich zu befreien.

„Nimm dieses Ding von mir!"

„Ich glaube nicht, dass du in der Position bist, Forderungen zu stellen, Walküre", entgegnete Hödur mit seiner flachen Stimme. „Ich werde dich gehen lassen, wenn du mir erzählst, wohin *du* gehen wolltest."

Würde er das wirklich tun? Irgendwie bezweifelte ich das. Ich zwang meinen Körper, sich nicht mehr in dem Schattengewirr zu bewegen, und starrte ihn im schwachen Mondlicht an. Er war mir zugewandt, doch wie zuvor fand sein Blick meinen nicht ganz. Als wäre er der Meinung, dass ich nicht einmal so viel Aufmerksamkeit würdig war.

„Lüg nicht", fügte er hinzu. „Ich weiß, dass du *irgendwo* hinwolltest. Ich habe gewartet, um sicherzugehen, dass du tatsächlich gehen würdest, bevor ich dich aufgehalten habe."

„Du hältst wohl nichts von Schlaf, hm?", fragte ich.

Sein Blick bewegte sich, schien allerdings nur von meiner Wange zu meiner Stirn zu gleiten. „Ich bin der Gott der Dunkelheit", erwiderte er. „Zu dieser Zeit bin ich hellwach."

„Also darfst du den Wachhund spielen. Du Glückspilz."

Er ignorierte meinen Seitenhieb. „Wohin wolltest du fliegen, Walküre? Wenn du möchtest, können wir dieses Gespräch auch ins Haus zu den anderen verlagern. Ich bin mir sicher, Thor wird *exzellenter* Stimmung sein, wenn er nach dem Abendessen aus dem Schlaf gerissen wird."

Ich atmete geräuschvoll aus. Mir fiel keine Lüge ein, die er glauben würde und die besser als die Wahrheit wäre. „Ich wollte nach Hause gehen. Ich wollte nur nachschauen, wie es dort läuft. Ich wäre zurückgekommen."

„Natürlich wärst du das", sagte Hödur. „Was genau wolltest du dort draußen tun? Damit angeben, wie deine neuen Kräfte den Kriminellen helfen können, mit denen du Zeit verbracht hast? Vielleicht wolltest du ein oder zwei Sachen stehlen?"

Das regte mich auf. Freya hatte den anderen offensichtlich von unserem Gespräch erzählt. Und das nicht auf die schmeichelhafteste Weise.

„Nein", giftete ich. „Ich bin froh, wenn ich die Arschlöcher, für die ich gearbeitet habe, nie wieder sehen muss, und was zur Hölle sollte ich stehlen? Ich will einfach nur sichergehen, dass es meinem kleinen Bruder gut geht. Das ist alles. Es tut mir leid, dass ich jemanden habe, den ich nicht einfach verlassen kann, ohne mich zu verabschieden."

Hödur blinzelte langsam. „Dein kleiner Bruder", wiederholte er.

„Ja." Meine Wut erstarb, als ich an Petey dachte. „Er ist erst sechs Jahre alt. Und ich bin im Grunde genommen die einzige Person, auf die er sich verlassen kann. Er *braucht* mich. Falls er gehört hat, dass ich tot bin …" Meine Kehle schnürte sich zu. Ich schluckte schwer und schaffte es, meinen Satz etwas heiser zu beenden. „Ich brauche nur ein paar Minuten mit ihm. Ist das wirklich zu viel verlangt, wenn man all die Dinge bedenkt, die ich für *euch* tun soll?"

Der Gott schwieg einen Augenblick lang. Ich konnte den Ausdruck auf seinem wie gemeißelt wirkenden Gesicht nicht lesen, doch wenigstens sah er nicht mehr sauer aus. Sein Blick glitt weiter zur Seite.

„Nein, das ist es nicht", antwortete er. „Wenn es wirklich nur darum geht, kannst du gehen. Aber ich begleite dich."

Er machte eine Bewegung, woraufhin mich der Schatten, der mich festgehalten hatte, losließ und von meiner Haut glitt. Ich rieb mir über die Arme, als könnte ich das Gefühl dieser kalten Ranken aus meinem Gedächtnis wischen. Mein Körper spannte sich bei der Vorstellung an, bei meinem Besuch Gesellschaft zu haben. Allerdings hatte ich eindeutig keine andere Wahl.

„Kannst du überhaupt fliegen?", fragte ich. „Wie willst du mit mir mithalten?"

Sein Mund verzog sich zu einem schmalen Lächeln. „Ich komme schon zurecht. Flieg los, ich werde dir folgen."

Ich sprang mit einem zaghaften Flügelschlag vom Boden hoch und rechnete damit, dass ich auf dem ganzen Weg zur Stadt langsam und tief fliegen musste. Unter mir machte Hödur eine Geste, als würde er etwas zu sich ziehen. Die Schwärze der Nacht verdichtete sich um seine Füße herum zu einem dunklen Schattenfleck wie der, mit dem er mich gefangen hatte. Er kniete sich auf ihn, woraufhin er sich wie auf einer Art seltsamem fliegendem Teppich in die Luft erhob.

„Okay", sagte ich, „dafür hast du meinen Respekt. Das ist eine ziemlich coole Kraft. Wirst du mir das bei meinen Walküre-Stunden beibringen?"

Er verzog das Gesicht. „Nein. Gehen wir oder hast du deine Meinung geändert?"

„Ich habe nur versucht, ein Gespräch zu führen. Komm."

Wenn er sich so benehmen wollte, hatte ich ohnehin keine Lust, mit ihm zu reden. Mit einigen Flügelschlägen segelte ich hoch in die Luft und in Richtung Philly, wobei ich mir nicht die Mühe machte, nachzuschauen, ob Hödur mithalten konnte. Er war ein Gott. Ich sollte mich nicht für ihn zurückhalten müssen.

Ich sauste so schnell über die Landschaft, wie mich meine Flügel trugen, und tauchte gelegentlich nach unten, um die

Highway-Schilder zu lesen und mich zu vergewissern, dass ich auf dem richtigen Weg war. Bei maximaler Geschwindigkeit konnte ich schneller fliegen als die Autos und Trucks, die unter mir vorbeibrausten. Als ich mir die Mühe machte, nach hinten zu schauen, bemerkte ich, dass Hödur mit mir mithielt und sicher auf diesem Schattenfleck saß. Der Wind zerzauste seine kurzen schwarzen Haare nur leicht. Er sah mich nicht an, sondern blickte in die Ferne.

Er war definitiv kein freundlicher Geselle. Ich vermutete, die anderen drei hatten sämtliches Charisma erhalten.

Eine vertraute Skyline kam vor mir in Sicht und Erleichterung schwoll in meiner Brust an. Ein Teil von mir war bis zu diesem Moment nicht überzeugt gewesen, dass ich es hierherschaffen würde. Ich schlug noch kräftiger mit den Flügeln und trieb mich zu einer größeren Geschwindigkeit an, die mich bis nach Hause trug.

Die verwahrlost aussehende Straße vor Moms verwahrlost aussehendem Haus lag still da, als ich mich auf das Dach des Nachbarn fallen ließ. Eine alte Klapperkiste stotterte vorbei, woraufhin man nur noch das leise Rascheln der Brise hörte, die durch die Wäsche auf der Leine hinten im Garten der alten Mrs. Jackman fegte. Es musste mittlerweile nach Mitternacht sein.

Hödur hielt neben mir an. Er trieb herbei, als ich über das Dach zu der Stelle rutschte, von wo ich Peteys Fenster sehen konnte. Sein Zimmer war dunkel, aber er hatte die Vorhänge offen gelassen und das Fenster stand einige Zentimeter auf. Wie immer.

An vergangenen Abenden, als ich ihn heimlich besucht hatte, war ich auf den Zaun nebenan geklettert und hatte die Kante in der Hausverkleidung für den restlichen Weg genutzt. Heute konnte ich etwas eleganter vorgehen. Ich sprang, streckte meine Flügel aus, glitt zu dieser Kante und packte den Fenstersims mit den Händen.

Petey schlief. Ich hatte gewusst, dass er vermutlich schlafen würde, dennoch durchfuhr mich Enttäuschung. Sein blasses Gesicht war schlaff und an sein Kissen gedrückt. Seine goldenen Locken fielen in alle Richtungen. Seine Hand war um den Rand seiner Decke zu einer Faust geballt.

Es wäre gemein, ihn aufzuwecken. Er sah wenigstens nicht traurig aus. Es gab keine Anzeichen dafür, dass er geweint hatte. Ich hatte nur einen gefälschten Ausweis bei mir gehabt, als ich das Päckchen ausgeliefert hatte – der Gerichtsmediziner, oder wer sich sonst darum kümmerte, hatte womöglich noch gar nicht meinen echten Namen rausgefunden.

Mir wäre es lieber, wenn Petey nie erfahren müsste, was mir zugestoßen war. Solange ich ihn weiterhin besuchen konnte, wie ich es immer getan hatte, musste er es nicht wissen.

Ich würde ihn nicht aufwecken, konnte jedoch ein Zeichen hinterlassen, dass ich hier gewesen war. Dass ich immer an ihn dachte.

Hödur hatte sich auf seinem fliegenden Schatten neben mich gesenkt. „Wohin gehen wir jetzt?", fragte er scharf, als ich das Fenster verließ.

Ich warf ihm einen bösen Blick zu. „Zum Laden an der Ecke. Ich will ihm einen Schokoriegel kaufen, damit er weiß, dass ich vorbeigekommen bin." Ich hielt inne. „Nun, ich werde ihm einen Schokoriegel stehlen, außer du hast zufälligerweise Geld dabei. Als ihr mich zu euch gerufen habt, habt ihr euch nicht die Mühe gemacht, das Geld herbeizurufen, das ich bei meinem Tod in meiner Tasche hatte."

Hödur verzog das Gesicht, kramte jedoch in seiner Tasche, zog eine Brieftasche hervor und reichte mir einen Fünf-Dollar-Schein.

„Danke!", bedankte ich mich fröhlich. „Wirst du mich auch auf dem Weg zum Laden überwachen?"

„Du hast mich noch nicht überzeugt, dass du keine Überwachung brauchst", brummte er. „Du hast heute Morgen *zweimal* versucht, uns zu entkommen. Für wie kurz hältst du unser Gedächtnis?"

Ich sprach mit liebenswürdiger Stimme: „Nun, ihr habt mich ohne Vorwarnung oder Erklärung aus irgendeiner tödlichen Leere geholt. Wenn es das nächste Mal passiert, werde ich gelassener reagieren, ich verspreche es."

Loki hatte mir erzählt, dass ich für Sterbliche unsichtbar war, aber ich glaubte ihm nicht, bis ich in den 24-Studen-Laden einige Blöcke entfernt marschierte und die Dame, die die Nachtschicht hatte, nicht einmal von der Zeitschrift aufsah, die sie hinter der Theke las. Ich wedelte mit den Flügeln in der Luft. Sie blinzelte nicht einmal. Ha! Wenn mich die Götter auch nur sehen könnten, wenn ich das wollte, wäre alles viel einfacher.

Ich schnappte mir einen 3-Musketeers-Riegel aus einer der Schachteln unter der Theke und steckte den Fünf-Dollar-Schein an seinen Platz. Bezahlung und ein Trinkgeld.

Hödur folgte mir auf dem gesamten Rückweg zu Moms Haus. Ich flog zurück zu Peteys Fenster und schob es etwas auf, wobei der Rahmen knarzte. Das Fliegengitter war vor einigen Jahren zerrissen und Mom hatte sich nie die Mühe gemacht, es zu ersetzen, was mir stets gut in den Kram gepasst hatte. Wenn sie gewusst hätte, wie oft ich in den letzten Jahren durch dieses Fenster ein und aus gegangen war, hätte sie es vermutlich mit einem Vorhängeschloss verschlossen.

Petey befand sich so tief im Land der Träume, dass er sich nicht einmal regte. Ich schlich auf Zehenspitzen zum Bett und steckte den Schokoriegel unter sein Kissen. Es war seit zwei Jahren seine Lieblingsschokolade und ich scherzte immer mit ihm, dass er und ich die zwei Musketiere waren. „Zwei ist alles, was wir brauchen!" Er würde wissen, wer die Schokolade für ihn zurückgelassen hatte, daran bestand kein Zweifel.

Am Fenster setzte ich mich auf den Sims. Ich wollte nicht gehen. Nicht sofort. Der Körper meines Bruders krümmte sich klein und zerbrechlich unter der Decke. Das Krächzen seines Atems wusch über mich hinweg.

„Sind wir hier fertig?", erkundigte sich Hödur, der vor dem Fenster schwebte.

„Gib mir eine Sekunde", erwiderte ich. „Du hast Glück, dass ich nicht darum bitte, die ganze Nacht hierzubleiben. Schau ihn dir nur an."

„Ich *kann* nicht, selbst wenn ich es wollte."

Es dauerte eine Sekunde, bis diese Worte wirklich bei mir ankamen. Mein Kopf fuhr herum. Hödur erwiderte meinen Blick ruhig – sah mir allerdings nicht in die Augen, sondern irgendwo in die Nähe meiner Nase. Nah dran, aber nicht ganz ins Schwarze.

Als könnte er nicht genau bestimmen, wo meine Augen waren.

Ich hätte mich selbst Ohrfeigen können. „Du bist blind."

„Und du bist nicht so aufmerksam, wie du denkst", erwiderte Hödur, in seinen Worten lag jedoch nur wenig Schärfe. Außerdem war es ein faires Argument.

„Zu meiner Verteidigung muss ich sagen, dass ich in den letzten vierundzwanzig Stunden ein wenig abgelenkt war", sagte ich und hielt inne. „Wie bist du mir auf dem Weg hierher gefolgt? Woher wusstest du überhaupt, dass ich das Haus verlassen habe?"

Womöglich hatte er das Fenster oder mich auf dem Dach gehört, falls seine Ohren gut waren, aber er hatte erzählt, dass er gewartet hatte, bis ich das Grundstück verlassen hatte. Da war ich bereits in der Luft gewesen.

Hödurs Lippen verzogen sich zu etwas, was nicht ganz ein Lächeln war. „Wir haben dich ins ‚Leben' zurückgeholt", erklärte er. „Wir haben dich zu einer Walküre gemacht. Dabei ist eine Verbindung zu dir entstanden. Wenn ich mich konzentriere, kann ich bestimmen, wo du bist. Jeder von uns vieren könnte das tun."

Oh. Das machte meinen Fluchtplan sehr viel schwieriger. Ich wollte fragen, ob sich die Entfernung auf dieses Verbindungsding auswirkte, doch das würde nur Verdacht erregen. Ich konnte eine subtilere Methode finden, um das später in Erfahrung zu bringen.

Der Gott der Dunkelheit war immer im Dunkeln. Oder sah es überhaupt dunkel aus, wenn man einfach gar nichts sehen konnte? Irgendwie hatte ich das Gefühl, dass er nicht wollte, dass ich mich nach den Feinheiten seiner Blindheit erkundigte.

Ich drehte mich wieder zu dem Zimmer um. Ein Murmeln entwich Peteys Mund. Er zog seinen kleinen Arm näher an sein Gesicht. Schmerzen breiteten sich in meiner Brust und bis in meine Kehle aus.

Ich musste gehen. Aber ich würde zurückkommen. Ich schwor es bei allen Göttern, die tatsächlich existierten, falls es mehr als die fünf gab, die ich bisher kennengelernt hatte.

Meine Flügel flatterten, um mich an Ort und Stelle zu halten, als ich das Fenster in seine ursprüngliche Position schob. Nur für den Fall, dass Mom an diesem Morgen besonders aufmerksam wäre. Ich drückte die Finger an meine Lippen und dann ans Fenster, als könnte Petey diesen Kuss auf seiner Stirn spüren, wo ich ihn gerne platziert hätte.

Ein Automotor dröhnte durch die Straße. Ein fleckiger roter Chevy parkte vor dem Haus, eine dicke Gestalt stieg schwankend auf der Beifahrerseite aus und winkte dem, der das Auto fuhr. Meine Schultern versteiften sich.

Hödur hatte sich zu dem Geräusch umgedreht. „Wer ist das?", fragte er.

„Der aktuelle Freund meiner Mutter", antwortete ich. „Vollkommen bekifft, so wie es aussieht."

Noch während ich das sagte, realisierte ich, dass ich mich irrte. Seine Bewegungen waren ungeschickt, jedoch auf eine ruckartige, zuckende Art. Er sah *high*, nicht bekifft aus. Und zwar high von etwas, was ihm nicht gut bekam.

Es war ein paar Monate her, seit ich Ivan zuletzt mit eigenen Augen gesehen hatte. Wie sehr hatten sich seine Angewohnheiten seitdem geändert?

Er rüttelte eine Weile am Türgriff, bevor er es schaffte, den Schlüssel ins Schloss zu stecken. Dann trampelte er ins Haus. Ich verharrte eine Minute lang an Ort und Stelle, während meine Flügel im Takt mit dem lauten Pochen meines Herzens schlugen. Es gab nichts, was ich gegen dieses Arschloch unternehmen konnte.

Ich trieb meine Flügel dazu, mich etwas höher zu tragen – und Ivans Stimme brüllte rau und wütend durchs Haus. „*Pete!*"

Ich zuckte zusammen. Peteys Zimmertür flog auf. Mein kleiner Bruder schreckte aus dem Schlaf, stemmte seinen Oberkörper nach oben und legte den Kopf schief, während er den Schlaf abschüttelte.

„Wo zur Hölle hast du meinen Controller hingetan, du kleiner Scheißer", schrie Ivan. Er polterte durch den Raum, schlug die Decke auf Peteys Bett zurück und fegte die Spielzeuge von seinem Spieltisch in der Ecke. Ein Legogebilde krachte auf den Boden.

„Was?", fragte Petey mit zittriger Stimme. „Ich habe nichts genommen."

„Du spielst immer daran herum", sagte Ivan. „Du musst es gewesen sein. Spuck es aus."

Petey krabbelte auf seinem Bett rückwärts und schlang

die Arme um seine Knie. „Ich weiß es wirklich nicht. Ich habe ihn heute nicht angefasst. Ich verspreche es."

„Lüg mich nicht an, du erbärmliche Platzverschwendung."

Ivan ragte über Petey auf und hob einen muskulösen Arm. Ein Schrei blieb mir im Hals stecken. Ich warf mich zurück zum Fenster.

Meine Finger hatten sich bereits um den Rahmen geschlossen, damit ich ihn wegreißen konnte, als Ivan zurücktrat. Seine Hand sank an seine Seite, seine Brust hob sich unregelmäßig und er atmete schwer.

„Wag es ja nicht, noch einmal mit meinem Zeug zu spielen", knurrte er und trampelte wieder aus dem Zimmer.

Eine Träne rann über Peteys Wange. Er unterdrückte ein Schluchzen und steckte die Decke wieder um sich herum fest.

„Petey", sagte ich, doch er konnte mich nicht hören. Fuck, wie funktionierte diese Sichtbarkeitssache? Ich sollte mich ihm zeigen können, wenn ich es wollte …

Ich hob meine Arme, um das Fenster aufzustoßen, und eine Hand schloss sich um meinen Unterarm.

„Nein", verkündete Hödur.

Ich schaute ihn finster an, obwohl ich wusste, dass diese unergründlichen dunkelgrünen Augen mein Gesicht nicht sehen konnten. „Du hast gehört, was gerade passiert ist, auch wenn du es nicht sehen konntest. Er hat schreckliche Angst."

„Ich kann hören, dass es vorbei ist", entgegnete Hödur. „Und ich glaube nicht, dass es deinen Bruder beruhigen wird, wenn du als geflügeltes magisches Wesen vor ihm erscheinst."

„Würdest du es mir erlauben, wenn es das tun würde?", fragte ich.

Darauf antwortete er nicht. „Du musst ihn loslassen. Du bist kein Teil seiner Welt mehr. Es gibt nichts, was du für ihn tun kannst." Er zögerte. Seine Stimme wurde ein bisschen sanfter. „Du hast ihm gezeigt, dass er dir wichtig ist. Das muss reichen."

Wie aufs Stichwort verschob Petey sein Kissen und entdeckte den Schokoriegel. Er riss ihn an sich und ein strahlendes Lächeln breitete sich auf seinem Gesicht aus. Sein Blick huschte zum Fenster, als würde er mir direkt in die Augen schauen. Doch er konnte *mich* nicht sehen.

Dennoch strahlte er mich an.

Mein Herz zog sich zusammen und Hödurs Griff spannte sich an. Ich konnte nicht gegen ihn kämpfen, das wusste ich bereits.

Zumindest nicht so.

Ich ließ mich von ihm von dem Fenster wegziehen. Meine Brust schmerzte, als ich in den Himmel flog.

Die Götter brauchten mich jetzt. Sie wollten, dass ich ihre Mission erfüllte. Na schön. Ich würde Odin für sie aufspüren und dann würden sie keine Walküre mehr brauchen. Vielleicht wären sie daraufhin so abgelenkt, dass ich ihnen entkommen konnte. Möglicherweise wäre es ihnen an diesem Punkt sogar egal.

Wie auch immer, ich würde so bald wie möglich hierher zurückkehren. Und beim nächsten Mal würde ich mehr tun, als nur einen Schokoriegel zurückzulassen.

KAPITEL ELF

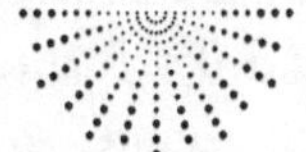

Hödur

Ich hatte die Dämmerung zwar noch nie gesehen, wusste jedoch, wenn sie hereinbrach. Ich konnte es spüren, wie die ersten Sonnenstrahlen über den Horizont krochen und die Stille der Nacht durchbrachen. Es fühlte sich wie eine schwache, jedoch stärker werdende Energie an, die über meine Haut kribbelte.

Ganz egal, wie oft ich diese Empfindung erlebte, in den ersten Minuten machte sie mich immer nervös. Ein Beben drang durch die Decke, jemand regte sich in dem Zimmer über dem Büro – in Balders Zimmer. Mein Zwillingsbruder hatte erneut ruhelos geschlafen und sich hin und her geworfen.

Vielleicht hatte er Albträume. Ich dachte nur ungern darüber nach, worum es in diesen Albträumen gehen könnte. Ob ich in ihnen vorkam und wie.

Das Chaos der Menschenwelt wühlte seinen Verstand

immer auf, auch wenn er sich nicht darüber beschwerte. Wir waren schon zu lange hier. Er brauchte die Ruhe von Asgard.

Ein Klopfen erklang an der halb geöffneten Bürotür.

„Hödur?", fragte unsere neue Walküre.

Ich drehte mich automatisch auf meinem Stuhl zu ihr um und richtete meine Augen so gut wie möglich auf die Stelle, wo ich ihr Gesicht spüren konnte. Das war nicht allzu schwer, da ich es anhand der Richtung und der Lautstärke ihrer Stimme abschätzen konnte, sowie aufgrund der leisen Laute, die jeder Körper machte, wenn er sich bewegte: das Rascheln von Kleidung, der an- und abschwellende Atem. Bei unseren vorherigen Interaktionen hatte ich bereits ein mentales Konstrukt von ihr erbaut – klein, drahtig und geschickt, jedoch energisch.

Sie hatte ihre Flügel eingezogen. Das leise Flüstern dieser Federn wäre mir auf keinen Fall entgangen.

„Solltest du nicht im Bett sein?", fragte ich. Wir waren erst vor wenigen Stunden von dem waghalsigen Ausflug durch das Land zurückgekehrt, zu dem sie mich überredet hatte. Ich kam mit ein oder zwei Nickerchen im Lauf des Tages klar, doch Sterbliche – oder diejenigen, die vor kurzem noch sterblich waren – schienen im Allgemeinen mehr Schlaf zu brauchen.

Sie zuckte mit den Achseln, noch ein Rascheln. Sie trug ein anderes Oberteil als gestern, da ich nicht das silbrige Zischen von Seide, sondern das rauere Kratzen von etwas hörte, was vermutlich Baumwolle war. „Ich habe ein wenig geschlafen. Mein Verstand hat beschlossen, dass ich mit Schlafen fertig bin." Sie hielt inne. „Du musst mir noch beibringen, wie ich die Kräfte kontrollieren kann, die du mir geschenkt hast, um mich zur Walküre zu machen."

„Also bist du wegen deiner Lektion hergekommen?"

„Mir scheint, dass es Zeit wird. Alle anderen haben es geschafft, mich gestern zu unterrichten."

Sie wechselte von ihrem wachsamen Tonfall zu dem frecheren, den ich mittlerweile fast genauso gut kannte. Ich hätte gedacht, dass unsere Walküre nur zu zwei Verhaltensweisen in der Lage war, wenn ich gestern Abend nicht gehört hätte, wie ihre Stimme am Fenster ihres kleinen Bruders vor Zuneigung sanft geworden war.

Ich bereute bereits die Entscheidung, dass ich sie zu ihm hatte gehen lassen. Sie hatte nichts Übles im Schilde geführt, das stimmte – dieses Mal. Ihre Bindung zu ihrem alten Leben war eindeutig noch stark und dorthin zurückzukehren, hatte dieses Band gestärkt. Ich glaubte nicht, dass sie erpicht darauf war, mehr zu lernen, damit sie unsere Mission erfüllen konnte. Loki hatte sie ausgewählt, weil sie wie er war – eine verschlagene Intrigantin. Zweifellos hatte sie seit dem Moment, in dem ich sie gestern Nacht zu diesem Haus zurückgeschickt hatte, selbst neue Pläne geschmiedet.

Der verdammte erstickte Laut, den sie bei der Erwähnung ihres Bruders gemacht hatte, hatte meine Entschlossenheit einen leichtsinnigen Augenblick lang außer Kraft gesetzt.

Sie trat einen Schritt näher und drehte sich, um den Raum zu betrachten. „Was machst du hier? Du kannst diese Bücher nicht lesen, oder?"

Ich stützte einen Ellenbogen auf den Schreibtisch und den anderen auf die Rückenlehne meines Stuhls. „In gewisser Hinsicht kann ich es." Mit dem richtigen übernatürlichen Druck konnte ich die Tinte dazu bringen, mir die Worte vorzulesen. „Wir finden alle Möglichkeiten, uns an die Gegebenheiten anzupassen."

Sie summte leise. „Ich vermute allerdings, dass du mir das nicht beibringen wirst."

„Nein." Ich *musste* sie unterrichten ungeachtet ihrer Motive, das bedeutete jedoch nicht, dass jetzt der richtige

Zeitpunkt dafür war. „Ich denke, es wäre besser, wenn du dich vorher vollständig erholst. Was ich dir zeigen muss, ist … unangenehmer als das, was du von den anderen gelernt hast." Das war auch der Grund, aus dem ich es nicht überstürzt hatte, ihr meinen Teil zu erklären.

„Nun, jetzt hast du meine Neugier geweckt. Ich werde definitiv nicht schlafen können, solange mir diese Vorstellung im Kopf herumspukt. Da können wir es genauso gut hinter uns bringen!"

Sie würde nicht aufgeben. Warum verschwendete ich meine Zeit mit Diskussionen? Wenn sie es so dringend lernen wollte, sollte sie es eben selbst herausfinden.

Ich stand auf. „Wenn du darauf bestehst."

Nur wenig Wärme kroch durch die Fenster. Eine Reihe kleiner, eingetopfter Farne stand auf dem Fenstersims. Ich ließ meine Finger über die zarten Wedel des Farns in meiner Nähe wandern und bedeutete der Walküre, zu mir zu kommen.

„Du hast mit den anderen über die traditionellen Pflichten der Walküren gesprochen", begann ich.

Sie nickte, ich vernahm das Flüstern ihrer Haare, als sie neben mich trat. Sie war mir jetzt so nah, dass ich sie riechen und hören konnte: sauber, heiß und ein kleines bisschen scharf, so wie Feuer unter all dem Rauch roch. Hatte sie diesen Duft mit ihrer Verwandlung zur Walküre erhalten oder war das ihr natürlicher Geruch?

„Die Grundlagen", erwiderte sie. „Die Schlachten beobachten, die Gewinner wählen, diejenigen, die es verdienen, nach Walhalla schicken. Das fasst es relativ gut zusammen, oder?"

„Das tut es. Aber nur oberflächlich. Du wählst nicht nur die Gewinner aus – du wählst auch die Verlierer aus. Und was passiert mit den Verlierern in einem Krieg? Was passiert mit den Würdigen, bevor sie nach Walhalla reisen?"

„Sie sterben", antwortete sie. „Offensichtlich."

„Und wenn eine Walküre wählt, ist sie manchmal diejenige, die dieses Leben nimmt." Mit der Hand streichelte ich über den Farn. Er kitzelte meine Fingerspitzen. „Deine neuen Sinne werden dir erlauben, das Summen von Leben in einem Körper zu spüren. Du kannst es ergreifen und aus dem Körper lösen. In dir ist eine Dunkelheit, die es komplett schlucken kann."

Die Lebensenergie in dem Farn erbebte bei meiner Berührung. Ich krümmte die Finger, als würde ich sie in meiner Hand sammeln. Die Farnwedel zitterten und vertrockneten an meiner Hand. Die Wärme dieser Energie kühlte sich ab, als sie erstarrte. Ich schloss die Hand zur Faust – und sie war fort. Der Farn war nicht mehr als eine schlaffe Hülle. Übelkeit breitete sich in meinem Magen aus.

Lokis Plan kam mir noch immer wie eines seiner anderen verrückten Risiken vor und würde uns höchstwahrscheinlich um die Ohren fliegen, anstatt uns dorthin zu bringen, wo wir hinmussten. Doch, beim Göttervater, wo immer er war, ich hoffte, dass diese Walküre die letzte war, die wir brauchten. Wenn auch nur, damit ich diese Übung nie wieder durchführen musste.

„Ich könnte das tun?", fragte Ari. Sie klang verunsichert. Gut.

„Du wärst keine Walküre, wenn du es nicht tun könntest. Das ist die Lektion. Jetzt bist du dran."

Sie verlagerte ihr Gewicht und griff nach einem der anderen Farne. Nach einem Augenblick der Stille sagte sie: „Ich glaube, ich spüre nicht, wovon du gesprochen hast."

„Ich kann dir helfen", erklärte ich schnell. Dafür war ich schließlich da. Ich musste es einfach hinter mich bringen.

Ich legte meine Hand auf ihre kleine und die glatte Haut ihrer Fingerknöchel streifte meine Handfläche. Die Dunkelheit in mir griff nach der Leere, die ihr Wesen durchlief. Ich lockte sie näher zur Oberfläche ihres Bewusstseins und platzierte die summende Energie der Pflanze als Gegensatz daneben.

Ari atmete scharf ein. „Oh."

Ich wich zurück und überließ es ihren Instinkten, den Vorgang ab hier zu leiten. Irgendwo in ihr wusste sie bereits, was sie zu tun hatte.

Ein Beben durchlief ihren Körper. Ihre Hand ballte sich zur Faust. Ich ließ meine zu dem Farn darunter gleiten. Er war zusammengebrochen so wie der, den ich getötet hatte.

„Und das funktioniert bei allem Lebendigem?", erkundigte sie sich. „Einfach so?"

„Jedes Leben kann ausgelöscht werden. Oder es kann von seinem Körper gelöst und nach Walhalla geschickt werden, obgleich diese Türen sterblichen Seelen nicht mehr offen stehen."

„Verstanden." Sie kicherte rau. „Nun, das ist eine Fähigkeit, die ich gestern Abend gerne genutzt hätte!"

Ich spannte mich an. Meine Finger zuckten empor, schlossen sich um ihr Handgelenk und zerrten sie zu mir herum. „Nimm es *niemals* auf die leichte Schulter, ein Leben zu nehmen. In einer Schlacht, in der jemand sterben muss, triffst du diese Entscheidung. Das ist der einzige Zeitpunkt, an dem du das tun solltest. Du kannst nicht einfach aus dem Nichts Leben stehlen."

„Okay, okay", wiegelte sie ab. „Das war ein Witz. Offensichtlich ein schlechter." Ihre Haarsträhnen murmelten, als sie den Kopf schieflegte. „Und ein wunder Punkt für dich."

„Nicht, dass es dich etwas angeht."

„Das bedeutet nicht, dass ich nicht neugierig sein kann."

„Es bedeutet, dass ich nichts dazu zu sagen habe", entgegnete ich. Meine Lunge hatte bereits angefangen, sich zusammenzuziehen. „Reden wir nicht mehr davon, Walküre. Und mach nie wieder derartige Scherze."

„Na schön. Es tut mir leid."

Daraufhin schwieg sie einen Augenblick, der sich immer weiter in die Länge zog. Ich erkannte, dass ich noch immer ihr Handgelenk festhielt, und ließ es los. Ari atmete langsam ein, sprach allerdings nicht. Ihr Schweigen machte mir zu schaffen.

„Was ist los, Walküre?", fragte ich. Sollte sie ihre Beschwerde doch ausspucken. Dachte sie, dass ich zu harsch war? Gefiel es ihr nicht, wenn ihre Fragen nicht beantwortet wurden? Sie konnte mich gerne auf die Probe stellen. Ich würde sie daran erinnern, welchen Platz sie hier innehatte. Dass man ihr hier überhaupt keinen Platz schuldig war.

Der Klang ihrer Stimme wies auf eine Grimasse hin. „Was bringt dich auf den Gedanken, dass etwas nicht stimmt?"

„Du bist verstummt", entgegnete ich. „Normalerweise bist du so schlimm wie Loki und redest endlos weiter."

Sie atmete aus. „Ich habe mich nur gefragt, warum du mich nicht richtig ansiehst. Damit meine ich nicht, warum du mich nicht *ansiehst* ansiehst – ich weiß, dass du nicht sehen kannst. Aber ich habe dich mit den anderen Göttern beobachtet. Du kannst es wenigstens so wirken lassen, als würdest du ihnen in die Augen schauen. Bei mir tust du das allerdings nicht. Es ist, als stünde ich so weit unter dir, dass du einfach keine Lust dazu hast."

Die Wut, die ich in mir genährt hatte, fiel in sich zusammen. Damit hatte ich nicht gerechnet. Sie hatte nicht gesagt, wie sich dieser Eindruck auf sie auswirkte, ihr Unbehagen färbte jedoch ihre Stimme.

„Es liegt nicht an dir", erklärte ich. „Nun, das tut es, aber es liegt nur daran, dass ich noch nicht so vertraut mit dir bin. Ich hatte hunderte von Jahren, um mir in meinem Kopf ein

Model der anderen zu bauen und zu verfeinern. Bei dir habe ich weniger Erfahrungen, auf die ich zurückgreifen kann. Ich muss mehr abschätzen."

Ihre Haltung entspannte sich. Mir war nicht bewusst, wie sehr ich sie verunsichert hatte. „Nun", sagte sie, „es macht den Anschein, als gäbe es eine einfache Methode, das in Ordnung zu bringen."

Ihre Hand schloss sich um meine und zog sie zu ihrem Gesicht. Sie legte meine Handfläche leicht an ihre Wange. Meine Fingerspitzen streiften ihre vereinzelten Haarsträhnen. Ihre Wimpern kitzelten meine Daumenkuppe, als sie blinzelte. Und einfach so gestalteten sich ihre Gesichtszüge in meinem Kopf neu und in viel größeren Einzelheiten. Einzelheiten, welche die weiche Wärme ihrer Haut an meiner beinhalteten. Die Art und Weise, wie ihr Atem über die Innenseite meines Handgelenks kitzelte. All das Leben in *ihr* sang unter dieser Oberfläche.

Ein plötzlicher Stich durchfuhr mich in Reaktion darauf.

„Wundervoll", sagte ich mit einer Stimme, von der ich bereits merkte, dass sie zu barsch war. Dabei richtete ich meinen ausdruckslosen Blick auf die Stelle, von der ich nun wusste, dass dort ihre Augen waren. „Die Vertrautheit wurde gesteigert. Die Lektion beendet. Hoffe einfach, dass du diese Kräfte nie benutzen musst."

„Das ist alles?", fragte sie.

Ich nickte zur Tür. Diese Bewegung war genauso barsch. „Du kannst gehen."

Es war ein Befehl, kein Angebot. Sie gab einen kurzen, missmutigen Laut von sich, ging jedoch. Ich wartete, bis ich mir sicher war, dass sie den Gang verlassen hatte, ehe ich nach ihr das Büro verließ. Eine unbehagliche Energie regte sich in meinem Körper und nagte an dem dumpfen Schmerz, den dieser Stich zurückgelassen hatte.

Nach all dieser Zeit kannte ich das Haus so gut, dass ich

mich, ohne zu zögern, darin bewegen konnte. Mein Modell des Hauses war beinahe perfekt. Das Knarzen des Bodens und die Vibrationen, welche die Bretter durchliefen, verrieten mir, wenn ein Möbelstück eine andere Position hatte, obgleich das selten der Fall war. Nichts behinderte mich auf meinem Weg zu Lokis Zimmertür.

Geräusche auf der anderen Seite verrieten mir, dass er wach war. Ich marschierte in den Raum und wurde von einem Schnauben begrüßt.

„Nur, weil du nicht *sehen* kannst, bedeutet das nicht, dass eine Person keine Privatsphäre möchte", verkündete er, wobei seine Stimme vorübergehend von dem Oberteil gedämpft wurde, das er sich gerade anzog.

Ich schnaubte. „Du bist der Letzte, der jemals an die Privatsphäre anderer denken würde, oder nicht? Ich wollte dir nur mitteilen, dass deine Walküre ihr Training beendet hat. Also lass uns loslegen."

Loki gluckste. „Weshalb hast du es plötzlich so eilig?"

„Wir wollen alle zurück nach Asgard", antwortete ich. Das war das Einzige, was ich momentan wollte. Balder wurde mit jeder Woche gleichgültiger, die wir hier gefangen waren. Wenn wir wieder in den vertrauten Hallen weilten, konnten wir alle diese ständigen Sorgen aufgeben. Und wir konnten von den Sterblichen, Walküren und der ganzen Bagage weg.

Weg von dem eigenartigen Gefühl der Sehnsucht, das diese spezielle Walküre irgendwie in mir ausgelöst hatte.

„Hmm", machte Loki auf diese Weise, als wüsste er mehr, als er sollte. „Sie kommt zwar gut mit allem zurecht, aber ich halte es nicht für fair, sie bereits ins Gefecht zu schicken. Allerdings weiß ich möglicherweise genau das Richtige für einen letzten Test."

KAPITEL ZWÖLF

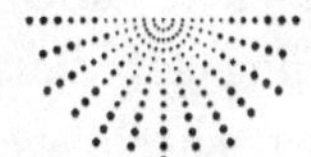

Aria

Es war bereits spät, als wir unser Ziel erreichten: eine kleine, verlassen wirkende Industriestadt irgendwo auf der Nordseite Michigans. Schatten klebten an den leerstehenden Fabriken, deren Fenster mit Brettern vernagelt waren. Wir liefen unsichtbar für sterbliche Augen durch die Straßen, die Wahrheit war jedoch, dass in dieser Gegend der Stadt ohnehin kaum jemand unterwegs war, der uns sehen könnte.

Ich spähte durch die Lücke, wo die Eingangstür eines Lagerhauses schief in den Angeln hing. Das schwindende Sonnenlicht konnte das Innere nicht erreichen. Ein Geruch, der an Öl und Kreide erinnerte, hing in der Luft und der Verkehr rumpelte den Highway entlang, der einige Blöcke entfernt war. Als ich meine Sinne ausstreckte, summte die Masse der Menschenleben, die mich hier umgaben. Ich spürte all diese lebendige Energie, die ich in den Schatten in mir ziehen konnte, wenn ich nur nah genug herankam.

Das hier war keine fröhliche Szene.

„Wonach suchen wir?", fragte ich. Loki hatte mir über diesen Ausflug lediglich verraten, dass wir warten mussten, bis die Dunkelheit hereinbrach, bevor wir etwas unternehmen konnten. Ich hatte so viel wie möglich geschlafen in Vorbereitung auf diesen offenkundigen Test. Anschließend hatte ich noch ein wenig trainiert: Ich hatte mit Thor gekämpft und selbstständig die Grenzen meiner Flügel getestet. Da ich nicht wusste, was der Test *war*, fiel es mir schwer, mich richtig darauf vorzubereiten.

„Ich bin auf einen Warg aufmerksam geworden, der in dieser Gegend von Midgard sein Unwesen treibt", erklärte Loki. Er schob eine verrottende Pappschachtel mit dem Fuß beiseite und seine Lippen verzogen sich angewidert. „Du wirst ihn aufspüren, in die Ecke drängen und überwältigen. Wenn dir das gelingt, bist du meiner Meinung nach bereit für das, was dich auf der Suche nach Odin erwarten wird."

„Klasse", erwiderte ich. „Wundervoll. Was zur Hölle ist ein Warg?"

„Und warum hast du dem Rest von uns nicht erzählt, dass hier einer Schwierigkeiten macht?", wollte Hödur wissen, der am Rand unserer Gruppe entlangstapfte.

„Ein Warg ist ein Monster, dass stark euren Wölfen ähnelt", erklärte mir Thor. Er klebte praktisch an meiner Seite, seit wir die Stadt betreten hatten, und setzte seinen massigen Körper wie einen Schild ein. „Aber er ist größer, schneller, wilder und klüger."

„Oh. Tja, das klingt nach einer Menge Spaß." Ich vermutete, dass ich Thor nicht als Schild behalten durfte, wenn ich dem Warg nachstellte.

„Und ich habe es nicht erwähnt, weil er erst vor kurzem angefangen hat, so viel Ärger zu machen, dass wir uns einmischen müssen", sagte Loki. „Sterbliche Augen sehen bloß einen Streuner. Er ist auf der Suche nach Essen in einige Läden und Apartments eingebrochen. Nichts besonders Furchterregendes. Allerdings scheint er ein Interesse an Frischfleisch zu entwickeln. Gestern Nacht hat er ein kleines Mädchen zerfleischt. Und ich möchte gar nicht daran denken, was mit den Haustieren in dieser Gegend passiert ist."

Mein Rücken hatte sich versteift. Ein kleines Mädchen. Ich vermutete, dass ein Leben für die Götter nicht viel bedeutete, die Milliarden kommen und gehen sahen. Ich brauchte jedoch keine weiteren Informationen, um in dem hier mehr als nur einen Test zu sehen.

„In Ordnung. Lasst es mich versuchen."

„Geduld, Fee", mahnte mich Loki. „Ich will nicht die ganze Nacht mit der Spurensuche verbringen. Ich werde dich so nah zu ihm bringen, dass du der Spur relativ schnell folgen kannst."

„Man kann nicht anders, als sich zu fragen, wann du die Zeit gefunden hast, dieses Wesen im Auge zu behalten", meinte Freya, die hinter uns her schlenderte. Obwohl sie bei meinem Training nicht direkt geholfen hatte, hatte sie bloß geschnaubt bei der Vorstellung, dass wir sie zurücklassen würden. *Es ist mein Ehemann, nach dem sie suchen wird. Ich würde gerne ein Wörtchen dabei mitreden, ob sie bereit ist.*

„Oh, ich kann alle möglichen Dinge mit geringer Anstrengung im Auge behalten", erwiderte Loki lässig.

„Und du hegst eine Affinität für Wölfe", bemerkte Balder auf seine verträumte Art.

Der Trickster-Gott warf Balder einen Blick zu und seine Schultern spannten sich an. Der Gott des Lichts schien seine Beklemmung jedoch kaum zu bemerken, weshalb ich bezweifelte, dass er sie hervorrufen wollte. „Ja", bestätigte Loki. „Das stimmt."

War das eine der Gestalten, die Loki annehmen konnte? Das würde zu ihm passen. Ich wollte ihn danach fragen, doch er blieb vor einer breiten Gasse stehen, die sich zwischen zwei Fabrikgebäuden aus Backsteinen erstreckte, und deutete mit dem Kinn dorthin. „In diese Richtung", verkündete er. „Du übernimmst jetzt die Führung. Zeig uns, was du gelernt hast, Fee."

Oh, ich würde es ihnen zeigen. Ehrlich gesagt, war ich selbst ein wenig neugierig darauf, herauszufinden, was ich konnte. Das hier war meine erste Gelegenheit, meine neuen Fähigkeiten bei einer echten Bedrohung auszuprobieren.

Ich wollte mit der Suche nach Odin beginnen, würde Petey allerdings nichts nutzen, wenn ich dabei erneut starb. Daher konnte ich nicht gegen die Vorsicht der Götter protestieren und verlangen, dass sie mich geradewegs in das warfen, was die anderen Walküren verschluckt hatte, die sie auf die Suche geschickt hatten.

Ich schlich durch die Gasse, steckte meine Hand in meine Hosentasche und zog mein Klappmesser heraus. Ich wusste nicht, wie viel mir diese Zehn-Zentimeter-Klinge bei einem Warg helfen würde, sie würde jedoch mehr Schaden anrichten als meine bloßen Hände. Außerdem beruhigte mich das warme Plastik in meiner Hand.

Möglicherweise hatte ich diese Waffe nicht so sehr zu meinem Schutz genutzt, wie ich es hätte tun sollen, als es noch eine Rolle gespielt hatte, doch jetzt könnte sie den entscheidenden Unterschied machen.

Als ich die Gasse scannte, wiesen mir meine geschärften Sinne den Weg. Mein Blick blieb auf einem Büschel borstigen Fells an der Ecke eines Backsteins hängen. Er befand sich auf Schulterhöhe, wo ein gewaltiger, haariger Körper die Wände gestreift haben musste. Ein stinkender, moschusartiger Geruch kroch mir in die Nase.

Ich schluckte schwer und ging weiter. Meine fünf

Zuschauer folgten mir schweigend in einem Abstand von drei Metern.

Die Gasse teilte sich wie der obere Teil eines T nach links und rechts. Ich schaute in jede Richtung, beobachtete, lauschte und schnupperte in der Luft. Nur eine leichte Brise wirbelte die schwüle Atmosphäre auf, zu meiner Rechten nahm ich jedoch einen Hauch dieses moschusartigen Geruchs wahr. Meine gespitzten Ohren fingen irgendwo weiter weg auf diesem schmutzigen Pfad, der durch das Industrielabyrinth führte, einen keuchenden Atem auf.

Ich ging um einen Müllcontainer herum, der aussah, als wäre er seit Jahren nicht benutzt worden, allerdings noch immer widerlich stank, und suchte mir einen Weg zwischen den Gebäuden. Zusammengefallene Holzschuppen und krumme Metallstücke übersäten den gesprungenen Beton. Die Fabriken und Lagerhäuser ragten zu beiden Seiten von mir auf und verdeckten die Sonne komplett. Nur ein schmaler Streifen grau-blauen Himmels zeigte sich über mir.

Ein weiterer rauer Atemzug führte mich um eine zweite Biegung. Der Geruch wurde in meiner übersensiblen Nase stärker.

Vor mir genossen einige riesige Metallmaschinen auf einem betonierten Platz ihren Ruhestand umgeben von einem Maschendrahtzaun. Etwas hatte in der Nähe der Gasse ein Loch in diesen Zaun gerissen – ein Loch, das so groß und zweimal so breit wie ich war.

Der Schatten unter einer der Maschinen bewegte sich. Es war gar kein Schatten. Eine riesige dunkle Gestalt lag dort. Ruhte sie sich vor ihrem nächtlichen Raubzug aus?

Mein Mund wurde trocken. Meine Finger spannten sich um den Griff meines Klappmessers herum an. Ich schlüpfte durch das Loch im Zaun und wagte es nicht einmal, nach hinten zu schauen und mich zu vergewissern, dass mir die

Götter noch folgten. Mein Blick lag unverwandt auf der Bestie, die in Schatten gehüllt war.

Ich konnte nicht erkennen, wofür die Maschine verwendet worden war, die den Schatten warf. Es war ein wirres Konstrukt aus verrosteten Metallplatten, verschlungenen Schläuchen und Zylindern, die sich womöglich einmal gedreht hatten, jetzt jedoch vor Schmutz und Rost starrten. Das Gerät dahinter sah aus wie eine riesige Nähmaschine, die größer war als ich mit einer ,Nadel' aus Stahl, die so dick wie mein Handgelenk war.

Die Gestalt in dem Schatten musste mindestens doppelt so groß sein wie ich. Meine geschärften Augen konnte nur die Spitzen eines dichten Fells ausmachen, das einen Körper überzog. Wie zur Hölle sollte ich dieses Ding ,überwältigen'?

Was hatte ich, was es nicht hatte? Meine Flügel. Ich ließ sie aus meinem Rücken sprießen, entfaltete sie schnell und ignorierte das beißende Brennen, das ich verspürte, weil ich sie so schnell hervorgeholt hatte. Falls nötig, konnte ich nun außer Reichweite fliegen oder es von oben weitertreiben. *Treibe es in eine Ecke*, hatte Loki gesagt. Und dann … sollte ich es irgendwie einsperren?

Oder sollte ich es töten, indem ich die Kraft einsetzte, die mir Hödur heute Morgen gezeigt hatte?

Es hatte Kinder angegriffen. Ein derartiges Monster musste getötet werden – falls ich diese Fähigkeit beherrschen konnte, wenn es sich um ein riesiges, schnelles Wesen und nicht nur eine Pflanze handelte, die reglos in einem Topf saß.

Ich war erst auf halbem Weg zu dem Schatten, als das Monster seinen Kopf hob: ein gewaltiger, wölfischer Kopf mit spitzen Ohren und Zähnen, die entlang seiner Schnauze aufblitzten. Es knurrte leise in seiner Kehle.

Und dann griff es an.

Mit einem kräftigen Stoß meiner Beine und einem Schlag meiner Flügel sprang ich aus dem Weg. Nur dank meiner verbesserten Walküre-Kraft konnte ich den ausschlagenden Krallen des Wargs ausweichen. Er wirbelte zu mir herum und stürzte sich erneut auf mich. Ich flatterte höher in die Luft und mein Herz machte einen Satz. Sein Kiefer schloss sich direkt unterhalb meiner Ferse.

Fuck. Falls ich noch irgendeinen Zweifel gehabt hatte, ob dieses Ding vernichtet werden musste, so gehörten diese jetzt der Vergangenheit an. Die Frage lautete nun nicht mehr, ob ich es töten würde, sondern wie ich es tun würde, während ich gleichzeitig vermied, von ihm verschlungen zu werden.

Die Bestie umkreiste den Hof unter mir, während ich noch höher flog und mich außer Reichweite begab, um meine Gedanken zu sammeln. Ich besaß Kraft und Schnelligkeit, konnte fliegen und hatte geschärfte Sinne. Außerdem konnte ich Emotionen und Absichten spüren – Balders Geschenk.

Ich holte tief Luft und konzentrierte mich auf das Monster, auf das Pulsieren der bösartigen Energie in seinem Kopf.

Es hatte gespürt, weshalb ich hier war. Es hatte vor, mir den Garaus zu machen, bevor ich es tötete. In eben diesem Moment bereitete es sich darauf vor, mich erneut anzuspringen.

Ich konnte eindeutig erkennen, welchen Zug es als Nächstes tun würde. Wenn ich das spüren konnte, würde ich ihm immer einen Schritt voraus sein und könnte mich bei der erstbesten Gelegenheit auf seine Schwachstellen stürzen.

Das bedeutete, dass ich ihm wieder näher kommen musste.

Ich huschte außer Reichweite seines Sprungs und ließ mich auf den Boden fallen. Der Warg wirbelte herum, hüpfte nach links, dann nach rechts, eine Finte und ein Angriff. Das hatte ich jedoch kommen sehen. Ich rollte mich aus dem Weg und stach mit dem Klappmesser zu. Die Klinge sank kurz hinter dem Vorderbein des Wesens ins Fleisch, bevor ich meine Waffe zurückriss.

Der Warg knurrte und wirbelte zu mir herum. Blut sprenkelte den Boden. Mein Puls schlug schnell und hart durch meine Adern. Ich musste einfach so weitermachen und ihn schwächen, bis ich eine bessere Gelegenheit erhielt. Ich konnte das tun. Für mich. Für Petey. Für das kleine Mädchen, das dieses Monster getötet hatte.

Es sprang mich mit zuschnappenden Zähnen an, so wie ich es im Voraus in seinen Absichten wahrgenommen hatte. Ich wich aus und schlug nach seiner anderen Seite. Die Bestie wirbelte so schnell herum, dass meine Fingerknöchel seine Seite streiften, bevor ich mich entfernen konnte. Meine Augen begegneten kurz denen des Wargs. Der Blickkontakt hielt so lange, dass ich den flachen gelben Glanz erkennen konnte – und ein kaltes Leuchten der Intelligenz, das in seinen Augen schimmerte.

Als verberge sich ein menschliches Wesen hinter diesem monströsen Gesicht und würde mich anstarren.

Mein Magen drehte sich um. Meine Flügel schlugen instinktiv und trugen mich nach oben und fort. Im gleichen Moment warf sich ein dunkelhaariger Körper von einer der verlassenen Maschinen auf mich.

Ein Keuchen entfuhr mir, dann rammten mich die krallenbewährten Tatzen auf den Beton. Ich schlug um mich und rollte herum, wand mich gerade zur Seite, als Zähne meine Wange streiften. Ich bohrte meine Fersen in einen haarigen Bauch und drückte ihn mit all der Kraft weg, die mir Thor übertragen hatte. Schmerzen schossen kühl und feucht mein Gesicht hinab, doch der Warg über mir stolperte gerade so weit weg, dass ich unter ihm hervorkrabbeln konnte. Geradewegs in den Sprung eines dritten.

Drei. Sie waren zu dritt.

Ich wirbelte herum und schwankte, als ich das

Gleichgewicht fand. Meine Hand wurde schweißnass am Griff meines Klappmessers. Meine Faust schlug die Schnauze meines jüngsten Angreifers zur Seite, allerdings nur um wenige Zentimeter. Die anderen zwei kamen derweil näher und umzingelten mich.

Ich konnte das hier nicht. Ich konnte es nicht mit allen aufnehmen. Ich hatte all meine Kraft und Konzentration gebraucht, nur um gegen den ersten Warg zu kämpfen. Ich sprang in Richtung Himmel, spreizte meine Flügel … und ein monströser Kiefer schloss sich hart um eine Flügelspitze.

Zähne strichen durch Federn und Fleisch und zerrten mich zurück zur Erde. Schmerzen durchfuhren diese unvertrauten Nerven und zuckten in meinen Rücken. Ich schrie auf, panisches Adrenalin rauschte durch meinen Körper und ich schlug mit der Hand und all der verzweifelten Kraft aus, die ich aufbringen konnte.

Ein knisternder Blitz schoss meinen Arm hinab die Klinge entlang, explodierte in der Seite des Monsters und katapultierte es über den Hof. Sein Körper krachte gegen eine der Maschinen und fiel reglos zu Boden.

Was zum *Teufel* war das gewesen? Ich hatte keine Zeit, zu fragen oder zu experimentieren. Ein weiterer Warg raste auf mich zu. Ich stolperte zur Seite und zischte, als seine Krallen meine Wade aufschlitzten. Meine Hand wedelte wild mit dem Klappmesser, doch woher ich diesen auch Blitz gerufen hatte, ich wusste nicht, wie ich das noch einmal tun konnte.

Ich würde hier nicht sterben. Nicht noch einmal. Ich würde *nicht* sterben. Das war keine Option.

Ich fegte mit dem Bein durch die Luft und rammte es mit der Ferse voran dem angreifenden Warg in die Schnauze. Meine Walküre-Kraft sang durch meine Muskeln und schien heißer zu lodern wegen des Blutes, das aus meinen Wunden und denen meiner Feinde quoll.

Der Warg schnappte erneut nach mir und ich tauchte

mit einer Geschwindigkeit unter seinem Kiefer hinweg, die ich vor ein paar Tagen noch für unmöglich gehalten hätte. Meine Klinge schnitt über die Kehle der Bestie.

Allerdings nicht tief genug. Noch mehr Blut regnete auf mich, das Wesen taumelte jedoch zur Seite und knurrte. Wo zur Hölle war der andere?

Bevor ich herumwirbeln und nachsehen konnte, griff mich der an, den ich verwundet hatte. Ein Schmerzschleier zog sich durch seinen Kopf. Ich hatte ihn geschwächt. Das musste ich ausnutzen, solange ich den Vorteil hatte.

Ich sprang zur Seite und schlug mit aller Kraft auf die Schulter der Bestie. Sie taumelte und landete auf der Seite. Ich sprang auf sie und zwang all die Kraft in meinem Körper, das Wesen zu fixieren, während ich ihm die Spitze meiner Klinge in den weichsten Teil seiner Kehle rammte.

Die flackernde Lebensenergie des Monsters wusch schwerer und heller über mich hinweg als die von Hödurs Farnen und der Leute in der Stadt um uns herum, jedoch mit dem gleichen berauschenden Kribbeln. Der Warg schlug mit den Gliedern aus und ich rammte meinen Ellenbogen mit einer Kraft in das Gelenk seines Vorderbeins, durch die der Knochen brach. Anschließend bohrte ich meine Finger schweratmend in das struppige Fell und zerrte mit der Dunkelheit, die sich bereits in meiner Brust entfaltete, an all dieser Energie.

Die Augen des Wargs rollten nach hinten, das Licht in ihnen verlosch allerdings nicht vollständig. Das Auge, das ich sehen konnte, bewegte sich und begegnete meinem Blick. Plötzlich war ich mir absolut sicher, dass dies der gleiche Warg war, mit dem ich zuvor Blickkontakt hergestellt hatte. Der erste Warg, mit dem ich aneinandergeraten war. Die Wahrnehmung einer kalten, jedoch klaren Intelligenz schwappte erneut über mich hinweg – Gedanken, die so scharf und deutlich waren wie die in meinem Kopf. Ein

Bewusstsein, das meinem ebenbürtig war und ich gleich für immer auslöschen würde.

Ein Schauder lief über mein Rückgrat. Mein Griff im Nacken der Bestie und um dessen Leben schwankte für den Bruchteil einer Sekunde.

Das Monster spürte dieses kurze Zögern, bäumte sich auf und schnappte mit den Zähnen nach mir.

Meinen Körper durchfuhr ein Ruck. Ich geriet ins Rutschen und verlor fast den Halt. Meine Hand schnellte zurück, kurz bevor sie in diesem Maul verschwand. Meine andere Hand ballte sich mit erneuter Entschlossenheit in dem Fell und mit einem letzten, hektischen Ruck riss ich das Leben aus dem Körper des Wargs.

Der dunkle Raum in mir verschluckte die Energie auf einmal. Das Wesen unter mir brach zusammen. Mein Körper brach ebenfalls zusammen und ein Schluchzen löste sich aus meiner Kehle.

Der dritte Warg hatte die Pfoten in die Hand genommen und war geflohen. Ich sah seinen Schwanz aufblitzen, als er durch die Gasse auf der anderen Seite des Hofs raste. Dann war ich allein mit den Leichen der beiden, die ich getötet hatte.

Zwei Monster. Der Schmerz, der sich von der Stelle unter meinen Rippen ausbreitete, fühlte sich jedoch nicht triumphierend an.

KAPITEL DREIZEHN

Aria

Die Götter stritten noch immer, als wir das Haus mitten in der Nacht erreichten.

„Es geht darum, dass du ihr erzählt hast, dass dort nur ein Warg wäre", sagte Thor mit einer ausladenden Armbewegung. Seine Stimme war nicht viel mehr als ein Knurren. „Du hast sie absichtlich schlecht vorbereitet. Wir sollten sie testen, nicht den Wölfen zum Fraß vorwerfen – buchstäblich."

„Und wir haben sie getestet", erwiderte Loki ruhig. „Sie hat bewiesen, dass sie sogar zurechtkommt, wenn sich die Chancen für sie verschlechtern. Selbst wenn sich ihre Feinde vervielfachen oder sie unerwartet angreifen. Soweit ich gesehen habe, waren es die Wölfe, die überrumpelt wurden."

„Wie immer", brummte Hödur. „Du denkst dir irgendeinen gefährlichen Plan aus und tust danach so, als sei es nicht einfach nur schieres Glück gewesen, dass sich alles zu unseren Gunsten entwickelt hat."

Loki schüttelte den Kopf. „Wenn unsere Walküre von irgendetwas beleidigt sein sollte, dann von eurem offenkundigen fehlenden Vertrauen in sie."

„Was geschehen ist, ist geschehen", sagte Balder. Er schenkte mir ein freundliches, wenn auch leicht distanziertes Lächeln. Ich dachte, es wäre etwas schmaler geworden, je länger der Streit andauerte. „Wir sollten uns nicht noch länger damit aufhalten. Warum konzentrieren wir uns nicht auf das Gute, das sich aus alldem ergeben hat? Aria war erfolgreich – sehr gut. Wir sollten diesen Sieg feiern."

Mir war nicht nach Feiern zumute. Abgesehen von den schlimmsten Wunden, die mir die Warg zugefügt hatten, waren alle anderen von selbst geheilt, was eine weitere überraschende Walküre-Fähigkeit war. Balders sanfte Berührung hatte die restlichen Wunden geschlossen und die anhaltenden Schmerzen vertrieben, dennoch war ich erledigt. Mein Körper war bereit, ins Bett zu fallen … und mein Kopf war immer noch so voll von wirbelnden Gedanken, dass ich bezweifelte, dass ich tatsächlich einschlafen würde.

Freya schob sich neben mich und legte ihre Hand um meinen Ellenbogen. „Ich glaube, unsere Walküre braucht ein wenig Abstand von euch allen", verkündete sie liebenswürdig, jedoch bestimmt. „Es war eine lange, anstrengende Nacht, Ari. Ein Spaziergang wird dir beim Entspannen helfen."

Ich war zu abgelenkt von dem Durcheinander in meinem Kopf, um zu protestieren, als sie mich von den anderen weg und über den Rasen zu dem Pfad führte, den wir zuvor schon entlanggeschlendert waren. Als mein Verstand endlich wieder hinterherkam, kribbelte Sorge über meine Haut. Wollte sie mir weitere Informationen abpressen?

Sicherstellen, dass meine Absichten rein gewesen waren, oder wer weiß was sonst noch?

Ich versuchte, mir die beste Methode zu überlegen, mich von ihr zu verabschieden, als sie kurz hinter der ersten Baumgruppe stehen blieb und sich zu mir umdrehte. Ihre dunkelblauen Augen spähten in meine, ihr Blick war jedoch sanft anstatt scharf.

„Das war hart für dich", stellte sie fest. „Und nicht nur in körperlicher Hinsicht."

Emotionen stiegen in mir auf: Erleichterung, dass es jemand zumindest teilweise verstand; Panik, dass sie beschließen würde, dass mich das irgendwie unwürdig machte. Was würden sie mit mir tun, wenn sie der Meinung wären, ich könnte diese Mission doch nicht durchführen?

Ich rang nach Worten. „Ich habe noch nie zuvor etwas so getötet. Etwas … Die Warg sind nicht nur Tiere, oder? Keine gewöhnlichen Tiere. Es fühlte sich beinahe so an, als würde ich eine Person töten."

Freyas Mund verzog sich. Mein Gespür für ihren mentalen Zustand war schwach und verschwommen, doch die Sorge, die ich auffing, fühlte sich ausnahmslos aufrichtig an. Machte sie sich tatsächlich *Sorgen* um mich? Und falls ja, tat sie das um meinetwillen oder weil es sich auf ihre Pläne auswirken könnte?

„Sie sind Bestien", antwortete sie. „Bösartig, angetrieben von tierähnlichen Instinkten, zu dominieren und zu verschlingen. Aber ja, sie können besser als die Tiere denken, an die du gewöhnt bist. Das bedeutet allerdings nicht, dass sie leben und tun sollten, was immer sie wollen."

„Nein." Es bedeutete aber auch nicht, dass ich mich darüber freuen würde, diejenige zu sein, die diesen Gedanken dauerhaft ein Ende gesetzt hatte.

„Du musst dich darauf vorbereiten", sagte sie. „Falls Feinde von Asgard Odin gefangen genommen haben, werden sie Monster einer ähnlichen Art sein. Höchstwahrscheinlich werden sie Menschen noch ähnlicher sein. Sie haben drei vor dir aus dem Weg geräumt. Sie werden *dir* keine Gnade zeigen."

„Oh, ich werde zu niemandem gnädig sein, der sich auf meine Kehle stürzt. Da werde ich keine Schuldgefühle verspüren, glaub mir." Nur ein unbestimmtes, beunruhigendes Gefühl, das ich noch nicht abschütteln konnte.

Ein Gefühl, das eine Menge anderer unangenehmer Gedanken losgetreten hatte. Freya lief wieder los, allerdings in einem gemächlicheren Tempo, und eine Frage, die mich bereits eine Weile beschäftigte, kam mir über die Lippen.

„Kannst du ... können die Götter sterben? Ihr nennt uns ‚Sterbliche', aber ... ich erinnere mich nicht mehr so gut an die nordische Mythologie, weiß jedoch, dass es Prophezeiungen von Toten und all dem gab."

„Wir können sterben", antwortete Freya. „Die meisten von uns sind während Ragnarök gestorben, obwohl ich nicht behaupten kann, dass es für diejenigen angenehmer war, die das Ganze einfach nur bezeugt haben. Aber diejenigen, die starben, kehrten in Folge der Zerstörung ins Leben zurück."

„Selbst wenn ihr sterbt, kommt ihr also zurück", sagte ich.

„Nun, wir sind uns nicht ganz sicher, was passieren würde, wenn einer von uns wieder an den Rand des Abgrunds getrieben werden würde. Wir wussten, dass Ragnarök kommen würde. Das war vorherbestimmt. Was darauf folgen wird, war nie klar." Sie rieb sich über den Mund. „Manche von uns sind womöglich schon verschwunden. Es gibt andere aus Asgard, mit denen wir seit Jahrhunderten nicht gesprochen haben."

Ich hatte beinahe Angst davor, die nächste Frage zu stellen, doch ich musste es tun.

„Bist du dir sicher, dass *Odin* nicht wie die anderen Walküren beseitigt wurde? Dass er egal, wo er ist und was ihm zugestoßen ist, noch am Leben ist?"

Dass du nicht nach jemandem suchst, der nicht mehr gefunden werden kann?

Freyas Kiefer spannte sich leicht an, ihre Stimme blieb jedoch mild. „Ich würde es wissen. Falls seine Essenz die Reiche verlassen hätte ... ich würde es wissen. Genauso wie die anderen, vermute ich. Sie würden es vielleicht sogar stärker spüren als ich."

Okay. Diese Erklärung klang für mich wie New-Age-Gelaber, es war allerdings nicht so, als wüsste ich nicht, dass die Götter Sinne hatten, die über das hinausgingen, was ich gewohnt war. Ich konnte ihr glauben.

„Also sitzt ihr hier fest und wartet auf ihn." Ich versuchte, mir das vorzustellen – die Existenz eines Gottes. Wie meine Existenz theoretisch aussehen würde, falls ich es schaffte, bei ihrer Mission nicht zu sterben. „Wird es ... *langweilig*, so lange am Leben zu sein? Was *macht* ihr überhaupt? Ich meine, wenn ihr keine Walküre bei euch habt, die ihr auf Herz und Nieren prüfen könnt."

Freya lachte. Ihre Belustigung fühlte sich ebenfalls aufrichtig an. „Oh, ich bin mir sicher, wir haben alle unsere Momente, in denen wir uns langweilen. Menschen bieten jedoch endlose neue Unterhaltung und Drama und das hier ist nur eines der neun Reiche. Wir haben alle unsere Lieblingsgebiete. Balder verfolgt die Musik; Thor mag Sport. Nur die Nornen wissen, mit welchem Unfug sich Loki beschäftigt. Hödur sammelt die neuesten Manuskripte über Philosophie und wissenschaftliche Forschungen – eine merkwürdige Kombination, wenn man mich fragt, doch das tut er nicht."

Ich wollte mich irgendwie darüber empören, dass Leute wie ich nur zur Unterhaltung einiger Götter dienten.

Andererseits unterschied sich das nicht sehr stark davon, Reality-TV zu schauen, oder? Wenn wir es also selbst taten, konnte ich deswegen nicht sauer auf die Götter sein.

„Was ist mit dir?", fragte ich.

„Oh ..." Ihr Blick richtete sich in die Ferne. „Es ist immer interessant, zu sehen, welche Richtungen die Mode einschlägt und zu was sie zurückkehrt. Mein Fachgebiet ist jedoch die Liebe. Romantische und mütterliche. Ich greife gelegentlich ein, wenn ein Missverständnis etwas zu tragisch wirkt oder wenn ich einem Kind bei seiner Entwicklung helfen kann." Ihr Lächeln kehrte zurück, dieses Mal war es bittersüß. „Ich muss nur aufpassen, dass ich mich nicht *zu* sehr einmische. Ich agiere nicht auf dem gleichen Niveau wie Loki."

Es schien nicht richtig zu sein, dass die Göttin der Liebe einen Ehemann hatte, der anscheinend öfters für lange Zeit loszog und wer weiß was tat. Wie einsam musste sie sein? Ich besaß genügend Selbsterhaltungstrieb, um diese Frage nicht laut zu stellen. Allerdings konnte ich nicht anders, als ein wenig nachzuhaken. „Ich schätze, es ist schwer ohne Odin."

„Nun, es ist nicht so, als hätte ich nicht gesehen, wie er ist, bevor wir diese Verbindung eingegangen sind." Sie sah mich an. „Bevor du denkst, dass ich eine weichherzige Romantikerin bin, sollte ich erwähnen, dass meine andere Spezialität Krieg ist. Es waren Gefechte und Schlachten, die Odin und mich zu Beginn einander nähergebracht haben. Glaub mir, wenn ich diejenige sein könnte, die die Risiken eingeht, die wir von dir verlangen, und die sich in Gefahr begibt, um ihn zu finden, würde ich, ohne zu zögern, losziehen. Ich wünschte, ich könnte es tun."

Als sie das sagte, sah ich den Stahl unter diesem aufgebrezelten Äußeren. *Das* meinte sie zweifellos ernst. Es gefiel ihr nicht, dass sie mich bitten musste, an ihrer Stelle zu gehen.

Ich hatte bereits die Absicht, um meinetwillen zu überleben, fühlte mich jedoch gezwungen, zu sagen und zu zeigen, dass ich ebenfalls Stahl besaß. „Ich werde mich nicht wie die Walküren vor mir fangen lassen. Ich werde in Erfahrung bringen, was ihm zugestoßen ist, und ich werde zurückkommen. Darauf kannst du dich verlassen."

„Weißt du, nach deiner Leistung heute Nacht, glaube ich, dass du das vielleicht tatsächlich tun kannst." Sie blieb erneut stehen und berührte die Seite meines Arms. „Danke, dass du tust, was ich nicht kann. Es tut mir leid, dass du in dieser Angelegenheit kaum eine andere Wahl hattest. Du wirkst jetzt ruhiger. Möchtest du zurück zum Haus gehen? Falls du Hunger hast, können wir dir vielleicht einige Leckerbissen besorgen, die Thor noch nicht verschlungen hat."

„Ich glaube, Schlaf ist momentan wichtiger als Essen." Ich musste mich sehr anstrengen, ein Gähnen zu unterdrücken.

Wir gingen in einer eigenartigen Art von freundschaftlichem Schweigen zurück zum Haus. Eigenartig, weil ich mich nicht an das letzte Mal erinnern konnte, als ich schweigend mit jemandem gelaufen war und nicht das Gefühl gehabt hatte, ich müsste auf der Hut sein.

Freya war eigentlich gar nicht so schlimm. Ich war mir jedenfalls ziemlich sicher, dass ich sie nie erstechen müsste.

Eine Bewegung hinter dem Hausdach erregte meine Aufmerksamkeit. Ein dunkles Flattern vor den genauso dunklen Baumwipfeln. Ich kniff die Augen zusammen und griff auf meine Walküre-Sinne zu. Die Details der Äste und Blätter wurden schärfer und enthüllten eine Gestalt, die von einem Wipfel zum nächsten segelte. Ein Habicht.

Noch einer löste sich aus dem Nachthimmel und schloss sich dem anderen an. Ich runzelte die Stirn. Habichte waren tagaktive Vögel, oder nicht? Was machten zwei von ihnen hier mitten in der Nacht und warum beobachteten sie das Haus der Götter? Die Energie, die ich in ihnen spürte, hatte eine Vorsätzlichkeit an sich, die mir ein unbehagliches Kribbeln über den Rücken jagte. Das löste ein tieferes Beben in meinem Bauch aus, etwas besonders Beharrliches. Ein Instinkt, von dem ich nicht wusste, wie ich ihn lesen sollte.

„Was?", fragte Freya und musterte mein Gesicht.

„In dem Baum dort drüben sitzen zwei Habichte", antwortete ich und nickte in die entsprechende Richtung. „Etwas an ihnen fühlt sich nicht richtig an. Als würden sie das Haus beobachten." Und als sollte mir das etwas sagen. Ich wusste nur nicht was.

Freyas Gesichtszüge wurden hart. In diesem Moment sah sie absolut wie eine Kriegsgöttin aus. „Du wurdest heute schon genug getestet", sagte sie. „Wenn du ins Haus gehst, sag Loki, dass ich seine Hilfe gebrauchen könnte. Dann genieße dein Bett. Du hast es dir verdient."

„Was wirst du wegen ihnen unternehmen?", fragte ich.

Ihre Mundwinkel bogen sich nach oben. „Ich kann sehr charmant sein, wenn ich will. Und wenn ich sie erst einmal hierhergelockt habe, kann unser Trickster bestimmt herausfinden, was sie aushecken. Falls es irgendetwas Aufregendes ist, wirst du am Morgen davon erfahren."

KAPITEL VIERZEHN

Thor

Ich aß gerade meine dritte Scheibe Frühstücksschinken, als Loki in die Küche schlenderte. Irgendwie schaffte er es immer, auszusehen, als würde er nichts Gutes im Schilde führen, sogar wenn er etwas so Unschuldiges tat, wie sich eine Tasse Kaffee einzuschenken. Ich schätzte, ich sollte einfach froh sein, dass er in letzter Zeit bloß Pläne für unsere Seite geschmiedet hatte.

„Hast du noch irgendetwas aus diesem Habicht herausbekommen?", fragte ich.

„Ich konnte nur bestätigen, was ich bereits gesehen hatte", berichtete Loki. „Er stank nach Verwesung, obwohl der Vogel selbst relativ lebendig war, und er hatte einen Hauch einer unfreundlichen Magie an sich. Nichts davon gefällt mir, ist zu diesem Zeitpunkt allerdings auch keine Katastrophe."

„Es sind noch nie zuvor Wesen dieser Art hierhergekommen."

„Nein", stimmte mir Loki zu. „Ich frage mich, ob der kleine Kampf gestern Nacht jemandes Aufmerksamkeit erregt hat."

Ich sah von meinem Schinken auf. „Wessen Aufmerksamkeit?"

Er bedachte mich mit einem schmalen, belustigten Blick. „Wenn ich das wüsste, würde ich bereits an dessen Tür klopfen und es nicht mit dir besprechen."

„Aber du denkst, derjenige könnte hinter Ari her sein."

„Oder zumindest Interesse an ihr haben. Sie hat immerhin sogar uns überrascht."

Ihr Lichtblitz. Die letzten drei Walküren hatten dieses Talent nicht gezeigt. Ich hatte keine Ahnung gehabt, dass ich meine Neigung dafür derart wortgetreu weitergeben konnte, aber ich hatte es eindeutig getan. Und mit einem ähnlichen Mangel an Kontrolle. Sie hatte den Blitz instinktiv benutzt, genauso wie mich der Schlachtrausch überkam.

Balder schlenderte in die Küche und nickte uns beiden auf dem Weg zum Kühlschrank sanft zu, aus dem er ein hartgekochtes Ei holte. Ich erwiderte das Nicken und konzentrierte mich wieder auf Loki. „Und du hast keine Idee, wie *das* passieren konnte?"

Loki spreizte die Hände. „Genauso wenig wie du. Vielleicht hast du immer einen Funken weitergegeben und keine der anderen besaß genug Temperament, um ihn wirklich zu entzünden. Sie hat immerhin ziemlich viel Feuer."

„Ja", sagte Balder mit seiner leichten Stimme und setzte sich zu mir an den Tisch. „Sie war ziemlich beeindruckend."

„Das war sie", stimmte ich zu. Hätte ich mir gestern Nacht nicht so große Sorgen um Aris Schicksal gemacht, hätte ich es womöglich genossen, mich davon beeindrucken zu lassen, wie schnell sie sich an ihre neue Kraft und Geschwindigkeit gewöhnt hatte. Ich hätte sie jederzeit als Kampfpartnerin angenommen. Sie hatte sich nicht nur gegen einen Warg, sondern gegen *drei* durchgesetzt …

Bei dieser Erinnerung regte sich ein kleiner Teil der gestrigen Wut in mir.

„Deine Theorie scheint richtig gewesen zu sein", fügte Balder hinzu und lächelte Loki an. „Vielleicht ist der Charakter nicht halb so wichtig wie Entschlossenheit und Anpassungsfähigkeit."

„Ich glaube, sie besitzt auch eine Menge Charakter", wandte ich ein. „Und ich werde Loki mehr Anerkennung zollen, wenn er beweist, dass er sie nicht umbringen wird, bevor sie die Gelegenheit erhält, zu tun, wofür wir sie trainiert haben."

Loki winkte meine Beschwerde ab und nahm einen Schluck von seinem Kaffee. Er trank ihn immer schnell und kochend heiß. „Hör auf, dir solche Sorgen zu machen. Ihr ging es gut. Und wäre das nicht der Fall gewesen, wären wir fünf dort gewesen. Ich gehe mal davon aus, dass wenigstens einer von uns schnell genug gewesen wäre und sich eingemischt hätte, falls es den Eindruck gemacht hätte, sie bräuchte Hilfe."

Hatte er das die ganze Zeit gedacht, in der wir zugeschaut hatten? Ich hätte mich vermutlich eingemischt, wenn ich gesehen hätte, dass eines der Monster zu einem tödlichen Treffer ausholte. Allerdings hätte ich es in der Erwartung getan, dass Loki anschließend mit mir schimpfen würde, weil ich den Test ruiniert hatte.

Ich war sauer auf mich selbst. Ich hatte das, was ich für seine Regeln hielt, zu schnell akzeptiert, oder? Er besaß zwar einen schnelleren Verstand, hatte hier jedoch genauso wenig das Sagen wie der Rest von uns.

Wenn Hödur hier gewesen wäre, hätte er irgendeine

düstere Bemerkung parat gehabt, die meiner Stimmung entsprochen hätte. Der Gott der Nacht verschlief die Morgendämmerung jedoch normalerweise. Wir würden ihn die nächsten Stunden nicht sehen.

„Ich bin immer noch der Meinung, dass es ein böser Streich war."

Loki grinste. „Und ich würde darauf sagen, dass es keinen guten Streich gibt. Denkst du, unsere Feinde werden fair spielen? Hätten sie das getan, hätten sich die reinherzigen Mädchen viel besser geschlagen, die wir gerufen haben."

Er hatte recht. Das bedeutete allerdings nicht, dass es mir gefallen musste. „Oh, halt die Klappe", brummte ich.

„Ihr solltet alle die Klappe halten", verkündete Freya und fegte in den Raum. Der Duft von Geißblatt folgte ihr wie immer, wenn sie ihre Kräfte eingesetzt hatte. Sie hatte diesen verflixten Habicht mit ihrem Charme nach unten gelockt — eine Aufgabe für eine Liebesgöttin.

„Und weshalb?", wollte Loki wissen und legte den Kopf schief.

„Ihr führt immer noch den gleichen albernen Streit." Freya deutete zum Gang. „Wenn ihr euch so große Sorgen um das Mädchen macht, warum achtet ihr nicht etwas genauer darauf, was sie *jetzt* durchmacht, anstatt zu diskutieren, was sie bereits durchgemacht und überstanden hat. Ihr hattet alle nicht die geringste Ahnung, wie verunsichert sie war, *nachdem* sie letzte Nacht überlebt hatte, oder?"

Ich blinzelte. „Natürlich war sie ein wenig erschüttert. Aber nachdem sich Balder um ihre Wunden gekümmert hatte ..."

„Sie schien es vorzuziehen, Zeit für sich zu haben, um alles allein zu verarbeiten", erklärte Balder. „Ich habe ihr diesen Raum gegeben."

„Weil es das Einzige ist, woran sie gewöhnt ist, nicht weil

es gut für sie ist!" Freya seufzte und schüttelte den Kopf. „Es ist erstaunlich, dass ihr Männer überhaupt irgendetwas auf die Reihe kriegt, ehrlich. Vor drei Tagen war sie ein gewöhnliches menschliches Wesen und ehe sie sich versieht, kämpft sie gegen tödliche Monster, die ihres Wissens nur Mythen waren. Ich habe mich gestern Nacht mit ihr unterhalten, aber ich glaube, sie hat immer noch daran zu knabbern. Sie ist bereits wach, wisst ihr. Sie sitzt schon seit einer Stunde auf dem Dach und beobachtet den Himmel."

Oh. Ich hatte angenommen, dass ich Ari nicht gesehen hatte, weil sie noch schlief. Sogar Loki sah ein wenig verdrossen aus, obgleich ich nicht überzeugt war, dass ihm alles entgangen war, was Freya erwähnt hatte. Vielleicht hatte er einfach gedacht, dass es die Mühe nicht wert wäre. Wer konnte das bei dem Unruhestifter schon sagen?

Wenn hier jemand wusste, wie man mit den Folgen einer Schlacht umging, war das ich. Ich schob meinen Stuhl zurück. „Ich werde nachschauen, was sie braucht."

Freya verschränkte die Arme. „Vergiss nur nicht, dass dabei *Feingefühl* von Nöten ist, Donnergott."

„Ich kann feinfühlig sein", entgegnete ich. Die Wahrheit war jedoch, dass Feingefühl nicht unbedingt eine meiner Stärken war. Im Gang blieb ich stehen und dachte über meine möglichen Taktiken nach. Dann eilte ich die Treppe hinauf, um etwas aus meinem Zimmer zu holen, bevor ich durch die Tür hinausging.

Es war ein weiterer schöner Sommertag – schöner als die letzten. Die Schwüle hatte sich gelegt und eine Hitze hinterlassen, die eher frisch als erstickend war. Vögel zwitscherten und flatterten zwischen den Bäumen umher, mieden allerdings den Baum, auf dem gestern Nacht die Habichte gesessen hatten. Das verhieß nichts Gutes.

Ich umkreiste das Haus und klopfte mit dem robusten Objekt, das ich bei mir trug, an meinen Schenkel. Es erdete mich und erinnerte mich an meine Stärken. Ich war zwar kein Schwätzer wie Loki oder mit sanftem Licht erfüllt wie Balder, doch ich hatte genügend Zeit in Gegenwart unserer Walküre verbracht, um eine ungefähre Vorstellung davon zu haben, womit ich anfangen musste, falls sie beruhigt werden musste.

Ari war dort, wo Freya gesagt hatte. Sie hockte auf der Dachkante neben dem Dachfenster im zweiten Stock. Ihre blonden Wogen hatte sie aus dem Gesicht gestrichen und den Kopf nach hinten geneigt, um die Sonne zu genießen. Es war schwer, ihren Gesichtsausdruck aus dieser Entfernung zu deuten.

„Hey, Ari!", brüllte ich. „Du siehst aus, als könntest du etwas zu tun gebrauchen."

Ihr Blick schnellte nach unten. Ein Grinsen huschte über ihr Gesicht, als sie mich entdeckte. „Was hattest du im Sinn?", schrie sie zurück.

Ich zuckte mit den Achseln. „Komm runter und ich zeige es dir."

Sie stand auf und ihre Flügel entfalteten sich mit raschelnden Federn auf ihrem Rücken. Jetzt zögerte sie nicht mehr. So lässig wie möglich trat sie über die Dachkante. Ihre Flügel wurden von der Luft aufgefangen, sodass das aus einem Sturz ein schnelles Gleiten wurde. Sie landete vor mir, ihre Füße kamen mit einem dumpfen Knall auf dem Boden auf und sie zog die Augenbrauen hoch.

„Hier bin ich. Zeig es mir."

Ich hatte zugestimmt, dass sie gestern Nacht beeindruckend gewesen war, doch das war nichts im Vergleich dazu, sie hier stehen zu sehen, so selbstsicher in ihrem neuen Körper und mit ihren neuen Fähigkeiten. Das Sonnenlicht spielte über ihre Haare und brachte ein feuriges Funkeln in ihre grauen Augen, woraufhin sich eine Empfindung, die mehr als nur Ehrfurcht war, unterhalb meines Magens regte. Ein Teil von mir – der Teil von mir, der sich bewusst war, wie lange es her war, seit ich zuletzt Sex gehabt hatte – begann, sich vorzustellen, wie es wäre, diesen Körper unter meinem zu spüren.

Ich zügelte diesen Teil. Ich war hier rausgekommen, um sie zu beruhigen – auf meine Art – nicht um sie anzubaggern. Allerdings vermutete ich, dass Ari derartige Avancen ohnehin nicht willkommen heißen würde. Nichts würde das Vertrauen, das ich mir meiner Meinung nach verdient hatte, schneller töten, als wenn ich sie wie eine Eroberung anstatt wie die Kriegerin behandelte, die sie war.

Ihr Gesichtsausdruck war so arrogant wie eh und je, aber ich meinte den Schatten der Unsicherheit in ihren Augen zu sehen, von dem Freya gesprochen hatte, bevor ich antwortete. Sie mochte eine Kriegerin sein, das hier war jedoch eine fremde neue Welt für sie. Eine mit Gefahren, die sie sich niemals erträumt hatte. Sowohl hier draußen als auch möglicherweise in ihr selbst.

Im Angesicht unbekannter Gefahren half es mir stets, wenn ich mir beweisen konnte, wie mühelos ich sie beseitigen konnte, zumindest die Gefahren, die draußen lauerten.

„Ich dachte, du hättest vielleicht Spaß an ein paar Zielübungen", erklärte ich und hob die Waffe hoch, die ich an meiner Seite getragen hatte. „Was hältst du davon, Mjölnir auszuprobieren?"

Aris Augen weiteten sich, als sie die breite, glänzende Form betrachtete. „Dein Hammer. Ist er nicht verzaubert oder so etwas? *Kann* ich ihn überhaupt benutzen?"

„Er ist mit keiner Magie belegt, die besagt, wer was mit ihm tun oder nicht tun kann", antwortete ich. „Aber er ist magisch. Trifft immer sein Ziel. Kommt immer zu einem zurück. Es ist sehr befriedigend, mit ihm zu spielen."

Das eifrige Leuchten kehrte in ihre Augen zurück. Oh ja,

ich hatte mich für das richtige Angebot entschieden. „Okay“, sagte sie. „Du zuerst. Ich will sehen, was ich übertreffen muss.“

Ich lachte schallend und rollte mit den Schultern. „Dann wollen wir mal sehen. Das Ende des niedrigen Asts der Ulme dort.“ Ich deutete, ließ den Hammer an seinem kurzen Griff kreisen, um möglicherweise ein wenig anzugeben, und schleuderte ihn.

Mjölnir flog durch die Luft und krachte mit einer Explosion aus Holzsplittern und zerfetzten Blättern gegen das Ende des Astes. Die Brise trällerte um den Hammer herum, als er zurückflog und gegen meine wartende Hand klatschte. Eine Woge der Befriedigung schwappte durch mich hindurch.

„Ich versuche, nichts *allzu* Großes zu zerstören“, erklärte ich. „Ansonsten wird Freya etwas ungehalten wegen des feinsäuberlich angelegten Gartens.“

Ari lachte. „Das glaube ich dir gern. Lass es mich einmal versuchen.“

Ich gab ihr den Hammer und es durchfuhr mich nur ein leichter Stich, als er meinen Griff verließ. Es stimmte, dass jeder Mjölnir benutzen *konnte*, doch er fühlte sich fast wie ein Teil von mir an. Ich verlieh ihn nur ungern.

Aris viel kleinere Hand schloss sich um den Griff. Die Muskeln in ihrem Arm spannten sich an, als sie sein Gewicht testete. Sie scannte den Hof und nickte zu einem alten Zaunpfosten, der längst den restlichen Zaun verloren hatte. „Der wird gefällt.“

Sie schwang ihren Arm zurück, warf den Hammer und knirschte vor Anstrengung mit den Zähnen. Mjölnir drehte sich, schimmerte und krachte gegen den Pfosten, woraufhin Holzspäne in alle Richtungen flogen. Ari klatschte mit einem Triumphschrei in die Hände und erinnerte sich in der letzten

Sekunde daran, auf die Rückkehr des Hammers zu achten. Seine Wucht schob sie zu mir, doch sie lachte nur erneut.

„In Ordnung, das macht irgendwie Spaß. Willst du noch einmal werfen?"

„Warum nicht?"

Sie reichte mir den Hammer und ich zielte auf ein verlassenes Eichhörnchennest in der Nähe des Gipfels einer Eiche. Mjölnir sandte einen Regen aus trockenen Blättern und Zweigen zu Boden.

Ich bot Ari den Hammer wieder an. Sie visierte einen Felsen an, der ungefähr so hoch wie mein Knie und doppelt so breit wie mein Bein war und hinter den Bäumen zwischen dem Gras der Wiese hervorragte.

„Dann wollen wir mal sehen, wie zielgenau dieses Ding ist", sagte sie und schleuderte den Hammer nach vorne.

Mjölnir blitzte auf und der Fels explodierte mit einem Krachen, das so laut war, dass in der Nähe alle Vögel aufflogen. Ari jubelte atemlos, als der Hammer in ihre Hände zurückflog. Sie schaute auf ihn hinab, als wollte sie die Rillen in dem abgenutzten Metall untersuchen. Der Schatten huschte wieder über ihr Gesicht.

„Es kommt mir beinahe falsch vor, die Zerstörung von etwas so sehr zu genießen", sagte sie.

Ein Knoten formte sich in meinem Bauch. Also hatte sie diesen Punkt bereits erreicht. Ich hatte lange Zeit gebraucht, bis ich das unbestimmte Unbehagen in Worte fassen konnte.

„Es war nur ein Fels", sagte ich. „Und es ist eine Übung, damit du dich Dingen stellen kannst, die dich zerstören würden, wenn du es zuließest."

„Stimmt." Sie hob den Kopf. „Ich schätze, du hast mit dem hier in einer Menge Schlachten gekämpft."

„Er wurde nicht nur gemacht, um Äste zu zertrümmern", stimmte ich zu und musterte ihr Gesicht.

„Wie viele Leute – und Monster oder was immer – hast du damit getötet?"

Was wollte sie von mir hören? Ich wünschte, ich besäße Balders Fähigkeit, Emotionen zu spüren, damit ich mir die perfekte Antwort überlegen konnte. Das Beste, was ich tun konnte, war, direkt und ehrlich zu sein, worin ich ohnehin am besten war.

„Seit langer Zeit niemanden mehr", antwortete ich. „Doch davor? Mehr als einige. Immer, um mein Volk und deines zu beschützen. Es ist das, was ich tue." Ich hielt inne. „Die Wargs gestern Nacht – das waren deine ersten Tötungen."

Sie zuckte mit den Achseln. „Ich meine abgesehen von Spinnen oder so. Aber ich schätze, das ist jetzt auch das, was ich tue. Als Walküre. *Etwas* hat die erwischt, die ihr vor mir losgeschickt habt. Etwas hält Odin fest. Wenn es um Leben oder Tod geht …"

„Wirst du tun, was du tun musst", führte ich ihren Satz zu Ende. „Das bedeutet allerdings nicht, dass du es genießen musst. Ich werde nicht lügen. Wenn ich im Schlachtrausch gefangen bin und weiß, dass ich diejenigen verteidige, die mich brauchen, kann das ziemlich berauschend sein. Ich mag dieses Gefühl, wenn ich im Moment bin – diese Macht. Doch ich kann nicht behaupten, dass ich mich nach den Schlachten gerne an diese Momente erinnere."

Manchmal wünschte ich mir sogar, dass der Rausch nicht so alles verzehrend wäre. Aber vielleicht wäre ich ohne ihn nicht der Verteidiger, der ich war. Ich würde nicht versuchen, diese Macht zu opfern, nur um das herauszufinden.

Ari sah mich an. Wonach sie auch gesucht hatte, ich hatte das Gefühl, dass sie es fand.

„Vor langer Zeit ist jemand vor meinen Augen gestorben", erzählte sie. „Jemand, der vermutlich nicht gestorben wäre, wenn *ich* damals getan hätte, was ich hätte tun sollen. Es war schrecklich."

Möglicherweise wollte sie mir mehr verraten, doch ihre Stimme versagte. Sie lächelte angespannt und gab mir Mjölnir zurück. Ich nahm ihn aus ihren schlanken Fingern und erlaubte mir, ohne nachzudenken, meine andere Hand um ihre zu legen. *Vor langer Zeit.* Wie alt war sie damals gewesen? Ich konnte die Schuldgefühle so deutlich sehen, als wären sie ein Seil, das fest um ihren Körper gewickelt war. Ich kannte nicht die richtigen Worte, um es zu lockern, konnte es jedoch versuchen.

„Ich bin mir sicher, du hast alles getan, was du damals wusstest. Genauso wie du gestern Nacht mit allem gekämpft hast, was dir zur Verfügung stand. Ganz gleich, was geschieht, du wirst uns nicht im Stich lassen, Ari. Allein, dass du hier bist, ist mehr, als wir von dir hätten verlangen sollen. Und ich kann bereits erkennen, dass du so viel mehr tun wirst."

Ihre Finger krümmten sich sanft, aber kräftig um meine Handfläche und erwiderten den Druck. Dann zog sie ihre Hand mit ihrem üblichen Lächeln weg und der Schmerz, den ich gesehen hatte, verschwand hinter dieser wilden, unerschütterlichen Miene, an die ich gewöhnt war.

„Und wenn ich zurückkomme, muss ich noch mein Versprechen einlösen, dich unter den Tisch zu trinken", verkündete sie. „Also lass uns loslegen. Jetzt kann niemand mehr behaupten, dass ich nicht bereit bin, Odin zu suchen, oder? Weise mich einfach in die richtige Richtung und ich werde euren Göttervater finden."

KAPITEL FÜNFZEHN

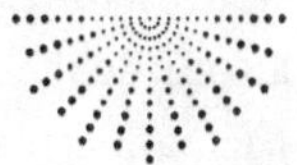

Aria

Wir sollten uns eigentlich im Wohnzimmer versammeln, doch ich erwischte Hödur in dem Gang im Obergeschoss, nachdem die anderen bereits runtergegangen waren. Ich holte Luft, um seinen Namen zu sagen, als er auch schon stehen blieb und seinen Kopf zu mir drehte. Seine dunkelgrünen Augen hefteten sich auf mein Gesicht. Mittlerweile war es fast so, als würde er meinem Blick begegnen. Ich war mir nicht sicher, ob ich überhaupt gemerkt hätte, dass er mich nicht sehen konnte, wenn ich es nicht gewusst und auf die kleinsten Zeichen geachtet hätte.

„Ich wollte kurz mit dir reden, bevor wir loslegen", sagte ich.

„Was liegt dir auf dem Herzen, Walküre?", fragte er mit seiner flachen Stimme. Als würde ich wirklich glauben, dass er so leidenschaftslos war, nach den Emotionen, die ich neulich im Büro bei ihm gesehen hatte. „Bekommst du kalte Füße?"

Ich verzog das Gesicht, obwohl er das nicht sehen konnte. „Nein. Ich wollte nur fragen ..." Ich hielt inne. Er war zwar nicht leidenschaftslos, das bedeutete allerdings nicht, dass er mitfühlend sein würde. Mir fiel jedoch nichts Besseres ein, als meinen Wunsch auszudrücken. „Die letzten drei Walküren sind nicht zurückgekommen. Ich will dafür sorgen, dass es dieses Mal anders abläuft, doch wenn ich nicht ... falls etwas passiert und ich es nicht zurückschaffe ... würdest du nach meinem Bruder schauen? Wenigstens einmal?"

Er wusste, wo Petey wohnte. Soweit ich wusste, war er der Einzige, der von Peteys Existenz wusste. Der dunkle Gott war wenigstens so mitfühlend gewesen, dass er den anderen nicht von meinem heimlichen Mitternachtsausflug erzählt hatte.

Überraschung huschte über Hödurs wie gemeißelt wirkendes Gesicht. „Ich werde mich nicht *einmischen*", begann er.

„Ich weiß", fiel ich ihm ins Wort. „Ich verstehe das. Die Idee war jedoch, dass ich ein wenig über ihn wachen kann, wenn all das hier vorbei ist. Ich werde mich besser fühlen, wenn ich weiß, dass jemand für ihn da sein wird, ganz gleich, auf welche Art dir das möglich ist."

Ich beabsichtigte, viel mehr zu tun, als nur über ihn zu wachen, wenn ich die Gelegenheit dazu erhielt, darüber mussten wir jetzt allerdings nicht sprechen.

Hödur wandte das Gesicht von mir ab und seine Augen wirkten noch abwesender als zuvor. „Worum machst du dir Sorgen? Was wird ihm deiner Meinung nach zustoßen?", fragte er. „Dieser Mann, der ihn angeschrien hat ... hat er deinen Bruder zuvor verletzt?"

„Nein", antwortete ich, „das bedeutet jedoch nicht ...

Es gibt eine Menge Dinge, okay? Alle möglichen schrecklichen Dinge, die bereits vor sich gehen oder passieren könnten." Erinnerungen aus meiner eigenen Kindheit gingen mir durch den Kopf: Moms heiseres Geschimpfe, Beleidigungen, die tief schnitten, das Krachen einer Tür, ein hungriges Rumpeln in meinem Bauch. Und die schlimmste Erinnerung von allen, die eine Sache, von der ich mehr als alles andere hoffte, dass Petey es nie erleben musste: das Knarzen einer Zimmertür mitten in der Nacht, das Gewicht eines Körpers, der kein Nein akzeptierte.

Gänsehaut breitete sich auf meinem Körper aus. Ich schob diese Erinnerung dorthin zurück, wo ich sie eingesperrt hatte. „Ich konnte die meisten dieser Dinge nicht in Ordnung bringen, als ich noch am Leben war, nicht richtig. Er sollte einfach nicht allein sein. Okay?"

Meine Kehle hatte sich zugeschnürt. Hödur richtete seinen blinden Blick wieder auf mich. „In Ordnung", stimmte er schroff zu. „Er wird nicht allein sein."

Erleichterung durchströmte mich. „Danke schön", sagte ich. „Ehrlich, es bedeutet mir viel."

„Ich weiß", erwiderte Hödur. „Deswegen habe ich zugestimmt. Jetzt geh. Walhalla wartet auf dich."

Ich war mir ziemlich sicher, dass Walhalla kein Interesse an mir hatte. Die Götter hatten deutlich gemacht, dass ich kein typisches, moralisch gutes Exemplar war, das all die Mächte *verdiente*, die ich erhalten hatte. Tja, Pech gehabt. Die Halle der Helden würde einfach damit klarkommen müssen, dass ich den Ort auf meiner Durchreise ein wenig beschmutzte.

Als wir das riesige Wohnzimmer erreichten, in dem ich in dem Haus das erste Mal zu mir gekommen war, waren die anderen Götter bereit. Sie hatten einen Bereich des Hartholzbodens freigeräumt. Loki winkte mich in die Mitte dieser freien Stelle und die fünf göttlichen Gestalten bildeten einen Kreis um mich herum.

„Anders als wir kann eine Walküre normalerweise ohne Hilfe einen Weg vom Menschenreich nach Walhalla in Asgard finden", erklärte der Trickster-Gott. „Zum Glück für dich, ist diese Fähigkeit an dein Wesen gebunden, es ist weder eine Brücke noch ein Pfad notwendig."

„Aber ich kann keinen von euch mitnehmen?", erkundigte ich mich. Das hätte diese Suche sehr viel einfacher gemacht.

„Leider nicht", antwortete Loki, dessen Stimme sarkastische Töne annahm. „Ich schätze, außer du hast unsere Seelen als ausgewählte Krieger geerntet. Diese Fähigkeit war jedoch nur für menschliche Sterbliche gedacht und wir müssten sterben, um das zu testen. Also sind wir nicht besonders erpicht darauf, das auszuprobieren angesichts dessen, dass ein Versagen dauerhafte Konsequenzen nach sich ziehen könnte."

„Na gut, das ist verständlich. Also wie gehe ich das Ganze an?"

„Da *du* noch nie zuvor dort warst, ist die Angelegenheit etwas komplizierter. Daher werden wir uns an das halten, was zuvor funktioniert hat. Wir stellen uns alle in unserem Kopf die große Halle vor. Du nutzt dein spezielles Walküre-Einfühlungsvermögen und absorbierst die Eindrücke der Halle. Das sollte ein Erkennen in dir auslösen und dir den Weg ebnen. Danach musst du diesem lediglich folgen."

„Und wenn ich dort oben bin, werde ich eine Spur sehen, die mir verrät, wohin Odin gegangen ist?"

Loki nickte. „Dein Walküre-Wesen ist genauso an ihn gebunden wie an Walhalla. Wenn du erst einmal in seiner Halle bist, solltest du eine Art Ruf spüren, der dich zu der richtigen Tür zu dem Reich führt, in dem er sich befindet. Geh durch diese Tür hindurch und schau dich so gründlich um, dass du uns einen vernünftigen Eindruck davon vermitteln kannst, wo dieser Ort ist. Verschwinde jedoch von dort, sobald du in Gefahr bist. Das könnte ziemlich schnell passieren angesichts des Verschwindens der anderen. Also sei von Anfang an auf der Hut."

„Nimm eine Waffe mit", warf Thor ein. „Die Halle ist voll von ihnen. Du kannst dir einfach eine aussuchen."

„Und um hierher zurückzukehren?", fragte ich.

„Stell dir dieses Haus vor und öffne eine der Midgard-Türen", erklärte Balder in einem fröhlichen Ton, der einen Teil meiner Nervosität linderte. „Sie wird dich geradewegs zu uns zurückbringen." Er klang, als wäre er sich sicher, dass ich so weit kommen würde.

Ich holte tief Luft. Es war eine Sache, herauszufinden, dass ich zu einem mythischen Wesen gemacht worden war, dem Flügel aus dem Rücken sprossen. Jetzt würde ich die Erde komplett verlassen – oder zumindest den menschlichen Teil – um wer-weiß-wohin zu springen. Meine Hand sank zu meiner Tasche und zeichnete den Umriss meines Klappmessers nach.

Ich musste mich einfach auf alles gefasst machen.

„Viel Glück", wünschte mir Freya mit sarkastischer Stimme, doch als ich sie ansah, lächelte sie mit viel mehr Wärme. Natürlich tat sie das. Sie wollten alle, dass ich erfolgreich war. Das hier war der einzige Grund, aus dem sie mich hierher gerufen hatten.

Zum Glück für sie, war ich genauso erpicht darauf wie sie, diese Aufgabe zu erledigen. Für sie standen ihr Zuhause und jemand, der ihnen wichtig war, auf dem Spiel und bei mir verhielt es sich genauso. Es spielte keine Rolle, dass sich unsere Ziele ansonsten unterschieden, oder?

Ich straffte die Schultern und drückte den Rücken durch. „In Ordnung. Legen wir los."

In dem Kreis um mich herum schlossen die Götter ihre

Augen und erinnerten sich hinter ihren Augenlidern an Odins Halle. Ich holte noch einmal tief Luft und schloss ebenfalls die Augen, damit ich mich komplett auf die Eindrücke konzentrieren konnte, die sie mir auf andere Arten als mithilfe von Sicht und Lauten übermittelten.

Ein Gefühl der Wärme und eine schärfere, flackernde Hitze wuschen über mich hinweg und das Bild eines großen Kamins nahm in meinem Kopf Gestalt an. Fröhliche Rufe, eine angenehme Atmosphäre dank Met und guter Laune. Helles Licht wurde von dem Gold an den Wänden reflektiert. Ein riesiger Saal voll ausgelassener Gemeinschaft und …

Der Faden einer Verbindung vibrierte tief in mir wie die Saite einer Gitarre. Ich sollte dort sein. Dieser Ort war für mich bestimmt. Mein Herz stockte, doch ich griff nach dem Faden, ohne zu zögern. Ich packte ihn und hangelte mich daran entlang.

Mein Körper zitterte und die Luft trällerte um mich herum. Mir wurde flau im Magen. Dann fiel ich auf einem polierten Eichenboden auf meine Hände und Knie.

Helles Licht schien ringsum mich herum. Der Boden war glatt und trocken, doch ein leicht alkoholischer Geruch ging von ihm aus. Das war vermutlich all das Met von tausenden verschütteten Gläsern, das in den Boden gesickert war.

Ich richtete mich auf. Das Zittern wich aus meinem Körper und hinterließ nur ein eigenartig tröstliches Gefühl, als wäre ich endlich nach Hause gekommen, obwohl ich noch nie zuvor an diesem Ort gewesen war.

Walhalla unterschied sich stark von den Erinnerungen, welche die Götter benutzt hatten, um mich hierher zu führen. Der riesige Kamin befand sich zwar am anderen Ende der Halle, es flackerte jedoch kein Feuer darin. Lange Eichentische füllten den Raum unter der hohen Gewölbedecke, die Bänke waren allerdings leer. Der ganze

Raum war still abgesehen von dem Flüstern meiner Füße, als ich über den Boden lief. Der Goldüberzug der Wände glänzte noch immer hell, wirkte aber irgendwie melancholisch.

Es gab keine ehrenhaften Krieger mehr. Keine Walküren. Niemanden, so wie es aussah. Ich rieb mir über die Arme, da es mich wegen der ausgedehnten Leere trotz der warmen Luft fröstelte.

Die Waffen, die Thor erwähnt hatte, hingen an der unteren Hälfte der Wände – Speere, Schwerter und Äxte in allen Größen, von denen manche angelaufen waren und andere glänzten, als wären sie frisch poliert worden. Während ich sie musterte, sträubte sich etwas in mir.

Das waren nicht meine Waffen. Ich würde mich mit keiner dieser Waffen in der Hand wohlfühlen. Nicht so wohl wie mit meinem Klappmesser. Es hatte gereicht, als ich mich den Wargs gestellt hatte.

Loki hatte mich für diese Aufgabe ausgewählt, weil er jemand anderen wollte, jemanden, der nicht zum üblichen Walküre-Modus passte. Also sollte ich mich auch weiterhin so benehmen. Ich griff nach dem Klappmesser in meiner Tasche und drehte mich im Kreis.

Licht schien nicht nur durch die vielen Fenster, sondern auch durch eine breite Tür auf der anderen Seite des Kamins. Der Rest von Asgard, die Welt der Götter, musste sich dahinter befinden. Neugier kitzelte in mir, doch deswegen war ich nicht hier. Ich war hier, um Odin zu finden.

Mein Blick landete auf einem gewaltigen Goldthron neben dem Kamin. Ich hatte den uralten Gott nie kennengelernt, der der Herrscher der Walküren war, konnte mir jedoch beinahe vorstellen, wie er dort saß und sich vorbeugte, während er die Menge mit einem wissenden Lächeln in seinem wettergegerbten Gesicht beobachtete und silberfarbene Strähnen in dem Braun seiner Haare und seines Bartes funkelten.

Bei dem Bild zupfte es erneut in mir, sanfter, jedoch tiefer als beim Ruf von Walhalla. Odin war dort draußen, irgendwo hinter diesen Wänden. Ich war dazu bestimmt, seine Retterin zu sein.

Ich folgte diesem Ziehen durch den Raum bis zum Thron und Kamin. Als ich am Rand des riesigen Kamins stand, konnte ich eine Tür hinter der toten Asche erkennen. Ich bahnte mir einen Weg durch die Asche und stieß die Tür auf.

Mir stockte der Atem. Auf der anderen Seite führte ein verästelter Pfad über einen Abgrund, der so tief war, dass der Boden von Schatten verschluckt wurde. Die Stille in dem schwachen Licht fühlte sich noch bedrohlicher an als in der Halle hinter mir.

Ich ging ein Stückchen vorwärts, um den Pfad entlangzulaufen, und realisierte, dass er sich auch auf eine buchstäbliche Art verästelt. Die Oberfläche des Pfades war so rau und uneben wie Rinde. Das ganze Ding war ein gigantischer Baum, der auf der Seite lag und dessen Äste sich in die dichte Dunkelheit erstreckten.

Der zitternde Faden in mir drängte mich, weiterzugehen. Einer dieser Äste führte zu Odin.

Vorsichtig betrat ich den Baumstamm und erlaubte mir nicht, in den Abgrund zu schauen. Der Hauptpfad war immerhin mindestens einen Meter breit. Ich blieb in der Mitte und achtete auf mein Gleichgewicht. Meine Flügel würden mich womöglich retten, falls ich über die Kante stolperte, doch wer konnte das an diesem verrückten Ort schon mit Sicherheit sagen? Ich entfaltete sie über mir.

Ich ging an eins, zwei, drei, vier Ästen vorbei, bevor mich Odins Ruf nach links zog. Der Ast war schmaler und der Abgrund noch dunkler, als ich mich über ihn wagte. Am

Ende des Asts kam eine Tür in Sicht. Ich wäre erleichtert gewesen, wenn ich mir nicht so unsicher gewesen wäre, was mich dahinter erwarten würde. Allerdings war ich auch nicht traurig, diesen gruseligen Ort hinter mir zu lassen.

Ich zückte meine Klinge und stützte mich mit meiner anderen Hand auf den Türknauf. Langsam drehte ich ihn und spitzte all meine geschärften Sinne.

Auf der anderen Seite der Tür zeigte sich nichts außer einer Dunkelheit, die so dicht war, dass sie tiefschwarz war. Ich hatte keine andere Wahl. Ich musste hindurchgehen.

Ich faltete meine Flügel eng an meinen Rücken und trat über die Türschwelle.

Die Schwärze traf meinen Körper wie der kalte Schlag einer Ozeanwelle und dann war ich hindurch. Meine Füße traten auf einen rauen, felsigen Boden. Kühle, feuchte Luft legte sich zusammen mit einer dünneren Dunkelheit um mich, die von einem schwachen Leuchten weit vor mir durchbrochen wurde. Ein fauliger Gestank wie von verrottendem Fleisch stieg mir in die Nase.

Das registrierte ich im ersten Bruchteil einer Sekunde, bevor sich eine Masse an Gestalten aus allen Richtungen auf mich stürzte.

Meine Instinkte, die ich auf dem rauen Pflaster der Straßen von Philly verfeinert hatte, waren vermutlich das Einzige, was mich rettete. Sofort duckte ich mich, rollte davon und schlug gleichzeitig mit meinem Messer und Fuß aus. Körper krachten über mir gegeneinander, heisere Atemzüge erklangen, ich spürte spitze Ellenbogen und eine Klinge, die mir bis auf den Knochen durch die Schulter schnitt. Der Schmerzensbiss flammte in all meinen Sinnen auf.

Bei einem Kampf gab es keinen Platz für Fair Play. Entweder sie starben oder ich. Ich stieß mich mit meinen Flügeln nach oben, rammte mein Knie in etwas, was sich wie eine Leistengegend anfühlte, ließ das Klappmesser durch die Luft peitschen und stieß mit den Fingern dorthin, wo ich meinte, Augen gesehen zu haben. Ziele auf die Weichteile. Stich dort zu, wo du den größten Schmerz verursachen kannst.

Mein Messer traf sein Ziel und heißes Blut spritzte auf meine Hand. Ich warf mich zur Seite, als eine Art mit Nägeln besetzte Keule gegen meinen Magen knallte. Frische Schmerzen flammten in meinem gesamten Unterleib auf. Ein Grunzen kam über meine Lippen. Ein weiterer Angreifer stürzte sich auf mich und noch einer.

Ich wirbelte herum, trat um mich, stach zu und nutzte all die göttliche Kraft, die in mir steckte. Mein Ellenbogen krachte mit einem ekelerregenden Knirschen gegen etwas Rundes – ein Schädel? Eine scharfe Kante kratzte über mein Schienbein. Mein Bein wackelte und ich riss mich erneut los und flog zum Licht. Sie griffen mich zu schnell an, als dass ich auch nur einen von ihnen richtigen packen und ihm das Leben mit der Dunkelheit in mir sowie mit meiner Klinge nehmen konnte. Wenn ich wenigstens sehen könnte …

Der Verwesungsgestank wurde stärker. In dem schwachen Licht blieb mein hektischer Blick auf Symbolreihen hängen, die in die Felswand geritzt worden waren. Es waren verzerrte Linien, die zu unförmigen Formen verschmolzen waren. Dann fand mein Blick zwei Körper, die zusammengesackt an der Wand vor mir lehnten – das waren keine Angreifer, die ich erledigt hatte. Es waren menschliche Leichen, die aussahen, als wären sie einfach willkürlich dorthin geworfen worden. Die rote Linie um den Hals einer der Leichen deutete darauf hin, dass sie erwürgt worden war. Mein Magen machte einen Satz, als ein Kreischen, das genauso menschlich klang, auf der anderen Seite der Biegung erscholl, wo das Licht war.

Ich hatte keine Zeit, zu entscheiden, ob es die beste Idee

war, in diese Richtung weiterzugehen. Meine Angreifer eilten hinter mir her und schrien in einer Sprache, die ich nicht kannte, deren Sinn ich jedoch verstehen konnte: Sie forderten Unterstützung an.

Ich wich einem Angreifer aus, doch ein anderer hatte bereits mit seiner Keule auf einen meiner Flügel eingedroschen und holte zu einem weiteren Schlag aus. Ein zweiter Angreifer rammte seinen Kopf in meinen bereits blutenden Magen. Ich schrie auf, als der erste an meinem Flügel riss, schaffte es allerdings, so weit weg zu stolpern, dass der Schlag auf meinen Magen nur meine Seite streifte. Ich trat mit meinem Knie aus und brach dieser Gestalt das Schlüsselbein.

Fünf weitere Angreifer kamen um die Biegung gerannt. Alle sahen genauso aus wie die, mit denen ich noch kämpfte: schlafe, schwarze Haare, die an ihrer bleichen Haut klebten; Augen, die so hell waren, dass die Iriden mit dem Weiß verschmolzen; kleine und kräftige Körper in verschmutzten Tuniken und kurzen Hosen.

Der Schmerz strahlte mittlerweile in jeden einzelnen Körperteil aus. Odin war irgendwo hier, aber ich konnte nicht zu ihm gelangen. Ich wusste nicht einmal, ob ich die Angreifer abwehren konnte, die sich bereits auf mich gestürzt hatten.

Walhalla. Ich musste zurück nach Walhalla.

Ich schlug nach dem Kerl an meinem Flügel, wobei ich durch das Fleisch und die Federn hieb und weitere Qualen durch deren Oberfläche jagte. Allerdings konnte ich zugleich den Angreifer gegen die Wand rammen. Mein Klappmesser schnitt über das Gesicht eines anderen. Ich warf mich so schnell wie möglich nach hinten, weg von ihnen und den anderen, die sich beeilten, in den Kampf einzusteigen.

Walhalla. Walhalla. Durch den Nebel in meinem Kopf konzentrierte ich mich auf meine Erinnerung dieser einsamen, in Gold getauchten Halle. Der Faden vibrierte erneut in mir. Ich klammerte mich daran und zerrte mich mit aller Kraft an ihm entlang.

Die Höhlen und meine Angreifer blieben zurück. Ich fiel aus der Dunkelheit auf den polierten Boden. Blut überzog die Dielenbretter, als ich mich in eine sitzende Position stemmte. Schmerzen brannten tiefer in meinem Bauch. Schnitte pochten an jedem meiner Glieder. Ich glaubte nicht, dass ich mich darauf verlassen konnte, dass meine Walküre-Fähigkeiten derart tiefe Verletzungen heilen konnten.

Ich starrte zur Gewölbedecke. Walhalla war nicht gut genug. Es war nicht der Ort, an dem ich sein musste. Ich musste nach Hause zurück.

Midgard. Balder hatte etwas über Türen gesagt.

Mein Knöchel wackelte unter mir, als ich versuchte, mich aufzurappeln. Er war auf jeden Fall verstaucht, wenn nicht sogar schlimmer verletzt. Ich schleppte mich näher zu den Wänden.

Dort. Türen, sie waren zwischen den Fenstern und Waffen verstreut. Wenn ich nur die erreichen könnte, die mir am nächsten war …

Ich trieb meinen geschundenen Körper vorwärts, knirschte wegen der Schmerzen mit den Zähnen und ignorierte die Blutspur, die ich hinter mir herzog. Ich hatte gesagt, dass ich es zurückschaffen würde. Ich hatte es gesagt und ich würde es auch tun, verdammt noch mal. Kein Rudel mickriger, seelenloser Dämonen würde Ari Watson besiegen.

Ich musste zweimal nach oben greifen, bis sich meine Finger um den Türknauf schlossen. Sie klammerten sich an ihn und rissen daran.

Die Tür öffnete sich zu einem riesigen leeren Raum, der so strahlend und blau wie der Sommerhimmel war. Ich schloss die Augen, dachte an den weichen grünen Rasen vor dem Haus der Götter und stolperte über die Türschwelle.

Mein Körper fiel ins Gras, das nicht ganz so weich war, wie ich gehofft hatte. Ein erstickter Laut löste sich aus meiner Kehle. Ich rollte mich herum, dann schien ich mich gar nicht mehr bewegen zu können. Schmerz legte sich so schwer wie ein Haufen Felsen auf mich. Ich war darunter begraben.

„Ari!", schrie jemand. Thor, glaubte ich. Schritte trampelten über den Hof. Ich schaute finster in den strahlend blauen Himmel.

„Sie haben mich nicht erwischt", verkündete ich abgehackt jedem, der zufällig zuhörte. „Ich habe nicht zugelassen, dass sie mich kriegen."

Dann legte sich Dunkelheit über mein Sichtfeld und ich stolperte in eine Leere in meinem Kopf.

KAPITEL SECHZEHN

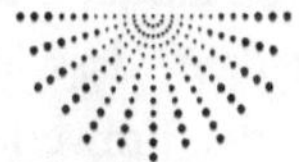

Ari

Balders sanfte Hände lagen auf meinem Bauch. Seine göttliche Magie hatte meine Wunden geheilt, während ich bewusstlos gewesen war, hier und da zwickte es jedoch noch. Ich hatte das Gefühl, dass ich einen Schaden genommen hatte, der nicht so leicht verarztet werden konnte, nicht einmal von ihm. Sein gütiges, gut aussehendes Gesicht wirkte kurz ernst, als er sich konzentrierte.

Wo er mich berührte, konnte ich einen Funken von dem spüren, was vermutlich seine Lebensenergie war – warm und hell wie von der Sonne beschienenes Gold. Genauso wie bei den Emotionen der Götter, die für meine neuen Sinne quasi nicht wahrnehmbar waren, hatte ich auch noch nie ihre Lebensessenzen bemerkt, obwohl ich die der Leute spüren konnte, die meilenweit entfernt waren. Selbst aus dieser

Nähe regte sich die gierige Leere in mir nicht. Anscheinend konnte eine Walküre einem Gott nicht das Leben nehmen. Ich musste einfach hoffen, dass ich keinem begegnete, bei dem ich Grund zur Furcht hatte.

Momentan konnte ich nur auf dem Bett liegen, in dem ich vor ungefähr einer Stunde aufgewacht war, und Balder sein Ding machen lassen. Ach ja, und ich musste versuchen, nicht darüber nachzudenken, dass ich halbnackt auf einem Bett lag, während einer der umwerfendsten Männer, denen ich jemals begegnet war, seine Hände überall auf mich legte. Normalerweise war ich nicht männerverrückt, nicht einmal ein bisschen, doch jeder hatte seine Grenzen.

Balder beugte sich etwas näher, um meine Schulter zu untersuchen, wobei er Wärme und einen Duft mit sich brachte, der an eine Brise erinnerte, die durch Frühlingswiesen strich. Ich musterte die Decke, verspürte jedoch trotzdem ein Ziehen weiter unten.

Okay, sobald ich mit der ganzen Walküre-Mission fertig war, musste ich mich selbst um einige Dinge kümmern. Erstens: Petey erneut besuchen. Zweitens: dieses verdammte Verlangen mit dem nächstbesten, halbwegs anständigen, nicht-göttlichen Mann stillen.

Eine leise Stimme in meinem Hinterkopf erinnerte mich an all die Mythen über Götter, die sich mit Sterblichen vergnügten. Es war nicht ausgeschlossen, dass einer der vier für ein Stelldichein zu haben wäre. Ich hatte jedoch Probleme, das als eine gute Idee zu sehen. Ich war schon genug an sie gebunden, ohne dass wir die Dinge noch mehr verkomplizierten.

Bevor ich mir weitere Gedanken über *irgendetwas* davon machte, mussten wir uns allerdings um andere Probleme kümmern.

„Also was passiert jetzt?", fragte ich. „Diese … Leute oder

was immer sie waren, die mich angegriffen haben ... was werden wir wegen ihnen unternehmen?"

„Schwarzalben", sagte Balder hilfreich. „Deinen Erzählungen zufolge hast du sie in Svartalfheim entdeckt, ihrem Reich."

Alben, hm? Ich hätte erwartet, dass diese kleiner wären und spitzere Ohren hätten, aber was wusste ich schon?

„Okay, Schwarzalben. Sie haben Odin, wenn mich mein Gespür für ihn dorthin geführt hat, oder? Und danach zu urteilen, dass sie mich angegriffen haben, bewachen sie diesen Eingang. Ich vermute, wir wissen, was mit den anderen Walküren passiert ist. Ich habe dort nämlich tote Menschen gesehen – es klang, als würden die Schwarzalben auch anderen Leuten wehtun und sie foltern oder so etwas. Wir werden sie angreifen, oder?" Wir würden uns bei ihnen für all den Scheiß rächen, den sie mir und wer wusste wem noch angetan hatten.

Balder nickte und richtete sich auf. „Wir haben jetzt ein viel besseres Gespür für die Richtung. Wir können nicht über Asgard nach Svartalfheim gelangen, wie du es getan hast, aber die Reiche der unteren Ebene sind auf andere Arten zu erreichen. Es sollte einige Eingänge geben, zu denen wir von Midgard aus Zugriff haben sollten. Fürs Erste werden wir nach Schwarzalben Ausschau halten, die in deine Welt kommen und gehen. Mit der Zeit sollten sie uns zu einem dieser Eingänge führen."

Mit der Zeit. Ich verzog das Gesicht. Ich würde diese Mistkerle jetzt gerne mit Thors Hammer in den Boden rammen – oder zuschauen, wie er es tat, das wäre auch akzeptabel. Sie hatten mich praktisch erneut getötet. Wenn ich das nicht anhand der Qualen hätte erkennen können, unter denen ich hierher zurückgestolpert war, hätte ich es aufgrund von Thors Gesichtsausdruck gewusst, als ich aufgewacht war. Er war sich nicht sicher gewesen, ob ich aufwachen *würde*.

Er hatte sich Sorgen um mich gemacht. Das hatten sie möglicherweise alle getan. Sogar Hödur hatte ein wenig erleichtert gewirkt, als ich zu reden begonnen hatte. Vielleicht war er aber auch nur froh, dass er das Versprechen nicht halten musste, das er mir gegeben hatte.

„Ich kann dabei helfen", sagte ich und wand mich in eine sitzende Position. Mein Körper fühlte sich steif an, als hätte ich es am vergangenen Tag bei einem Workout übertrieben, die letzten schärferen Schmerzen waren jedoch verschwunden. „Wie finden wir Schwarzalben?"

„Hey." Balders Lippen bogen sich zu einem Lächeln. „Du hast getan, worum wir dich gebeten haben, obwohl es eindeutig ein schwerer Kampf war. Du hast dir ein wenig Ruhe verdient, Aria."

Mir war nicht nach Ruhe zumute. Jedes Mal, wenn ich die Augen schloss, sah ich diese ausgestreckten menschlichen Leichen in der Höhle und hörte die verzweifelten Schreie. Was immer die Schwarzalben trieben, ich glaubte nicht, dass Odin der Einzige war, der in Schwierigkeiten steckte.

„Wie soll ich mich ausruhen, wenn diese Freaks frei in *meiner* Welt herumrennen?", fragte ich. „Wir müssen sie aufhalten."

„Das werden wir tun", versicherte mir Balder. „Wir werden tun, was wir können. Du hast bereits die wichtigste Rolle gespielt, die du spielen konntest."

Er klang nicht einmal beunruhigt. Er hatte gerade erfahren, dass der Anführer der Götter, sein Vater, von einem Haufen verrückter Alben gefangen gehalten wurde, die herumgingen und versuchten, jeden abzuschlachten, der sich einmischte. Dennoch hörte es sich an, als würde er über einen Tag am Strand sprechen. Ich runzelte die Stirn und musterte sein Gesicht, während er vom Bett aufstand.

„Bist du wirklich immer so ruhig?", fragte ich. „Stört dich denn *gar nichts*?"

Ich dachte, ich hätte einen Muskel ganz leicht an seiner Schläfe zucken sehen. Es war genug, dass ich das verträumte Äußere zurückschälen und in Erfahrung bringen wollte, woraus der Mann darunter gemacht war. Ich *wusste*, dass mehr in ihm steckte, als er zeigte.

Dann zuckte Balder mit den Achseln und schenkte mir sein sonniges Lächeln. „Das ist einfach mein Wesen. Ganz gleich, was geschieht, die Sonne scheint auf uns. Wir werden eine Lösung finden. Ich vertraue darauf, also nein, ich mache mir keine Sorgen."

„Ach ja? Du hast dir nicht einmal Sorgen gemacht, als während Ragnarök alle *starben* und die Welt den Anschein machte, als würde sie zur Hölle fahren?" Ich improvisierte ein wenig, hatte jedoch aufgrund der Erzählungen der anderen Götter grob verstanden, worum es dabei gegangen war.

Da veränderte sich der verträumte Ausdruck des Lichtgottes definitiv. Er verkrampfte sich nur kurz, seine Stimme klang jedoch ebenfalls angespannt.

„Ich war während Ragnarök nicht dort. Ich konnte nichts davon spüren."

Er glitt aus dem Raum, als wäre er ein Lichtstrahl, bevor ich ihm weitere Fragen stellen konnte. Ich blinzelte die Tür an, durch die er verschwunden war. Schuldgefühle durchbohrten meinen Magen, weil ich diese Reaktion provoziert hatte. Diesen folgte allerdings ein tieferer Anflug von Neugier.

Er war nicht dort gewesen? Wo zur Hölle war er dann gewesen?

Irgendwo, woran er sich nicht gerne erinnerte, so wie es aussah.

Nun, das war ein Rätsel für einen anderen Tag, falls er jemals wieder mit mir sprechen wollte. Heute musste ich es mit einigen Schwarzalben aufnehmen. Auf keinen Fall würde ich mich entspannen, einfach hier im Bett liegen und darauf warten, dass jemand anderes die Sache in Angriff nahm.

Ich schob mich sachte zum Matratzenrand. Als ich aufstand, stellte ich fest, dass es sich nur so anfühlte, als würden Holzsplitter meine Muskeln durchbohren, nicht ganze Messer oder etwas Derartiges. Ich hatte schon Schlimmeres erlebt. Von einem zu schnell fahrenden Jeep überfahren zu werden, rückte eine Menge Dinge in ein anderes Licht.

Als ich es schließlich in den Flur schaffte, fühlten sich die Splitter nur noch wie das Knirschen von Sandpapier an. Eine stetige Verbesserung. Stimmen drangen aus dem ersten Stock. Ich schlurfte so schnell wie möglich nach unten.

Als ich die Bürotür aufstieß, verstummten Loki, Thor, Hödur und Freya, die gemeinsam neben dem Schreibtisch versammelt waren. Thor öffnete den Mund, vermutlich um zu fragen, ob ich wirklich schon auf den Beinen sein sollte, weshalb ich einfach als Erste sprach.

„Okay", verkündete ich. „Ich bin wieder in einem Stück. Wo suchen wir nach diesen Schwarzalben?"

Ich roch den Harzduft des nahe gelegenen Waldes sogar in der zentralen Geschäftsstraße der Stadt, die ich momentan in West Virginia erkundete. So hoch in den Bergen war es für den Sommer ein bisschen kühl. Gänsehaut bildete sich auf meinen Armen, als die Abendbrise über mich kitzelte.

Ich hätte eine Jacke mitbringen sollen. Natürlich wäre die meinen Flügeln im Weg, sollte ich sie brauchen.

Die Götter hatten erzählt, dass es vor Jahrzehnten Schwarzalben-Aktivitäten in dieser Gegend gegeben hatte. Sie waren sich nicht sicher, ob hier seitdem Alben durchgekommen waren, doch es war ein Anfang. Ich vermutete, dass sie andere potenzielle Spuren überprüften, während ich hier herumstocherte.

Ich schärfte meine Sicht, als ich die Straße scannte. Bisher war mir nichts ins Auge gestochen, doch nachdem ich die Hälfte der Main Street hinter mich gebracht hatte, blieb mein Blick an einem Poster hängen, das an einem Telefonmast hing. Darauf war ein Foto zu sehen und darüber prangte das Wort VERMISST in einer großen Schriftart. Ich überquerte die Straße, um es mir genauer anzusehen.

Das Foto war von einer Frau mittleren Alters, die aussah, als hätte sie mehr harte als einfache Zeiten hinter sich. Ihre braunen Haare waren zottelig und ihr Lächeln offenbarte schiefe Zähne. Anscheinend war sie zuletzt vor fast einem Jahr ein paar Städte entfernt von hier gesehen worden. Aufgrund des gelblichen Papiers vermutete ich, dass dieses ebenfalls schon eine Weile hier hing.

Ich atmete tief ein und teste die Luft, wie ich es regelmäßig getan hatte, seit ich hier angekommen war. Ein paarmal hatte ich gemeint, ich hätte einen Hauch von dem Verwesungsgestank aufgefangen, den ich in der Höhle bemerkt hatte. Doch sobald ich versucht hatte, dem Geruch zu folgen, war er mit der Brise verschwunden. Vielleicht war es nur meine Einbildung gewesen. Oder der Müllcontainer einer Metzgerei. Hödur hatte gesagt, dass dieser Geruch ohnehin nichts war, was sie normalerweise mit Schwarzalben in Verbindung brachten.

Als ich an den Läden und Restaurants vorbeiging, erregte ein verdrehter Schatten an der Seite eines Gebäudes meine Aufmerksamkeit. Ich eilte näher und runzelte die Stirn. Drei zackige, ineinander verschlungene Linien waren in einen der Backsteine geritzt worden. Ich trat zurück und warf einen Blick auf das Schild. Bei dem Gebäude handelte es sich um ein Hostel.

Ein unbehagliches Kribbeln raste über meine Haut, als ich meinen Blick wieder auf das Symbol heftete. Ich hatte keine Zeit gehabt, sie mir gut ins Gedächtnis einzuprägen, war mir jedoch ziemlich sicher, dass ich eine Markierung wie diese an der Höhlenwand der Schwarzalben gesehen hatte. Oder zumindest eine, die dieser sehr ähnlich sah.

Andererseits ließ sich nicht sagen, wann diese Markierung gemacht wurde oder wann die Schwarzalben zuletzt hier gewesen waren, falls sie tatsächlich dahintersteckten. Den Rändern der Schnitzerei hatten das Wetter und die Zeit zugesetzt. Es war keine neue Markierung.

Die kribbelnde Empfindung blieb den restlichen Weg durch die Main Street bei mir. Ich schaute einige Male urplötzlich über meine Schulter, bemerkte jedoch keine Bewegungen, die verdächtig wirkten. Meine Finger krümmten sich um mein Klappmesser, das geschlossen, jedoch bereit war, sollte ich es brauchen.

Am Ende der Einkaufsstraße bemerkte ich an einer Ecke ein anderes Symbol. Dieses hatte vier anstelle von drei Linien. Ich hielt inne und legte den Kopf schief, während ich es musterte. Nichts daran hatte für mich eine Bedeutung abgesehen von der Verbindung zu den Schwarzalben. Doch es gefiel mir nicht.

Diese Markierung befand sich an einem kleinen Gebäude einer Wohltätigkeitsorganisation – eine Suppenküche und Schlafstätte für die ‚Bedürftigen‘. Ich biss mir auf die Lippe. Nein, das gefiel mir überhaupt nicht.

Etwas raschelte am Rand meines Gehörs. Ich versteifte mich und meine Nackenhaare richteten sich auf. Das Geräusch verstummte.

Vorsichtig lief ich weiter und setzte meine Füße so leise, wie ich konnte. Autos und andere Fußgänger kamen an mir vorbei, aber an einem Wochentag war in dieser abgeschiedenen Stadt nicht viel los auf der Straße. Zwischen den Begegnungen mit Passanten spitzte ich die Ohren.

Ich bemerkte kaum etwas, das Rascheln erreichte mich allerdings noch zwei weitere Male ganz schwach und nur für einen kurzen Augenblick. Doch das reichte.

Jemand – oder *etwas* – folgte mir.

KAPITEL SIEBZEHN

Loki

Ich schlich von Schatten zu Schatten und meine wölfische Gestalt verschmolz durch eine Mischung aus Heimlichkeit und Magie mit den dunklen Stellen. Durch die Lücken zwischen den Gebäuden erhaschte ich ab und zu einen Blick auf Ari. Mehr brauchte ich nicht. Meine gespitzten Ohren konnten das leise Kratzen ihrer Schuhe auf dem Asphalt auffangen, sogar das Flüstern ihres Atems.

Die kurzen Blicke, die ich auf sie erhaschte, gefielen mir jedoch. Unsere Walküre wuchs auf jeden Fall in ihre neuen Kräfte hinein. Sie bewegte sich mit einem dreisten, aber nicht waghalsigen Selbstvertrauen über den Gehweg, das man einfach bewundern musste.

Jedes Mal, wenn ich es sah, erinnerte ich mich an jenen ersten Moment, als sie gestern Nachmittag wieder auf dem Rasen erschienen war. Zerschlagen und blutend hatte sie es geschafft, sich bis zu uns zurückzukämpfen – und etwas über einen Sieg zu krähen, bevor sie die Verletzungen komplett eingeholt hatten. Schon am nächsten Tag war sie wieder auf den Beinen und brannte darauf, loszulegen …

Ich hatte vergessen, dass Sterbliche diese Art von Kraft und Temperament besitzen konnten. Unter den Göttern sah ich das nicht besonders häufig. Es weckte den Wunsch in mir, sie weiter zur treiben und ihre Grenzen zu finden. Zugleich wollte ich sie verstecken, damit niemand dieses Temperament auslöschen konnte.

Das war in Ordnung. Ich war es gewohnt, komplizierte Impulse zu haben. Wir würden sehen, welcher letztendlich gewann.

Aris feeartige Gestalt schlüpfte in eine Gasse zwischen einem Kleiderladen und einer Bank. Hatte sie in dieser Richtung etwas gesehen? Ich erstarrte und schmeckte die Luft durch meine Fangzähne. Mich erreichte nichts Unerwartetes. Ich wich hinter einen Müllcontainer zurück, bevor sie die längere Gasse betrat, durch die ich gesprungen war.

Ihre Schuhe schlurften über den feuchten Beton, als würde sie in die entgegengesetzte Richtung gehen. Ich wartete mehrere Sekunden lang, bevor ich aus meinem Versteck kam, um mit ihr mitzuhalten.

Ich hatte erst zwei Schritte gemacht, als sie herumwirbelte und mit übernatürlicher Geschwindigkeit zu mir sprang.

Ihr Klappmesser blitzte auf. Ihre Augen weiteten sich bei meinem Anblick. Ich wich zurück, kurz bevor sie mich erreichte, und nahm meine gewöhnliche Gestalt an, damit sie nicht versuchte, mich wie den kleinen Warg zu töten, für den sie mich vermutlich gehalten hatte.

„Wer hätte das gedacht, dass wir uns hier über den Weg laufen“, sagte ich. „Was für ein reizender Zufall.“

Aris Beine waren erstarrt. Ihre Augen wurden schmal. „Zufall, dass ich nicht lache. Was zur Hölle tust du hier?"

Ich winkte träge ab. „Oh, ich mache mich nur mit dem Land vertraut und gehe verschiedenen Hinweisen nach."

Sie verschränkte die Arme. „*Ich* sollte diejenige sein, die diese Stadt auskundschaftet. Du hättest mir sagen können, dass du mitkommst. Aber du wolltest nicht, dass ich es weiß. Du bist mir gefolgt. Nach gestern denkst du *noch immer*, dass ich nicht allein klarkomme?"

Ihre Stimme war scharf, unter dem Zorn bemerkte ich jedoch einen Hauch von Schmerz. Mir war nicht bewusst gewesen, dass ich mehr als ihren Stolz verletzen könnte, den sie sich redlich verdient hatte.

Mein Verstand stolperte durch einhundert mögliche Ausreden und entschied sich für die richtige. „Überhaupt nicht, Fee. Glaub mir, momentan sind deine Fähigkeiten eines der wenigen Dinge, derer ich mir sicher bin." Die Wahrheit dieser Aussage drang erst zu mir durch, als ich es aussprach. Ich hatte mir wirklich keine Sorgen um sie gemacht, oder? Ich hatte mir eingeredet, dass ich sie deswegen im Auge behielt, doch in Wahrheit …

Ich schenkte ihr ein selbstironisches Grinsen. Etwas mehr Ehrlichkeit konnte nicht schaden. „Ich war tatsächlich ziemlich neugierig, welche anderen Tricks du aus deinem metaphorischen Hut ziehen wirst. Dich zu beobachten, ist viel unterhaltsamer, als Zeit mit diesen begriffsstutzigen Muskelpaketen zu verbringen, in deren Gesellschaft ich mich seit Äonen befinde."

Ari machte noch immer ein finsteres Gesicht, ihre Schultern entspannten sich jedoch. „Du sollst dich nicht unterhalten lassen", schimpfte sie. „Wir sollten eigentlich diese Schwarzalben aufspüren."

„Ich bin sehr geschickt in Multitasking", entgegnete ich. Bei ihrem skeptischen Blick nickte ich zu der Gasse. „Sie waren in jüngerer Zeit hier, als wir wussten. Ich habe Spuren ihrer Durchreise bemerkt. Allerdings waren sie in den letzten Jahren nicht hier und ich glaube, sie hielten sich hier nicht besonders lange auf. Die Zeichen deuten darauf hin, dass sie aus westlicher Richtung gekommen und auch wieder dorthin verschwunden sind."

„Oh. Hast du noch mehr von ihren Symbolen gesehen?"

Ich zog die Augenbrauen hoch. „Symbole?"

Sie musterte mich kurz. Als sie zu dem Schluss zu kommen schien, dass ich ehrlich nicht wusste, wovon sie sprach, trat ein triumphierendes Funkeln in ihre Augen. „Komm mit", sagte sie. „Anscheinend ist es gut, dass du nicht allein Nachforschungen angestellt hast."

Ich folgte ihr zurück auf die Straße und den Block hinab. Die Passanten liefen um uns herum. Sie sahen uns nicht, machten uns allerdings instinktiv Platz. Ich hätte gerne ihre Gesichter gesehen, hätten sie unsere Walküre in ihrer geflügelten Pracht entdeckt. Mein Blick blieb an ihren straffen Rückenmuskeln und der glatten Haut hängen, die diese Flügel momentan verbargen.

Die Haut war größtenteils glatt. Balder hatte ihre Wunden von ihren zwei Kämpfen bei uns geheilt, aber sie war bereits mit anderen Narben zu uns gekommen. Eine dünne, gebogene Narbe verlief von der Spitze ihrer linken Schulter bis zur Mitte ihres Oberarms wie ein Pfad, der darauf wartete, nachgefahren zu werden.

„Da." Ari deutete auf einen Backstein an der Seite eines trostlos aussehenden Gebäudes. Dort war tatsächlich eine Art Symbol eingeritzt worden: vier Linien, die sich in einem spitzen Durcheinander umeinanderwanden. Ich runzelte die Stirn.

„Was bringt dich auf den Gedanken, dass das hier mit den Schwarzalben zu tun hat?"

„Ich habe dir erzählt, dass ich Markierungen an den Höhlenwänden gesehen habe. Ich bin mir ziemlich sicher, dass diese eine davon war. Oder zumindest sieht sie denen sehr ähnlich." Sie hielt inne und sah zu mir auf. „Du hast so etwas noch nie gesehen."

Ich schüttelte den Kopf. „Ich bin mit der gesprochenen und geschriebenen Sprache der Schwarzalben vertraut, aber das hier ist etwas anderes. Wenn du es in ihrem Reich gesehen hast … Es ist lange her, seit wir ihnen über den Weg gelaufen sind. Falls sie etwas Übles im Sinn haben, worauf alle Beweise hindeuten, würde ich es ihnen durchaus zutrauen, dass sie einen neuen visuellen Code entwickelt haben, damit wir ihn nicht bemerken."

Das war überhaupt kein ermutigendes Zeichen. Dieses Gebäude hatte nichts mit Odin zu tun. Welche anderen Pläne heckten die Höhlenbewohner noch aus, die sie so angestrengt vor uns zu verbergen versuchten?

Vielleicht war es gar nicht ihr Plan gewesen, Odin gefangen zu nehmen. Vielleicht war er nur ein Opfer eines größeren Plans, über den er gestolpert war?

„Es ist eine Wohltätigkeitsorganisation für Obdachlose", erklärte Ari und deutete mit dem Kopf zu dem Gebäude. „An dem Hostel ein paar Straßen weiter habe ich ein weiteres Symbol entdeckt. Bisher sind mir keine anderen aufgefallen."

Ich ging diese Information in meinem Kopf durch. „Anlaufstellen für Leute, die weit weg von zu Hause sind oder gar kein Zuhause haben. Leute, die nicht so schnell vermisst werden."

Aris Kiefer spannte sich an. „Das habe ich mir auch gedacht. Aber was wollen sie mit den Leuten? Warum verletzen – töten – sie Menschen? Haben sie etwas gegen *uns?*"

Sie sagte noch immer so mühelos ‚uns', als wäre sie jetzt

nicht viel mehr als eine Sterbliche. Sie empörte sich, als würde sie sich darauf vorbereiten, die gesamte menschliche Rasse zu verteidigen.

„Ich weiß es nicht", antwortete ich. „Es ist nicht ihre übliche Vorgehensweise. Doch egal, welche entsetzlichen Dinge sie aushecken, wir werden es aufdecken und dem ein Ende setzen – dessen kannst du dir sicher sein."

Sie nickte, machte auf dem Absatz kehrt und ihr Blick zuckte zur Seite. Ich hatte bei einem der Dächer ebenfalls das Flackern einer dunklen Bewegung bemerkt. „Was war das?", raunte Ari und bevor ich eine Gelegenheit hatte, ihr zu antworten, rannte sie bereits dorthin.

„Whoa, mach mal halblang." Ich packte sie um die Taille – nicht grob, jedoch mit genug Kraft, um sie aufzuhalten. Sie hatte so viel Energie in ihren Sprint gelegt, dass sie wegen des unterbrochenen Schwungs gegen mich prallte. Ihre Schultern krachten gegen meine Brust. Mein Arm legte sich instinktiv um sie und mein Kopf neigte sich neben ihren. „Du bist immer so in Eile, Fee."

Sie stieß sich aus der lockeren Umarmung und wirbelte keuchend herum. Dabei war sie mir nach wie vor so nahe, dass die Wärme ihres Atems meine Kehle streifte. Hinter dem bereits verblassenden Anflug von Panik lauerte in ihren großen Augen ein Schatten von Verlangen. Dieser Anblick schoss geradewegs in meinen Schwanz.

Unsere Walküre wurde nicht gerne festgehalten, doch ein Teil von ihr sehnte sich nach meiner Berührung.

„Warum hast du mich aufgehalten?", wollte sie wissen.

Ich zügelte meine eigenen Sehnsüchte, die ich zu ignorieren versucht hatte und die sich jetzt beharrlicher in mir regten. „Du bist stets schnell dabei, in eine Situation zu rennen. Du zögerst nicht oder hast Angst", erklärte ich. „Das ist lobenswert. Niemand würde dich jemals für einen

Feigling halten. Doch manchmal ist es besser, eine Aufgabe langsam und vorsichtig zu erledigen."

„Ich kann *vorsichtig* sein", giftete sie. Ihre Augen waren noch immer stürmisch. Sie schloss sie kurz und schluckte hörbar. „Vielleicht bin ich ein wenig überdreht wegen dem, was ich in diesen Höhlen gesehen habe. Wenn ich daran denke, was diese *Dinger* möglicherweise Leuten antun ... Leuten, die niemanden haben, der für sie kämpft ..." Sie sah mich wieder an. „Aber du hast behauptet, du wärst der Meinung, dass ich zurechtkomme. Ich werde nichts Dummes tun."

„Ich weiß", erwiderte ich. „Das weiß ich wirklich." Als ich mich diesem unerschütterlichen Blick gegenüberfand, durchlief mich vom Magen bis zum Brustbein eine stechende Empfindung.

Ich hatte sie auf mehr als eine Art an diesen Ort gebracht. Ich hatte sie aus dem blanken Frieden des Todes herausgerissen, damit sie Schlachten für Götter schlug, von deren Existenz sie nicht einmal gewusst hatte. Ich sollte besser als jeder andere wissen, wie anstrengend es war, dazu gezwungen zu werden, nach Regeln zu spielen, denen man nicht zugestimmt hatte. Vielleicht war ich ihr ein wenig mehr schuldig.

„Wenn ich mich einmische, geht es nicht um dich", erklärte ich. „Es geht um mich und darum, wie viel davon abhängt, dass wir Odin finden. Dass wir zurück nach Asgard können."

„Was meinst du?"

Ich seufzte. „Meine Kräfte schwinden schneller als die der anderen. Und du kannst dir sicher sein, dass sie nach jedem vergeblichen Versuch, den Göttervater zu finden, immer mehr dazu neigen, mir die Schuld zu geben. Damit möchte ich mich lieber nicht auseinandersetzen. In Ordnung? Wenn ich alles bis ins kleinste Detail kontrolliere, kannst du das dem zuschreiben. Es ist jedenfalls keinem Versagen deinerseits geschuldet."

Ari befeuchtete ihre Lippen und hielt meinen Blick. „Warum sollten sie *dir* die Schuld geben? Du hast mich ausgewählt, aber die anderen Walküren ..."

Ich zuckte mit den Achseln und ließ zu, dass sich ein Lächeln auf meinem Gesicht ausbreitete. „Was kann ich sagen? Ich bin ein Unruhestifter. Daher ist es einfach, alle möglichen Unruhen in der Welt auf mich zu schieben."

Ihr Gesicht spannte sich kurz an, als könnte sie das besser nachempfinden, als ich vermutet hätte. „Also hast du einen anderen Unruhestifter ausgesucht, der auf deiner Seite ist."

Mein Lächeln wurde breiter. „Ich schätze, so könnte man es auch sehen. Allerdings müssen wir erst noch herausfinden, ob du tatsächlich beschließt, auf meiner Seite zu sein."

Sie sah aus, als hätte sie eine freche Antwort auf diese Bemerkung parat, doch im gleichen Moment verdichtete sich das dunkle Flackern, das wir vorhin gesehen hatten, zu einem Vogel. Ein Rabe. Dieser segelte von dem Dach herab, auf dem er entlanggehüpft war, und nahm die Gestalt einer jungen Frau an, deren Haare, Augen und locker sitzendes Kleid genauso dunkel waren wie ihre vorherigen Federn. Keiner der Sterblichen zuckte mit der Wimper, als sie zu uns schlenderte. Sie konnten sie auch nicht sehen.

Sieh an, sieh an. Was für eine Überraschung und dennoch absolut passend.

Aris Messerhand hob sich und sie straffte die Schultern. Ich berührte sie leicht. „Es ist alles in Ordnung. Zumindest stellt sie keine akute Bedrohung dar. Sie sollte uns freundlich gesinnt sein."

Die Walküre blieb angespannt. Anscheinend vertraute sie *mir* nicht hundertprozentig, dass ich eine Bedrohung richtig einschätzte.

„Loki", sagte die Frau mit einer Stimme, die süß, jedoch ein wenig heiser war. „Ich habe nach dir gesucht."

„Ich bin im Allgemeinen nicht so schwer zu finden, wenn man sich wirklich Mühe gibt", erwiderte ich. „Vorausgesetzt ich habe nichts dagegen, dass man mich findet. Ich hätte dich fast nicht erkannt, Munin. Es ist lange her."

Die Rabenfrau schenkte mir ein Lächeln, das dem Winkel ihres Schnabels ähnelte. Wie viele Jahrzehnte – oder vielleicht sogar Jahrhunderte – war es her, seit Odin von einer seiner Wanderungen ohne seine gefiederten Begleiter zurückgekehrt war? Er hatte sich nie die Mühe gemacht, zu erklären, warum sie getrennter Wege gegangen waren, abgesehen von einem für ihn typisch kryptischen Satz: „Es war an der Zeit, dass sie nach mehr suchen." Was hatten seine ehemaligen Haustiere seitdem getrieben?

„Es ist eine Weile her", stimmte Munin zu. Sie kannte zweifellos das genaue Datum und die Uhrzeit, als wir uns das letzte Mal in der Gesellschaft des anderen befunden hatten. Ich hatte noch nie zuvor gesehen, wie sie sich in einen Menschen verwandelte, es überraschte mich jedoch nicht, dass sie dazu imstande war. Wir hatten uns im Lauf der Zeit alle verändert – und Odins Raben waren den Menschen mit ihren Emotionen von Anfang an recht ähnlich gewesen.

„Erlaube mir, Munin vorzustellen", sagte ich zu Ari und breitete meinen Arm aus. „Herrin der Erinnerungen und einst eine von Odins Dauerbegleitern." Es war jedenfalls interessant, dass sie jetzt wieder aufgetaucht war. Ich schaute erneut zu der Rabenfrau. „Gibt es einen bestimmten Grund, aus dem du nach mir gesucht hast?"

Sie hatte den Kopf auf gruselig vogelähnliche Art schiefgelegt und musterte Ari. „Du hast dir eine Walküre besorgt", stellte sie fest. „Faszinierend."

Ari empörte sich, doch ich wusste, dass sie keine Hilfe von mir brauchte. „Ungefähr so faszinierend wie ein Rabe,

der sich in eine Frau verwandeln kann, schätze ich",
entgegnete sie.

Munin blinzelte sie bloß an. „Ich vermute, dass ihr aus
dem gleichen Grund hier seid wie ich." Sie wandte sich
wieder an mich. „Ich hatte das Gefühl, dass Odin etwas
Unangenehmes zugestoßen ist. Ich habe in ganz Midgard
nach ihm gesucht, jedoch keine Spur von ihm gefunden.
Asgard ist mir ohne seine Hilfe verschlossen, aber er hat nicht
auf meinen Ruf reagiert. All das finde ich ziemlich
besorgniserregend. Ihr nicht?"

„Doch, es macht uns auch Sorgen", antwortete ich. „Er
ist nicht in Asgard. So viel kann ich bestätigen. Ich nehme
an, du hast keine Hinweise auf seinen Aufenthaltsort
gefunden?"

„Bisher nicht", verneinte sie. „Aber ich wollte meine
Hilfe anbieten, falls ihr ebenfalls nach ihm sucht. Wir fanden
immer, dass zwei Köpfe besser waren als einer." Sie lächelte
schwach über ihren halbherzigen Witz.

„Wo ist Hugin dieser Tage?", erkundigte ich mich. Ihr
Partner, der Rabe der Gedanken, war genauso lange fort
gewesen wie sie.

Sie schüttelte den Kopf. „Er ist allein auf Abenteuersuche
gegangen. Man könnte sagen, er war erpicht darauf, seine
Flügel auszubreiten. Wir haben seit langer Zeit nicht mehr
miteinander gesprochen."

Ihr Verhalten deutete auf nichts als Sorge und etwas
Wehmut hin. Außerdem waren Odins Raben ausnahmslos
loyal gewesen in den Jahrhunderten, die sie in unserer Mitte
verbracht hatten. Ich vertraute nie jemandem oder etwas
vollkommen, aber wir konnten ihr Angebot genauso gut
annehmen.

„Was hast du von den Schwarzalben gesehen?", fragte ich
und deutete auf die Schnitzerei an der Wand. „Oder hast du

ihre Symbole wie dieses in Midgard gesehen? Sie scheinen irgendwie in die Sache verwickelt zu sein."

„Ich habe diese Markierungen auch in ihren Höhlen gesehen", warf Ari ein.

Munin runzelte die Stirn und musterte die Markierungen. „Die Schwarzalben haben meine Aufmerksamkeit bisher nicht erregt, aber mir fallen ein paar Orte ein, die wir erkunden sollten."

KAPITEL ACHTZEHN

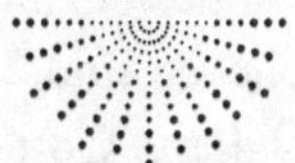

Ari

„Du hast vor kurzem Schwarzalben auf dieser Seite der Stadt gesehen?“, fragte Hödur, als wir durch ein schäbiges Viertel in einem Außenbezirk von Pittsburgh liefen.

Munin, die den Weg anführte, nickte. Wegen ihres spitzen Kinns erinnerte mich die Bewegung noch mehr an den Raben, in den sie sich mittlerweile einige Male vor meinen Augen verwandelt hatte. Es war beunruhigender als Lokis verschiedene Verwandlungen. Er bewegte sich immerhin wie ein Mann, wenn er wie einer aussah.

„Ich erinnere mich nicht daran, wann genau das war“, antwortete sie. Ihre Stimme war eine eigenartige Mischung aus Krächzen und Zwitschern. „Doch es war im letzten Jahr. Und diese Symbole, auf die ihr mich aufmerksam gemacht habt ... Ich bin gestern zurückgekehrt, um mich zu vergewissern, dass es die gleichen waren. Die kann ich euch jetzt zeigen."

Thor schwang seinen Hammer in einem mühelosen Bogen an seiner Seite. Er hatte ihn in dem Moment von seinem Gürtel gelöst, in dem wir auf unsere verschiedenen magischen oder geflügelten Arten angekommen waren. „Falls jetzt irgendwelche Dreckfresser hier sind, werden sie es bereuen, dass sie hiergeblieben sind."

Loki warf dem muskulösen Gott einen Blick zu. „Falls sie jetzt hier sind, wollen wir sie *gefangen nehmen*, damit wir sie über den Eingang zu ihrem Reich befragen können. Wir wollen ihnen nicht die Schädel einschlagen, auch wenn das befriedigend wäre."

Er sagte es locker, so wie er fast alles sagte, die Erinnerung an unser gestriges Gespräch spukte mir allerdings noch im Kopf herum: sein Ernst, als er zugegeben hatte, wie wichtig es für ihn war, Odin zu finden. Der Ernst war nur einen Augenblick später hinter seiner üblichen scherzhaften Fassade verschwunden, aber die Emotion in seinen Worten hatte in meinem Herzen nachgeklungen.

Oder vielleicht war das auch nur einer meiner niederen Instinkte, der sich daran erinnerte, wie sich sein Arm an meinem Körper anfühlte.

„Wir wissen noch nicht, inwiefern die Schwarzalben in Odins Verschwinden verwickelt sind", merkte Balder an, womit er mich zurück in die Gegenwart holte.

„Sie haben Ari zerfetzt", murrte Thor. „Sie führen nichts Gutes im Schilde. Mehr muss ich nicht wissen."

„Ich denke, dies könnte einer der seltenen Fälle sein, in denen man nichts Gutes in einer Situation finden kann", meinte Freya, blickte zum Gott des Lichts und zog eine Augenbraue hoch.

Balder   gluckste   auf   seine   verträumte   Art.

„Herauszufinden, was sie über Odin wissen, wäre trotz allem gut."

„*Falls* wir sie finden", warf ich ein. Bisher hatte ich in diesem heruntergekommenen Vorort keine Spur von etwas Übernatürlichem entdeckt. Es war mitten am Tag, aber die Wolken, die den Himmel seit heute Morgen bedeckten, hatten die Sonne so stark gedämpft, dass es sich wie die Dämmerung anfühlte. Bisher war jedoch kein Regen zu sehen. Es war bloß so schwül, dass man die Luft praktisch schneiden konnte.

„Wir sind fast da." Munin beschleunigte ihr Tempo und ging mit federnden Schritten voran, als sie die Straße überquerte. Auf halber Höhe des nächsten Blocks bog sie zu einem Bungalow ab, der noch baufälliger war als seine Nachbarn. Das Glas eines Fensters war zerbrochen und es steckten nur noch Glassplitter im Rahmen. Die Hälfte einer Betonstufe der Eingangstreppe war weggebrochen.

Munin gab der Tür einen Stoß und sie schwang mit quietschenden Angeln auf. Meine Haut kribbelte. Mir gefiel der Vibe dieses Hauses nicht. Er erinnerte mich zu sehr an Häuser und Apartments, in denen ich während meiner ersten Jahre auf der Straße gehaust hatte, bevor ich genug Fuß gefasst hatte und mich von ihnen fernhalten konnte.

Der Boden auf der anderen Seite bestätigte meinen Verdacht. Auf dem gesprungenen Linoleumboden lagen zwischen den schmuddeligen Sesseln bunte Phiolen auf einem Haufen. Eine gelbe Spritze ruhte auf verschmierten Zeitungen. Der Gestank von altem Urin, chemischem Rauch und Schimmel schlug mir entgegen. Ich rümpfte die Nase und lief um eine zerfranste Decke herum, die mit wer-weiß-was besudelt war.

„*Crack-Haus*", informierte ich die Götter, die hinter mir hereingekommen waren. Hödur verzog das Gesicht und sogar Balder sah aus, als wäre ihm ein wenig schlecht. Wenn ich mir nicht bereits sicher gewesen wäre, dass die Schwarzalben Leute ins Visier nahmen, die höchstwahrscheinlich nicht vermisst werden würden, dann wäre ich es jetzt.

Freya trat tiefer in den Raum und mit der Fußspitze gegen eine zerknitterte Take-out-Schachtel. „Es sieht nicht so aus, als sei seit einer Weile *irgendjemand* hier gewesen", stellte sie fest. „Schaut euch den Staub an."

Sie hatte recht. Eine dünne Staubschicht überzog sämtliche Möbel und sogar den Boden, wo sie nur von unseren Füßen aufgewirbelt worden war.

„Das ist komisch", sagte ich und sah mich um. „Das Haus ist noch geöffnet. Es gibt sogar ..." Ich stupste ein eingefallenes Beutelchen mit dem Zeh an. „Sie haben ihre Drogen nicht aufgebraucht. Es sieht aber auch nicht nach einer Razzia aus." So eine hatte ich selbst kurz erlebt, während ich wie wahnsinnig durch ein Fenster und eine Feuertreppe hinabgeklettert war. Dieses Haus war ein Saustall, doch es war ein Saustall, der nach den Standards von Drogenabhängigen ziemlich ordentlich war. Es war nicht das absolute Chaos, das eine Gruppe Polizisten verursacht hätte, wenn sie hier hereingeplatzt wäre. Das Haus wäre mit Brettern vernagelt worden, wenn es identifiziert worden wäre.

„Was denkst du, hat das zu bedeuten?", fragte Thor, der neben mich trat.

„Ich weiß es nicht." Ich rieb mit einer Hand über meinen Mund, weil ich nicht aussprechen wollte, was ich dachte. Doch was für einen Sinn hatte es, das zu leugnen? „Vielleicht wurden *all* die Leute, die dieses Haus benutzten, weggeholt, nur nicht von Polizisten."

Thor knurrte. „Bist du dir *sicher*, dass ich nicht wenigstens ein paar von ihnen den Schädel einschlagen kann?", erkundigte er sich bei Loki.

Der Trickster-Gott musterte den Raum neugierig. „So sehr ich diejenigen respektiere, die am Rand der Gesellschaft leben, das hier sieht wie das Zuhause des Abschaums aus", stellte er fest. „Ich bin mir nicht sicher, ob das, was ihnen die Schwarzalben angetan haben, viel schlimmer war als das, was sie sich selbst angetan haben." Seine Stimme war nüchtern, das übliche Funkeln in seinen Augen war jedoch gedämpft. Ihn ließ das Ganze nicht annähernd so kalt, wie er tat.

„Das bedeutet nicht, dass sie es verdient haben", blaffte Thor. Sein Gesicht lief rot an.

Loki bedachte ihn mit einem milden Blick. „Natürlich nicht", erwiderte er. „Ich merke lediglich an, dass du deinen Zorn vielleicht zügeln solltest, sonst geht er dir aus, bevor wir dem Ganzen auf den Grund gehen konnten."

Thor brummte leise etwas, was beleidigend klang, gab den Streit allerdings auf.

„Nun, hier ist eindeutig niemand, weder Mensch noch Alb", stellte Hödur fest. „Falls es nichts anderes Nützliches zu tun gibt, können wir dann weitergehen?"

Loki marschierte in die Räume, die vom ersten abzweigten. „Keine geheimen Alb-Eingänge, keine weiteren Symbole, keine Hinweise, die ich sehen kann", verkündete er bei seiner Rückkehr.

„Ich würde das nicht als gründliche Durchsuchung bezeichnen", schimpfte Thor. Er marschierte an dem Trickster-Gott vorbei, um selbst nachzuschauen.

Freya wedelte mit der Hand vor ihrer Nase. „Kann der Rest von uns gehen, während er das tut?"

„Es gibt noch eine Stelle", versicherte uns Munin, deren Augen entschuldigend nach unten huschten. „Sie ist näher an dem Ort, an dem ich die Alben zuvor gesehen habe. Ich hoffe, wir werden dort mehr herausfinden."

Nachdem wir einige Minuten lang auf dem winzigen,

fleckigen Rasen gewartet hatten, trampelte Thor mit grimmiger Miene aus dem Haus.

„Hier lang!", rief Munin und eilte die Straße hinab.

Ich lief neben dem Donnergott her, als wir ihr folgten. Ich hatte ihn noch nie zuvor so aufgebracht gesehen. Und das wegen eines Haufen Junkies.

Wenn ich in den ersten Jahren, nachdem ich mein Zuhause verlassen hatte, etwas weniger Glück gehabt hätte, wäre ich womöglich wie sie geendet. Sie waren immer noch Leute. Leute, von denen sich die Schwarzalben zukünftig fernhalten mussten.

„Sie liegen dir wirklich am Herzen", stellte ich fest. „Alle, die die Schwarzalben möglicherweise verletzt haben. Oder?"

Thor atmete schwer durch und sah mich an. Sein Gesicht war immer noch vor Wut gerötet. „Ich bin der Gott der Menschen. Ich soll dein gesamtes Reich schützen. Ich kann nicht verhindern, was ihr einander antut, auch wenn mich das manchmal schmerzt, aber ich sollte wenigstens andere Wesen daran hindern, euch zu schaden. Wie lange geht das schon vor sich, ohne dass ich es bemerkt habe?"

Er war nicht nur wütend auf die Alben. Er war wütend auf sich selbst. Der mächtigste Mann, dem ich jemals begegnet war, fühlte sich im Moment machtlos.

Ein leichter Schmerz durchfuhr mich. Ich verspürte den Drang, seine Hand zu nehmen, obgleich es ihm vielleicht nicht viel Trost spenden würde.

Oh, warum zur Hölle nicht? Es musste nicht viel bedeuten. Er war für mich da gewesen und ich bezweifelte nicht, dass er es wieder sein würde – zumindest, solange wir die gleichen Ziele hatten.

Ich griff nach seiner Hand und schob meine Finger zwischen seine viel dickeren, bevor ich sie schnell drückte. Ein Zucken ging durch Thors Muskeln. Ein Hauch der hellen, goldenen Energie, die ich gestern bei Balder gespürt hatte, kribbelte über meine Haut. Ich vermutete, dass sich so das Leben eines Gottes anfühlte.

Thor erwiderte meinen Händedruck vermutlich so sachte wie möglich, was immer noch ziemlich fest war. Mein Herz machte einen Satz, da es sich kurz so anfühlte, als würde ich fixiert werden. Es beruhigte sich jedoch sofort, als Thor seinen Griff lockerte.

„Ari", sagte er so leise und zärtlich, dass mein Herz aus einem ganz anderen Grund schneller klopfte.

„Hier!", rief Munin vor uns. „Das ist die andere Stelle."

Thors Kiefer spannte sich an. Ich ließ meine Hand aus seiner gleiten, als er an Munins Seite eilte. Was immer er sagen wollte, konnte er später noch sagen. Im Moment hoffte ich wirklich, dass er doch einige Schwarzalben-Schädel einschlagen durfte.

Das Gebäude, auf das Munin deutete, war eine Grundschule. Meine Nackenhaare stellten sich auf, als wir näher gingen. Entführten diese Arschlöcher *Kinder*? Zur Hölle ja, dann mussten definitiv Schädel eingeschlagen werden.

Ich sah das Symbol sofort, das in den Betonrahmen der Eingangstür geritzt war. Dieses sah in meinen Augen frischer aus als die anderen, was zu dem passte, was die Rabenfrau darüber erzählt hatte, dass die Schwarzalben vor nicht allzu langer Zeit hier gewesen waren.

Es war Samstag, weshalb das Gebäude dunkel dalag. Loki deutete auf das Schloss und die Türen öffneten sich. Wir trampelten alle hinein.

Unsere Schritte hallten laut in dem leeren Gang wider. Jede Schule roch gleich, oder? Nach Fotokopien und billigem Kleber.

Ein Kloß bildete sich am Ansatz meiner Kehle. Es war zu lange her, seit ich Petey gesehen und mich richtig mit ihm unterhalten hatte. Ich wollte die Schwarzalben aus dem Weg räumen, doch er stand an erster Stelle. Das nächste Mal, wenn ich unterwegs war, könnte ich mich einige Stunden davonstehlen.

Freya spähte in eines der Klassenzimmer, an denen wir vorbeikamen. „Ich schätze, wir sollten das gesamte Gebäude nach Spuren absuchen?"

„Oder wir folgen dem hier." Hödur blieb stehen und rieb mit seinem Schuh über den Boden. Feine, graue Staubflecken sprenkelten den Boden. Es war die Art von Staub, den jemand hinterlassen würde, der vor nicht allzu langer Zeit in Höhlen umhergewandert war.

Thor marschierte nach vorne. „In dieser Richtung ist noch mehr", verkündete er.

Wir eilten ihm hinterher um eine Biegung und durch eine Doppeltür, die sich zu einer Turnhalle öffnete. Dieser Teil der Schule roch nach alten verschwitzten Socken. Ich drehte mich in dem schwachen Licht und suchte den Boden sowie die Wände ab. „Warum sollten sie hier reinkommen …"

Auf der Tribüne neben uns herrschte plötzlich Tohuwabohu. Bleichgesichtige, schwarzhaarige Gestalten stürzten sich mit funkelnden Klingen auf uns. Ein Warnschrei löste sich zu spät aus meiner Kehle.

Thor brüllte und schwang seinen Hammer. Ich griff nach meinem Klappmesser. Einer der Schwarzalben krachte gegen mich und stieß mich zu Boden. Ich zuckte zur Seite, als er nach meiner Brust stach. Flügel. Ich brauchte meine Flügel.

Sie brachen mit einer Wucht aus meinem Rücken hervor, die mich schwankend auf meine Füße schob. Zwei weitere Schwarzalben sprangen auf mich. Sie waren überall um uns herum. Eine ganze Horde von ihnen füllte die Luft mit ihrem Geruch nach feuchten, moosigen Felsen.

Und Blut. Ich sprang in die Luft und schaffte es, den Alb wegzutreten, der sich an einen meiner Flügel gehängt hatte.

Dabei entdeckte ich Munin, die mit einem dünnen Schrei auswich, als ein Angreifer sein Messer über ihren Arm zog. Thor drosch mit seinem Hammer auf mehrere Alben ein, doch eine andere stürzte sich auf seine Schultern und versenkte ihr Messer dort in den Muskeln. Rote Spritzer verteilten sich auf dem Boden der Turnhalle.

Balder drängte einige mit einer strahlenden Lichtexplosion zurück. Hödur ließ Schatten um sich peitschen, allerdings nicht schnell genug, um einen Schwarzalb aufzuhalten, der sich unter diesen hindurchgeduckt hatte und eine Klinge in seine Wade rammte. Loki hatte seine Wolfsgestalt angenommen. Er knurrte und stürzte sich auf die Angreifer in der Nähe, doch Blut verschmierte bereits sein dunkelgraues Fell. Ein goldener Falke schoss herab, um an einem anderen Alb zu zerren, der nach ihm schlug. War das Freya?

Die Kraft und die Fähigkeiten, mit denen die Götter kämpften, raubten mir den Atem. Doch es waren zu viele Schwarzalben. Sobald einer fiel, eilte ein anderer herbei und sie umschwärmten uns in einer wütenden Masse.

Ich fegte nach unten und rammte einem, der sich an Thors Rücken klammerte, das Knie ins Gesicht, bevor ich mit meinem Klappmesser nach der Gruppe hieb, die Munin umzingelt hatte. In dem Moment, in dem sie sich zurückzogen, sprang Munin in einer Explosion aus Federn in die Luft und war wieder ein Rabe. Hinter mir zischte jemand schmerzerfüllt. Die Alben erhoben ihre Stimmen zu einem Schlachtruf, als wären sie bereits die Sieger.

Nein. Das konnte ich nicht zulassen. Ich war eine verdammte Walküre. Mein einziger echter Zweck bestand darin, das Blatt einer Schlacht zu wenden. Ich brauchte einen ganzen Sturm, der diese Schurken bis zu den verfluchten Höhlen fegte, in die sie gehörten.

Ein weiterer Schwarzalb warf sich auf mich und als ich

ihm auswich, sprang ein zweiter vom Rücken eines anderen, um sein Messer in meinen Kopf zu stoßen. Ich rammte ihn mit dem Ellenbogen schnell genug beiseite, sodass das Messer nicht in meinen Schädel drang. Es streifte ihn jedoch und seine Fingerknöchel kollidierten in einer schmerzhaften Explosion mit meiner Stirn.

Ich versuchte, den Lichtblitz heraufzubeschwören, den ich vor einigen Tagen auf den Warg geschleudert hatte, aber mein Körper gehorchte einfach nicht. Anscheinend musste ich vor Panik komplett von Sinnen sein, damit ich den Blitz aktivieren konnte. Mir standen jedoch andere Methoden der Zerstörung zur Verfügung.

Die Flamme der Dunkelheit in mir dehnte sich in meinem Körper aus, als ich herumwirbelte. Sie klaffte mit einem beunruhigenden Hunger auf, dem ich nur allzu gerne nachgab. Ich breitete die Arme aus, schlitzte einem Alb den Magen auf und fuhr mit den Fingern in die schlaffen Haare eines anderen.

Der Puls der Lebensenergie des Wesens schlug an meiner Hand – und floss in sie hinein. Die Dunkelheit wallte auf, schluckte das Leben und der Schwarzalb brach zusammen. Ich hatte ihm innerhalb einer Sekunde das Leben genommen.

Ein schmerzhafter Rausch füllte meine Brust. Eine Angreiferin schlug mit ihrem Dolch nach meinem Flügel, aber ich fegte sie mit einem Schlag beiseite und löste mich aus dem Schlachtgewühl. Allerdings nur kurz. Ich tauchte hinab und schlug mit der Hand gegen den Schädel eines Albs, der gerade Balders goldenen Schild durchbrach. Anschließend griff ich nach einem anderen, der mit seiner Klinge nach Hödurs Seite hieb. Die Dunkelheit in mir öffnete ihr Maul weit und inhalierte ein Leben nach dem anderen.

Ich konnte nicht alle erreichen, hatte jedoch genug

bewirkt, um das Blatt zu wenden. Als ich ein, zwei, drei weitere Körper zusammenbrechen ließ, stieß Thor noch ein Brüllen aus und stapfte durch die Masse der Angreifer. Sein Hammer warf mindestens ein halbes Dutzend Alben um. Loki sprang in den Raum, den Thor geräumt hatte, und riss Kehlen mit seinen wölfischen Krallen und Zähnen auf.

Noch ein Schrei erhob sich unter den Alben, dieser klang allerdings verzweifelt. Im Nu rasten diejenigen, die noch standen, zur Tribüne. Thor rannte ihnen hinterher. Sein Gesicht war beinahe so rot wie seine Haare und seine Augen waren vor Zorn weit aufgerissen. Sein Hammer fuhr auf weitere Alben nieder. Loki sprang auf einen anderen und biss zu. Munin schoss von oben herab und rammte ihren Schnabel in den Hals eines fliehenden Alb.

„Balder!", rief Freya. Sie stand bei Hödur, der auf die Knie gefallen war. Blut sickerte aus einer Wunde an der Taille des dunklen Gottes und durchtränkte seine Hose.

„Nein", brachte er zähneknirschend hervor, „mir geht's gut."

Sie schnaubte bloß. Sein heller Zwilling eilte an seine Seite. Ich sank zu Boden. Das Pochen meiner eigenen Verletzungen holte mich ein. Ein scharfer Schmerz grub sich in meine Schläfe. Mein getroffener Flügel knisterte vor Schmerz.

Gefallene Schwarzalben lagen ringsum uns herum. Keiner bewegte sich mehr. Thor blieb stehen, seine Brust hob und senkte sich schwer. Die Röte in seinem Gesicht begann, zu verblassen. „Ich weiß nicht, wohin der Rest von ihnen verschwunden ist", knurrte er.

Wir hatten es nicht geschafft, einen für eine Befragung zu fangen. Wir waren zu sehr damit beschäftigt gewesen, nicht zu sterben. Loki verzog jedoch nur das Gesicht und wischte mit einer Hand über seine Wunden. „Für den Moment werde ich einfach nur sagen: Die wären wir los."

Wir hatten die Schlacht gewonnen. Und wir wussten jetzt ein wenig mehr. Es war eindeutig nicht nur Odin, mit dem die Schwarzalben ein Hühnchen zu rupfen hatten. Sie hätten uns gerne alle getötet – und sie waren dem für meinen Geschmack viel zu nahe gekommen.

KAPITEL NEUNZEHN

Ari

Als ich von dem Nickerchen aufwachte, das Balder mit der Heilung herbeigeführt hatte, war der Himmel vor meinem Zimmerfenster dämmrig, aber nicht dunkel. Das Hellrosa der untergehenden Sonne streifte die Wolken. Ich konzentrierte mich einen Moment lang auf diese hübsche Farbe, während die Echos der Schlacht mit den Schwarzalben in meinem Hinterkopf anschwollen. Das Blut. Die Schläge. Die berauschende Empfindung der Lebensenergie, die ich ihren Körpern entrissen hatte.

Mein Magen verkrampfte sich. Ich schüttelte die Erinnerungen ab. Wie Thor bei unserem Gespräch übers Kämpfen erklärt hatte, hatte ich lediglich mich und die Leute verteidigt, die meine Hilfe gebraucht hatten. Hätte ich mir nur einen Ausrutscher erlaubt, wäre mein Leben erneut zerstört worden. Es war nicht so, als *wollte* ich all diese Gewalt.

Im Moment gab es nur eine Person, an die ich denken wollte. Eine Person, an die ich denken sollte.

Ich schlüpfte aus dem Bett und testete meine Glieder, um mich zu vergewissern, dass sie wieder funktionierten. Nach meiner ersten Begegnung mit den Schwarzalben hatte ich das Gefühl gehabt, ich würde mich von einem intensiven Workout erholen. Jetzt fühlte es sich an, als hätte ich obendrein gerade erst eine vermaledeite Grippe überstanden. Ich verzog das Gesicht wegen meiner brennenden Muskeln und betrat den Flur.

Es war noch so früh, dass ich es vor Peteys Schlafenszeit nach Hause schaffen könnte. Dieses Mal musste ich mit ihm sprechen. Ich musste ihm Bescheid geben, dass ich da war und noch immer auf ihn aufpasste. Vorher konnte ich in keine weitere Schlacht ziehen.

Von unten drangen keine Stimmen herauf. Das Haus lag ruhig und still da, nur ein Licht brannte unten – in der Küche. Ein kräftiger herzhafter Geruch begrüßte mich, als ich sie betrat. Eine Nachricht lag auf dem Tisch.

Liebe Fee,

Thor besteht darauf, dass wir dich schlafen lassen, und ich habe das Gefühl, dass mein Kopf Bekanntschaft mit seinem Hammer machen wird, wenn ich stärker protestiere. Wir gehen möglichen Spuren nach. Im Kühlschrank ist ein Eintopf, falls du Hunger hast. Hödur ist wahrscheinlich im Büro und brütet vor sich hin, falls du irgendeine Verwendung für ihn hast. Ich verspreche, wir werden ein paar Schwarzalben für deine Klinge aufheben.

Er hatte nicht unterschrieben, aber die spitze Handschrift hätte mir sogar verraten, dass Loki die Nachricht verfasst hatte, selbst wenn der Spitzname und fröhliche Ton nicht gewesen wären.

Unter anderen Umständen wäre ich vielleicht verärgert gewesen, dass sie ohne mich gegangen waren, doch im

Moment machte es mein Leben viel einfacher. Jetzt musste ich mir nur wegen eines Gottes Sorgen machen und praktischerweise war es der, bei dem ich Hoffnung hatte, dass ich ihn überzeugen konnte, mich gehen zu lassen. Ich riss den Kühlschrank auf, ignorierte den Eintopf – obwohl er gut roch – und entschied mich für ein Brötchen, das ich unterwegs essen konnte und mit einigen Schinkenscheiben belegte. Daraufhin ging ich zum Büro.

„Ja?", sagte Hödur, als ich an die Tür klopfte. Ich drückte sie auf und fand ihn am Schreibtisch sitzend vor, wo er das letzte Mal gewesen war, als ich ihn hier besucht hatte. Dieses Mal lag jedoch ein geöffnetes Buch vor ihm. Seine Hand lag flach darauf, doch soweit ich das erkennen konnte, war es nicht in Brailleschrift geschrieben. Vermutlich hatte er diese magische Leseart benutzt, die er zuvor erwähnt hatte.

Sein blinder Blick hob sich auf mein Gesicht. „Was gibt es, Walküre?", fragte er.

Natürlich wusste er, dass ich es war. Es war niemand anderes hier. Soweit ich wusste, konnte er mich anhand meiner Atemgeräusche oder dem Rascheln meiner Kleider erkennen. Trotz seiner Blindheit schien ihm kaum etwas zu entgehen.

„Ich dachte, ich sollte dich vorwarnen", erklärte ich, „damit du mich nicht wieder verfolgen musst. Ich werde meinen Bruder besuchen. Ich werde nicht lange fort sein."

Hödur machte ein finsteres Gesicht. „Ich denke nicht …"

„Ich werde gehen", verkündete ich bestimmt. „Ich habe alles getan, was ihr von mir verlangt habt – und mehr – und jetzt werde ich etwas für mich tun. Außer du willst darum kämpfen."

Ich war mir nicht sicher, wie viel ich gegen einen echten Gott ausrichten konnte. Hödur sah nicht besonders besorgt aus. Er seufzte und massierte sich die Schläfen, wodurch er die kurzen schwarzen Haare entlang seiner Stirn verstrubbelte.

„In Ordnung", lenkte er ein. „Aber du gehst nicht allein."

Ich wurde sauer, als er aufstand. „Du vertraust mir noch immer nicht?"

Er schaffte es, mich finster anzuschauen. „Ich traue hauptsächlich den Schwarzalben nicht und denjenigen, mit denen sie möglicherweise verbündet sind. Aber nein, dir traue ich auch nicht komplett. Loki hat dich hauptsächlich ausgewählt, weil du stets zuerst an dich denkst. Oder irre ich mich und du hast dich selbstlos der Aufgabe verschrieben, die Welt zu einem besseren Ort zu machen?"

Jetzt wurde ich *wirklich* sauer. „Du musst dich deswegen nicht wie ein Arschloch benehmen", entgegnete ich. Viel mehr konnte ich allerdings nicht sagen. Die Wahrheit war, dass ich bereits vorgehabt hatte, mindestens eine Regel in den nächsten paar Stunden zu brechen. Und es war nicht so, als hätte ich die Absicht, bei ihnen zu bleiben und meinen göttlichen Pflichten nachzugehen, nachdem wir dieses Schwarzalben-Problem gelöst hatten.

Das war allerdings nicht egoistisch. Ich dachte mindestens so sehr an Petey wie an mich.

„Gehen wir oder nicht?", war das Einzige, was Hödur sagte.

Ich brummte leise etwas höchst Beleidigendes, marschierte zur Eingangstür und bemühte mich, so zu tun, als würde ich nicht spüren, dass er mir folgte.

Auf dem Rasen rief ich meine Flügel. Sie sprangen nun fast ohne ein Kribbeln und so mühelos aus meinem Rücken, wie mein Messer aus seinem Griff schnellte. Es war, als würden sie ein Teil von mir werden, anstatt sich wie ein fremdes Glied anzufühlen, das mir an den Rücken gesteckt wurde.

Mir gefiel diese Vorstellung nicht besonders, es ließ sich jedoch nicht leugnen, dass sie nützlich waren. Mit einigen Flügelschlägen flog ich in Richtung Philly. Hödur segelte auf seinem magischen Schattenteppich hinter mir her.

Ich wollte mich im Rauschen des Windes und in der dahinziehenden Landschaft unter mir verlieren, doch vor Furcht hatte sich mein Magen fest zu einem Knoten zusammengezogen. Ich hatte mich von den Schwarzalben und den Schrecken, die ich in ihrem Reich gesehen hatte, zu sehr ablenken lassen. Es spielte keine Rolle, auf wie viele Leute sie womöglich Jagd machten – Petey musste an erster Stelle stehen. Er brauchte mich mehr als alle anderen. Ich hatte ihm versprochen, dass ich für ihn da sein würde.

Doch für den Moment war er noch immer Dutzende Meilen entfernt von mir. Es gab nicht viel, was mich ablenken konnte abgesehen von dem Gott der Dunkelheit, der neben mir herflog.

„Warum haben sie dich zurückgelassen?", rief ich ihm zu.

Hödur schaute weiterhin nach vorne, als würde er mit den Augen navigieren. „Ich war nach dem Scharmützel heute Nachmittag am stärksten verletzt. Sie nahmen an, dass ich die Ruhe am meisten bräuchte."

Das war die gleiche Begründung, die sie bei mir benutzt hatten. Ich vermutete, dass ich nicht allzu großen Anstoß daran nehmen konnte, wenn sie einen ihrer Götter-Kollegen genauso behandelten.

„Bist du dir in diesem Fall *sicher*, dass du so weit fliegen solltest?", fragte ich. „Ich verspreche dir, ich werde prima allein zurechtkommen."

Daraufhin verlagerte er seinen Blick auf mich. Das Grün seiner Augen wirkte im Abendlicht noch dunkler. „Das hat im Haus nicht funktioniert", erwiderte er. „Und hier wird es auch nicht funktionieren."

Ich zuckte mit den Achseln gegen meine Flügel, als

würde es für mich keinen Unterschied machen. „Nun, du kannst einem Mädchen keinen Vorwurf machen, dass sie es versucht." Eine andere, viel beunruhigendere Frage nagte an mir. „Denkst du wirklich, dass wir uns hier draußen wegen der Schwarzalben Sorgen machen müssen?"

„Was meinst du?"

„Du bist derjenige, der sie erwähnt hat, und sie haben uns heute ziemlich schwer erwischt. Wenn wir nicht alle zusammen gewesen wären ..." Ich hielt inne. „Loki hat erzählt, dass ihr alle sterben könnt. Und dass ihr nicht wisst, ob ihr wieder zurückkommen werdet, wenn ihr es tut."

Hödur gab einen abweisenden Laut von sich. „Loki sagt viel, wenn der Tag lang ist. Ich gebe zu, das alles ist wahr, aber wir sind sehr viel widerstandsfähiger als Sterbliche. Die Dreckfresser hatten kurz die Oberhand, weil sie uns überraschten und wir nicht mit einem Angriff gerechnet hatten. Diesen Fehler werden wir nicht noch einmal machen."

Das bedeutete nicht, dass sie uns nicht auf andere Art überraschen konnten. Aber ich schüttelte diesen unbehaglichen Gedanken ab und trieb meine Flügel zu einer schnelleren Geschwindigkeit an, als die Lichter von Philly vor uns in Sicht kamen. Das Gefühl, nach Hause zu kommen, lockerte den Knoten in meinem Magen ein wenig. Meine Walküre-Sinne konnten sogar das Summen all der Menschenleben vor uns wahrnehmen, die atmeten, aßen, lachten und all die Dinge taten, die Menschen tun sollten.

Als Walküre konnte ich all diese Dinge nach wie vor tun, nur nicht mit anderen menschlichen Wesen, wenn es nach den Göttern ging.

Ich glitt über die Dächer, bis ich Moms Straße erreichte. Dort segelte ich in einem perfekten Bogen hinab und landete auf Peteys Fenstersims.

Er hockte auf dem Zimmerboden und sprach mit einer

tiefen Stimme für seine Actionfiguren, während sie auf dem dünnen Teppich Krieg führten. Er war nicht einmal zusammengezuckt, als ich auf dem Sims des halb geöffneten Fensters gelandet war.

Einige Minuten lang saß ich einfach nur dort und beobachtete meinen kleinen Bruder beim Spielen. Seine grau-blauen Augen waren hell, jedoch gedankenverloren, während er sich auf seine erfundene Welt konzentrierte. Welche Geschichte er sich auch ausgedacht hatte, dabei kam der halbe Inhalt seiner Spielzeugkiste zum Einsatz – allerdings besaß er ohnehin nur wenige Spielsachen. Eine zu lange Strähne blonder Haare fiel ihm ins Gesicht und es juckte mich in den Fingern, sie zurückzustreichen.

Dieser Teil würde etwas Geistesgegenwart erfordern – und schnelles Handeln. Ich schaute nicht zu Hödur, konnte jedoch spüren, dass er in nächster Nähe schwebte und wartete. Ich würde ihn nicht zum Gehen überreden können, nicht einmal für eine Minute. Das war offensichtlich. Also musste ich mich einfach auf meine Geschwindigkeit und seinen Wunsch nach Unauffälligkeit verlassen.

Petey ließ einen seiner Superhelden in die Luft springen. Ich packte den Fenstersims und konzentrierte mich auf meinen Körper: die schwüle, jedoch kühlende Abendluft an meiner Haut, die blättrige Farbe unter meinen Handflächen. Zugleich riss ich die Flügel in meinen Körper zurück.

„Walküre!", sagte Hödur und ich wusste, dass ich es geschafft hat. Ich schob mich durch die Fensteröffnung, kurz bevor seine packende Hand hinter mir durch die Luft sauste und meinen Arm knapp verfehlte.

Meine Füße landeten mit einem dumpfen Knall auf dem Boden und ich zuckte zusammen. Doch ich war in dem warmen Zimmer und atmete den säuerlichen Geruch der Bettwäsche ein, die Mom nie wusch. Petey wirbelte herum. Ein Grinsen breitete sich auf seinem Gesicht aus, das so freudig war, dass es jeden schmerzhaften Moment der letzten Woche wettmachte.

„Ari!", wisperte er, da er wusste, dass er trotz seiner Aufregung leise sein musste. Er sprang vom Boden auf, schlang seine Arme um mich und presste sein Gesicht an meine Schulter, als ich mich zu ihm bückte. Der süße Duft kindlicher Haut ersetzte die weniger angenehmen Gerüche des Zimmers.

Mein Herz setzte einen Schlag aus. Peteys Umarmung fühlte sich anders an als üblich – verzweifelter.

„Hey", sagte ich leise und streichelte mit der Hand über seine zerzausten Haare. „Stimmt etwas nicht?"

„Mom hat gesagt, dass ich dich nie wieder sehen würde", murmelte er in mein Shirt. „Ich *wusste*, dass sie nicht recht hatte."

Diese zwei Sätze verrieten mir alles, was ich wissen musste. Mom hatte von meinem Tod erfahren – und sie hatte beschlossen, dass sie Petey mit der Tatsache, dass ich ihn im Stich gelassen hatte, tiefer verletzen konnte als mit der Wahrheit.

Ich umarmte meinen kleinen Bruder fester. Ein Pech für sie, dass ich eine Möglichkeit hatte, zurückzukommen und das Gegenteil zu beweisen.

Fingerknöchel klopften gegen das Fenster. Als Petey nicht zusammenzuckte, realisierte ich, dass nur ich sie hören konnte. Wie ich gehofft hatte, blieb Hödur unbemerkbar. Er konnte nicht reinkommen und mich von Petey losreißen, ohne eine ganze Menge Kummer zu verursachen.

Der Gott der Dunkelheit konnte kalt sein, war jedoch auch vernünftig. Und seine Vernunft sollte ihm sagen, dass es weniger Schaden anrichten würde, wenn er mich einige Minuten lang Normalität vorgaukeln ließ, als wenn er versuchte, sich einzumischen.

„Walküre, komm dort raus", knurrte Hödur, doch ich

ignorierte ihn. Ich drückte Petey noch einmal und küsste seine Wange. Als ich zurückwich, verrutschte der Ausschnitt an seiner Schulter und enthüllte einen fleckigen, lila-braunen Bluterguss oberhalb seines Schlüsselbeins.

Mir stockte das Herz. „Petey, was ist mit dir passiert?"

Die Augen meines Bruders wurden groß. „Es ist nichts", antwortete er rasch. „Ich bin gestolpert und hingefallen."

Zorn und Schuldgefühle wickelten sich um meinen Magen. „Zeig es mir", verlangte ich mit sanfter Stimme.

Petey versteifte sich, hielt jedoch still, als ich das Shirt zur Seite zog. Seine schmale Schulter – gottverdammt, warum gab ihm Mom nicht mehr zu essen? – zeichnete nicht nur ein Bluterguss, sondern vier, wie fette gespreizte Finger. Von wegen gestolpert und hingefallen. Meine Finger krallten sich in den Stoff seines Shirts, wobei ich darauf achtete, die empfindliche Haut nicht zu streifen.

„Ivan oder Mom?", fragte ich, obwohl ich mir bereits ziemlich sicher war, wie die Antwort lautete. Mom arbeitete mit Vernachlässigung, absichtlicher Vergesslichkeit und emotionaler Folter. Sie hatte nur einmal ihre Hand gegen mich erhoben und das war an dem Tag gewesen, als ich gegangen war. Allerdings stand sie auf gewalttätige Männer, woran nicht einmal der Tod ihres Erstgeborenen etwas ändern konnte.

Peteys Unterlippe zitterte. Ich zwang meine Hand, sich zu entspannen, und tätschelte seinen Arm. „Es ist okay, Kumpel. Du kannst es mir erzählen. Ich werde dich nicht in Schwierigkeiten bringen."

„Ich habe seine Lieblingstasse von der Theke gestoßen und sie ist zerbrochen", murmelte er. „Es war ein Unfall."

„Natürlich war es das. Er ist einfach … er ist einfach ein großer Bully." Ich schluckte all die schlimmeren Schimpfworte, die ich gerne benutzt hätte, und zog Petey wieder an mich. Die Dunkelheit, die sich heute Morgen beim Kampf mit den Alben geregt hatte, rumorte in meinem Bauch. Irgendwie wurde mir davon schlecht und zugleich fühlte ich mich unbesiegbar.

Ich wollte nicht, dass mein Bruder diese Gefühle in mir sah. Ich wollte nicht, dass er auch nur einen kleinen Blick darauf erhaschte, wozu seine Ari jetzt in der Lage war.

„Ich kann nicht bleiben", sagte ich. Daran war er gewöhnt. „Ich musste dich einfach sehen. Ich werde *immer* da sein und auf dich aufpassen, auch wenn du mich eine Weile lang nicht siehst. Okay? Und das nächste Mal werde ich dir eine Packung der Sammelkarten mitbringen."

Ich wackelte mit den Augenbrauen und sein Lächeln kehrte zurück. Er konnte ihn nicht spüren – den Zorn, der durch meine Adern brodelte. Ich wuschelte ein letztes Mal durch seine Haare und richtete mich auf.

„Ich hab dich lieb, Ari", sagte er auf diese unschuldige Art, die nur Sechsjährige besaßen.

„Ich hab dich auch lieb, Kleiner", erwiderte ich und meine Kehle schnürte sich zu. Er wusste kaum noch, wer ich war. *Ich* wusste das kaum noch.

Doch ich wusste, was ich tun konnte, und ich wusste genau, wem ich es antun musste.

Nachdem ich mich durch das Fenster nach draußen geschoben hatte, zitterte mein Körper. Hödur schloss seine Hand um meinen Unterarm und die Anstrengung, die ich unternommen hatte, um sichtbar zu bleiben, verpuffte.

„Was in Hels Namen war das?", blaffte er.

„Lass mich los!" Ich schubste ihn weg, entriss meinen Arm seinem Griff und tauchte nach unten ab, wobei sich meine Flügel über meinem Rücken ausbreiteten. Ich konnte den Fernseher im Keller nicht hören. Ivan war wahrscheinlich dort unten in seiner dummen kleinen Männerhöhle. Ein erbärmlicher Mann, der ein kleines Kind schlug. Die Wut brannte dunkel und tief durch mich hindurch. Der Rest der Welt um mich herum verblasste in diesem Tosen.

Er würde meinen Bruder nie wieder anfassen.

„Ari!"

Hödur ging von hinten auf mich los und eine Wand seiner schattenhaften Magie krachte aus der anderen Richtung gegen mich. Wir flogen beide auf den Rasen nur wenige Meter entfernt von dem Kellerfenster, zu dem ich wollte. Ich zischte und schlug mit Ellenbogen und Knien nach ihm, aber der dunkle Gott presste mich mit seinen Händen und Schattenranken auf die Erde.

„Lass mich *los*", schimpfte ich und schlug jetzt wild um mich. „Er verdient es. Er verdient jedes bisschen Hölle, das ich ihm bereiten kann. Der verdammte Mistkerl."

„Ari." Hödurs Stimme war leise, aber angespannt. „Das steht dir nicht zu. Du kannst nicht einfach herumgehen und wahllos Leute töten, weil du wütend bist."

„Er ist keine wahllose Person. Er ist das Arschloch, das meinen kleinen Bruder verletzt hat. Geh runter von mir!"

„Das werde ich nicht tun", sagte Hödur. „Nicht, bis ich weiß, dass du zuhörst. Und ich habe mehr Macht in einer Hand als du in deinem ganzen Körper, Walküre, also fordere mich nicht heraus."

Ich knirschte mit den Zähnen. „Ich *muss* das tun. Du verstehst das nicht."

Hödurs Augen blickten flach und dennoch unergründlich auf mich herab. „Warum erklärst du es mir dann nicht?"

Ich holte tief Luft – jeder Muskel in meinem Körper bebte, weil ich fixiert wurde, und all der Zorn, Schmerz und die Schuldgefühle tobten in mir – und ich brach in Tränen aus.

Hödur zuckte zusammen und sprang zurück. Die Schatten, die sich an meine Beine klammerten, lockerten sich. Ich schlug mir die Hände vors Gesicht, konnte die Tränen und das Schluchzen jedoch nicht zurückhalten, die sich meiner Kehle entrissen. Fuck, fuck, fuck. Reiß dich zusammen, Ari.

Ich schluckte schwer und wischte mir über die Augen. Einige Tränen strömten über meine Wangen, doch ich schaffte es, ohne ein Schluchzen einzuatmen. Hödur stand zwischen mir und dem Kellerfenster. Seine Augen wirkten misstrauisch und sein Mund war verzerrt. Der Himmel allein wusste, was er jetzt dachte.

Als er sprach, klang seine Stimme noch angespannt, es schwang allerdings eine Sanftheit darin mit, die ich noch nie zuvor gehört hatte. „Erzähl es mir. Ich bin ganz Ohr."

Mein Mundwinkel zuckte trotz allem nach oben. Mein Zorn war mit meinen Tränen verraucht. Jetzt spürte ich nur noch eine schmerzende Leere in mir.

Hatte ich wirklich eine Mörderin sein wollen? Ich wusste es nicht. Andererseits war ich bereits eine.

Allerdings hatte ich noch nie zuvor ein menschliches Wesen getötet.

Ich befeuchtete meine Lippen, zog meine Knie hoch und legte meine Hände auf sie. Mein Blick blieb auf meinen schmutzigen Fingern haften, während ich nach den richtigen Worten suchte. „Es ist keine besonders aufregende Geschichte. Ich hatte eine beschissene Mom. Sie ging gerne mit beschissenen Kerlen aus. Mein älterer Bruder versuchte, mich zu beschützen, aber er war selbst noch ein Kind."

„Dein *älterer* Bruder", wiederholte Hödur.

„Francis." Es war Jahre her, seit ich diesen Namen laut ausgesprochen hatte. Mein Mund wurde trocken. „Er gab mir das Klappmesser. Sagte mir, dass er auf diese Weise notfalls bei mir sein würde, selbst wenn er nicht da war. Doch als es wirklich schlimm wurde ... Ich benutzte es nicht, als ich es hätte tun sollen. Ich *gab nach*. Ich war so ein

Feigling. Als Francis davon erfuhr, griff er den Kerl an. Der Kerl wehrte sich und rammte Francis' Kopf gegen die Ecke der Küchentheke."

Ich holte erneut scharf Luft. „Sie nannten es Totschlag."

Das war eine Erinnerung, die ich nie loswerden würde. Ich wollte es auch nicht. Francis verdiente etwas Besseres, als vergessen zu werden. Ich wollte nicht einmal diesen furchtbaren Moment vergessen, als ich über seinem zusammengebrochenen Körper stand und sah, wie sich das Blut unter seinen hellen Haaren sammelte, während Tränen mein Sichtfeld verschwimmen ließen und ein Kreischen in meiner Kehle feststeckte.

„Der Mann, der all das getan hat", sagte Hödur. „Ist er jetzt im Gefängnis?"

Er fragte nicht, wobei ich nachgegeben hatte. Was Francis herausgefunden hatte. Ich hatte nicht gewusst, dass ich so dankbar sein konnte wie in diesem Augenblick. Die Erinnerungen an jene schrecklichen Nächte, in denen ich in meine klumpige Matratze gepresst wurde und mit meinem Verstand an andere Orte reiste, während der Scheißkerl grunzte, mich befummelte und mehr tat ... *Diese* Erinnerungen hätte ich gerne für immer vergessen, wenn ich könnte. Sie belasteten mich zu sehr, selbst wenn ich sie nicht näher betrachtete.

„Ja", antwortete ich. „Er sitzt dort noch mindestens fünf Jahre, bevor er eine Chance auf Bewährung hat. Aber Ivan könnte sich als genauso schlimm entpuppen. Ich kann nicht zulassen, dass Petey irgendetwas zustößt. Ich kann nicht einfach Dinge *geschehen* lassen und zulassen, dass er verletzt wird, weil ich nicht versucht habe, es aufzuhalten."

Meine Stimme klang wieder stockend. Daher hielt ich den Mund. Wir verharrten eine ganze Weile schweigend auf dem Rasen.

„Ich verstehe es", verkündete Hödur plötzlich.

Mein Blick schnellte zu seinem Gesicht empor. Er machte ein finsteres Gesicht und hatte den Kopf gesenkt.

„Was meinst du?", fragte ich. Wie konnte ein Gott irgendeine Ahnung haben …

„Ich weiß, wie es ist", sagte er, „das Gefühl zu haben, man hätte jemanden getötet, den man liebt." Er lachte rau. „Ich kenne dieses Gefühl so gut, dass ich es niemandem wünschen würde. Wenigstens … Wie alt warst du, Ari?"

Meine Finger fielen ins Gras und gruben sich zwischen die Halme. „Zwölf. Aber das spielt keine Rolle. Ich hätte trotzdem mehr tun sollen."

„Das kannst du aber nicht mehr tun", erwiderte Hödur. „Es ist bereits vorbei. Dir bleiben nur noch die Trümmer des Vorfalls."

Er sagte das mit einer hohlklingenden Stimme, die in dem leeren Schmerz in mir widerklang. Ich wollte protestierten, diese Aussage entsprach jedoch der Wahrheit, oder nicht? Selbst wenn ich Ivans Leben aus seinem Körper stahl, würde das nichts an dem ändern, was ich vor zehn Jahren getan oder nicht getan hatte.

Hödur streckte seine Hand aus, um mir aufzuhelfen. Ich zögerte und ergriff sie. Sein Griff lockerte sich, als ich auf den Beinen war, er kam jedoch einen Schritt näher und hob vorsichtig seine andere Hand. Mir stockte der Atem, als er sie oberhalb meines Ohrs auf meine Haare legte. Für eine Umarmung war er mir nicht nah genug, allerdings war er mir wahrscheinlich so nahe, wie ich es im Moment akzeptieren konnte. Ein Teil von mir wollte sich an ihn lehnen und ein Teil wollte wegrennen, weshalb ich einfach blieb, wo ich war – ich wurde gehalten, aber nicht festgehalten.

„Du wirst ihn nicht im Stich lassen", sagte der dunkle Gott leise. „Das merke ich. Es wird einen Weg geben. Aber es ist nicht dieser."

Meine Kehle schnürte sich erneut zu. Ich blinzelte heftig.

Ich erlaubte mir nach wie vor nicht, an ihn heranzutreten, neigte meinen Kopf jedoch ganz leicht in seine Berührung. Nahm den Trost einen Augenblick lang an, den er mir anzubieten versuchte.

Die Energie, die unter der Haut des dunklen Gottes flüsterte, bestand aus der gleichen goldenen Wärme wie Balders und Thors. In dieser Hinsicht waren er und sein Zwilling vollkommen gleich.

„Ich will das glauben", sagte ich.

„Merkwürdigere Dinge sind in der letzten Woche für dich wahr geworden, oder?"

Ich schaute zu Hödur auf, obwohl ich ihm nicht richtig in die Augen blicken konnte. Sein Mund hatte sich zu einem bittersüßen Lächeln verzogen.

„Komm", schlug er vor. „Du wirst heute Abend niemanden töten. Lass uns nach Hause gehen."

KAPITEL ZWANZIG

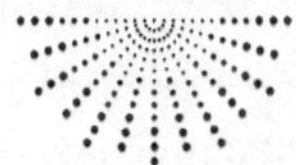

Balder

Loki hatte den Laptop geöffnet auf den Esstisch gestellt und gluckste vor sich hin, während seine langen Finger über die Tastatur flogen. Der Rest von uns stand um ihn herum und betrachtete den Bildschirm, über den Textfenster und Bilder huschten.

„Götter, die Computer benutzen", sagte Ari. „Ich bin mir nicht sicher, ob das eine gute Mischung ist."

Ihr Tonfall war neckend, doch als ich sie ansah, wirkte ihr Gesicht abgehärmt. Machte sie sich Sorgen um den Laptop oder um etwas anderes? Eine widerhallende Sorge regte sich in meiner Brust.

„Es ist eine *exzellente* Mischung", verkündete Loki. „Mein neuer elektronisch begabter Freund – derjenige, der mir diesen Computer gegeben hat, nicht der Computer an sich, auch wenn ich ihn vergöttere – hat mir eine Bilderkennungssoftware aufgespielt. Theoretisch sollte sie unter all den öffentlichen Fotografien im Internet nach passenden Einträgen für die Symbole suchen, welche die Schwarzalben benutzen. So können wir herausfinden, ob es eine Gegend gibt, in der sie besonders häufig vorkommen."

„Und falls es eine gibt, sollte sich dort ihr Tor von Midgard nach Svartalfheim befinden", schlussfolgerte Thor.

„Genau! Dann müssen wir nicht durch die ganze Welt rennen, um es zu finden. Allerdings werde ich es Munin nicht zum Vorwurf machen, dass sie weiterhin auf diese Weise nach dem Tor sucht."

„Es wird nur funktionieren, wenn sie so unvorsichtig waren, offenkundige Zeichen zu hinterlassen", wandte Hödur ein.

Loki winkte seinen Einwand ab. „Oh, geh mit deiner Schwarzmalerei woanders hin, Neffe. Ich habe Internetzugang. Bald werde ich die Welt regieren!"

Er zwinkerte Aria zu und sie lächelte, auf ihrem Gesicht zeichnete sich jedoch eine Anspannung ab, die ich nicht übersehen konnte. Das jagte ein Beben durch meine Nerven.

„Jegliche Werkzeuge, die wir benutzen können, um Odin näher zu kommen, sind ein Segen", sagte ich. „Ich bin mir sicher, der Computer wird etwas Nützliches finden."

„Hört her", rief Loki, „der Gott des Lichts hat gesprochen. Es sind keine weiteren Diskussionen nötig."

„Dann gib uns Bescheid, wenn du all unsere Probleme gelöst hast", brummte mein Zwilling. Er wandte sich zum Gehen ab, zögerte, hob die Augen in meine Richtung und machte eine Geste, dass ich ihm folgen sollte.

Ich trat mit ihm in den Gang und erklomm neben ihm die Treppe. Seine Hand streifte das Geländer, das für ihn einen kaum notwendigen Orientierungspunkt darstellte. Seine Bewegungen wirkten allerdings ein wenig steif.

„Hast du noch Schmerzen von dem Angriff gestern?",

erkundigte ich mich. „Falls ich dich noch ein wenig heilen soll …“

Hödur schüttelte ruckartig den Kopf. „Ich bitte dich um gar nichts. Alles ist wunderbar verheilt. Darum musst du dir keine Sorgen machen.“

Er führte den Weg ins Büro an und blieb beim Schreibtisch stehen. Kurz stand er einfach nur dort und stützte seine Hände auf die hölzerne Oberfläche.

„Bruder“, begann ich.

Er wirbelte plötzlich zu mir herum. „Wir haben nie darüber gesprochen“, sagte er. „Was passiert ist … der Mistelzweig, Lokis Trick … Nicht wirklich.“

Eine Kälte, die so kräftig und schnell heransauste, dass ich sie nicht verdrängen konnte, fegte durch mich hindurch. „Weil das nicht nötig war“, erwiderte ich, drängte Wärme in meine Stimme und versuchte, den Rest von mir damit zu wärmen. „Ich weiß, dass es nicht deine Schuld war. Ich weiß, dass du das nie getan hättest. Mehr gibt es dazu nicht zu sagen.“

„Doch“, beharrte Hödur. „Der Göttervater stehe mir bei, Bruder, ich weiß nicht einmal, ob ich mich jemals entschuldigt habe. Dazwischen verging so viel Zeit und danach waren wir einfach froh, dass Ragnarök vorbei war, und ich wollte dich nicht bedrängen. Ich wollte dich nicht daran erinnern, was du durchgemacht hattest. Aber ich weiß, dass es nicht leicht für dich gewesen sein kann.“

„Hödur“, sagte ich. „Es ist erledigt. Ich denke nicht darüber nach, nie.“ Ich erlaubte es mir nicht. „Du kannst dich freisprechen.“

„Kann ich das? Es war meine Hand. Es war genauso sehr mein Werk wie seines. Ich weiß, dass er gerne alles auf die verdammten Prophezeiungen schiebt, aber du hast so ein Schicksal nicht verdient. Du …“

„Es ist *erledigt*“, blaffte ich. Die Worte knisterten aus

meinem Mund, als hätte sich das Eis in mir mit meiner Stimme vermischt. „Wir sind jetzt im Licht. Lass uns dortbleiben."

Hödur zuckte zusammen und sein ganzer Körper wurde steif. Ein schärferer Kummer durchfuhr mich. Ich sollte hier sein, um den Frieden zu wahren und Freude zu verbreiten. Ich sollte nicht die Beherrschung verlieren, wenn er eindeutig nur versuchte, mir zu helfen, so unerwünscht diese Hilfe auch war.

„Balder", sagte er barsch.

Ich berührte seinen Arm, bevor er weitersprechen konnte, und beschwor all die Wärme und das Licht herauf, die ich in mir hatte. Ich ließ sie über die kribbelnden Erinnerungen an die Vergangenheit fließen und diese schmelzen. Möglicherweise hatte ich es schlecht ausgedrückt, doch was ich zu ihm gesagt hatte, stimmte. Wir mussten uns auf das konzentrieren, was wir jetzt hatten, wo wir waren und auf alles, was gut daran war.

„Es gibt nichts, wofür du dich entschuldigen musst", erklärte ich, „denn es gibt nichts zu vergeben. Wir mussten unsere Rollen spielen und das haben wir getan. Alles ist so passiert, wie es das sollte. Ich verspreche dir, dass ich keinerlei Groll auf dich hege." So viel stimmte wenigstens. „Lass uns darüber nachdenken, was vor uns liegt, nicht daran, was hinter uns liegt."

Hödur hielt inne und nickte. „Ich hätte dich nicht belästigen sollen. Du hast recht."

Er setzte sich an den Schreibtisch. Ich betrachtete die Bücher auf den Regalen, die alte und neue umfassten, und ein Beben dieser Kälte regte sich erneut in mir. „Finde Frieden", riet ich meinem Bruder und ging hinaus, um selbst ein wenig von diesem Frieden zu suchen.

Das Musikzimmer war meine sicherste Route. Als ich

dorthin lief, erregte das Knarzen der Treppe meine Aufmerksamkeit.

Aria kam von unten herauf. Diese unbehagliche Aura umgab sie noch immer. Mein Herz zog sich zusammen.

Ich war mir nicht sicher, ob ich meinem Bruder Trost spenden konnte, aber ich konnte unserer Walküre mehr anbieten. Ich sollte es tun, sonst würde ich sie ebenfalls im Stich lassen.

Ich wartete, bis sie mich erreichte. Sie warf mir einen fragenden Blick zu und zog die Augenbrauen hoch. Ich nickte zu einer der Türen am Ende des Ganges.

„Möchtest du mit mir ins Musikzimmer gehen? Ich habe das Gefühl, dass wir etwas Ablenkung gebrauchen könnten, um unsere Köpfe für die bevorstehenden Herausforderungen zu klären."

Sie atmete scharf ein und kurz dachte ich, sie würde mein Angebot ablehnen. Dann zuckte sie mit den Achseln. „Klar", willigte sie ein. „Es kann definitiv nicht schaden."

Sie folgte mir in den Raum. Allein das Betreten des Zimmers sorgte dafür, dass mich Ruhe durchströmte. Ich atmete den Geruch von edlem Holz und poliertem Metall ein, woraufhin alles in mir ruhig wurde.

Ja, das war es, was ich brauchte. Ich konnte das Chaos, das um uns herum vor sich ging, nicht entwirren, wenn mein eigener Geist nicht entspannt war. Und wenn ich auch Arias Geist entspannen konnte, hätte ich heute wenigstens etwas Nützliches erreicht.

Aria legte den Kopf schief, während sie die Reihe an Instrumenten betrachtete. „Ich kann kein einziges Instrument spielen. Ich weiß nicht einmal, ob ich eine *so* gute Sängerin bin, aber wenn du wirklich Gesellschaft willst ..."

„Es macht dir Spaß oder nicht?", fragte ich. Ich hatte die Freude in ihr gespürt, als sie neulich kurz zu meinem

Geigenspiel gesungen hatte. „Das ist wichtiger als Fertigkeiten."

Sie schnaubte. „Ich schätze, das hängt davon ab, wer zuhört. Aber okay. Ich weiß allerdings nicht, ob wir die gleichen Lieder kennen. Wie gut kennst du dich mit den neuesten Pop-Hits aus?"

Ich gluckste. Allein das Gespräch mit ihr beruhigte mich, noch bevor ich ein Instrument in die Hand genommen hatte. Sie wirkte immer so … gleichgültig.

„Die aktuellsten kenne ich womöglich nicht", antwortete ich. „Aber mich interessiert die gegenwärtige Musik genauso wie die Klassiker. Ich hinke vielleicht noch einige Jahrzehnte hinterher. Auf jeder Reise nach Midgard hatte ich stets viel aufzuholen."

„Einige Jahrzehnte. Dann wollen wir mal sehen. Warum verrätst du mir nicht, welche Musik *du* aus der modernsten Zeit magst, mit der du dich vertraut gemacht hast, und dann schauen wir, wo ich reinpasse."

Ich dachte über meine jüngsten musikalischen Entdeckungen nach. „Ich mag Liza Wang und Ahmed Rushdi ziemlich gern, aber ich schätze englische Lieder sind besser?" Ihr verwirrter Gesichtsausdruck war Antwort genug. „Ich weiß auch die Arbeit von Elvis Presley, Stevie Wonder und den Beatles zu schätzen."

Ari lachte. „Im Ernst? In Ordnung. Damit kann ich arbeiten." Sie ließ ihre Fingerknöchel knacken. „Ich hatte in der Schule mindestens drei Musiklehrer, die Beatles-Fans waren. Lass uns das ausprobieren. Kennst du ‚Ob la di, ob la da'?"

Ich nahm die Akustikgitarre von der Wand. „Gut genug, um die Melodie hinzukriegen."

Ein Leuchten legte sich über Arias Gesicht, als wir das Lied anspielten, und ein entsprechendes Leuchten breitete sich in meiner Brust aus, während sich meine Hände über die Saiten bewegten. Einem so simplen Objekt eine hübsche Melodie zu entlocken, hatte etwas so Reines und Freudebringendes an sich. Wenn sie nicht jede Note perfekt traf, spielte das keine Rolle. Ihre Stimme webte sich durch die Gitarrentöne von diesem Lied zu ‚Can't Buy Me Love‘ und ‚Hard Day's Night‘.

Ich begann, relativ wahllos Lieder auszuwählen, nur um herauszufinden, ob sie mitsingen konnte. Wenn sie nicht während der ersten Strophe in das Lied einfiel, wechselte ich einfach wieder. Aria grinste und verlor sich in der Herausforderung.

Ohne darüber nachzudenken, wechselte ich von lebhafteren Liedern zu sanfteren Tönen. Mein Daumen schlug die Eröffnungsakkorde von ‚You've Got To Hide Your Love Away‘ an und Arias Mund verzog sich.

Ihre Stimme klang so süß wie zuvor, war allerdings leiser und zitterte leicht, als sie den Refrain erreichte. Nein, diese Übung hatte eine völlig falsche Richtung eingeschlagen.

Meine Hände erstarrten über den Saiten und ihre Stimme verstummte. Sie schüttelte den Kopf und fuhr sich mit den Fingern durch die zerzausten Wogen ihrer Haare.

„Sorry, wir können es noch einmal versuchen.“

„Du hast das prima gemacht“, lobte ich. „Du warst klasse.“ Vielleicht musste ich jetzt die direkte Herangehensweise wählen. Die subtile hatte eindeutig nicht gut genug funktioniert. „Was immer nicht stimmt, Aria, du bist jetzt bei uns. Wir haben hunderte von Jahren an Erfahrung damit, das in Angriff zu nehmen, was uns die Reiche entgegenschleudern. Wir werden das hier überstehen. Es wird alles gut werden.“

Sie schaute an ihrer Hand vorbei und betrachtete mich. „Du kannst das nicht wissen“, widersprach sie. „Du weißt nicht einmal, was mich bedrückt. Was, wenn es nicht in Ordnung ist? Nicht jedes Problem wird gelöst, weißt du.“

„Dann verdrängst du diese Sorgen und findest andere Dinge, an denen du dich erfreuen kannst", erwiderte ich. „Warum solltest du dich mit etwas aufhalten, was du nicht ändern kannst?"

„Weil man nicht weiß, ob man es ändern kann oder nicht?", entgegnete sie und schwang ihren Arm durch die Luft. „Jedenfalls ist es nicht so, als könnte man einfach alles ignorieren, was einen aufregt, und es für immer vergraben."

Ich blinzelte sie an. Das war häufig das Einzige, was man tun *konnte*. „Warum nicht?"

„Weil … weil es immer noch da ist. Und man weiß, dass es noch da ist, selbst wenn man sich nicht erlaubt, daran zu denken. Selbst wenn man sich ablenkt und so tut, als gäbe es nur Gutes. Ich habe es versucht. Es funktioniert nie besonders lang."

Etwas spannte sich um meine Brust herum an. Es war kein schmerzhaftes Gefühl, jedoch auch kein angenehmes. Der Kommentar, der mir über die Lippen kam, war keiner, den ich andernfalls ausgesprochen hätte. „Wenn du es tief genug vergräbst, kann es jahrhundertelang fort sein."

Ihr Blick richtete sich auf mich. Ich zwang mich, ihn zu erwidern, obwohl sich die Empfindung in mir noch mehr zugeschnürt hatte. „In diesem Fall ist es allerdings nicht wirklich fort, oder?", fragte sie leise.

„Es ist so gut wie weg", antwortete ich. „Sofern es nie wieder hochkommt. Und was macht das schon, wenn so alle glücklicher sind?"

„Ich schätze, ich bin einfach nicht so gut darin, Dinge zu vergraben."

Ich stellte die Gitarre neben meinen Hocker und stand auf. „Dann lass mich dir helfen."

Sie verharrte reglos, als ich näher an sie herantrat. Ich hob beide Hände zu beiden Seiten ihres Gesichts und streifte ihre Wangen bloß mit meinen Fingerknöcheln. Sie konnte meine oberflächlichen Emotionen spüren, so wie ich ihre fühlen konnte. Ich dachte an die letzten Tage, an alles, was ich von ihr gesehen hatte, und ließ die Bewunderung von mir in sie fließen.

„Du hast für uns einen Weg zurück zum Göttervater gefunden", sagte ich. „Du hast für dich und für den Rest von uns gekämpft. Du hast Flügel, mit denen du fliegen kannst, und Kraft, mit der kein Sterblicher mithalten kann."

Ihre Mundwinkel bogen sich nach oben. „Ich habe mich fast zweimal umbringen lassen", widersprach sie sarkastisch. „Ein paar Tage davor *habe* ich mich umbringen lassen. Ich bin hinterlistig und egoistisch, wenn ich es sein muss. Wenn du mich kennengelernt hättest, bevor ich eine Walküre wurde, hättest du mir keine Komplimente gemacht."

„Da bin ich mir nicht so sicher", widersprach ich. „Du bist jetzt allerdings eine Walküre, auch wenn du hinterlistig und egoistisch warst. Eigentlich bist du genau deswegen eine Walküre, da Loki die Auswahl übernommen hat. Das gehört zu deinen Stärken."

„Richtig. Ein schiefer sterblicher Ton in einer Symphonie aus Göttlichkeit."

Die Metapher zauberte mir ein Lächeln ins Gesicht. Keiner meiner göttlichen Begleiter hätte diesen Vergleich angestellt. Sie passte besser hierher, als ihr bewusst war — besser, als ich bisher realisiert hatte. Sie war ein Teil unserer Harmonie und wand sich durch unsere ungleichen Melodien. Das hätte ich um nichts in den Reichen aufgeben wollen, ganz egal, wie viele andere Emotionen sie in mir aufwirbelte, die ich lieber tief vergraben wüsste.

Ich öffnete den Mund, um ihr zumindest einen Teil davon zu erzählen, doch ihr Blick wandte sich von mir ab. Ihre Stirn runzelte sich.

„Aria?", fragte ich.

„Da ist etwas …" Sie unterbrach sich und ihre Augen

richteten sich in die Ferne. Ihre Aufmerksamkeit verlagerte sich auf etwas außerhalb dieses Raums, auf etwas, was ich nicht spüren konnte. In mancherlei Hinsicht waren ihre Walküre-Sinne schärfer als meine.

Sie sah mich kurz an. „Danke", sagte sie. „Dass du es versucht hast. Es gibt etwas, was … ich überprüfen muss." Ohne ein weiteres Wort schlüpfte sie aus dem Raum.

KAPITEL EINUNDZWANZIG

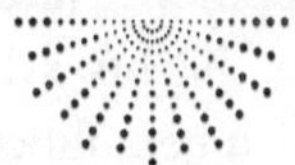

Aria

In der ersten Minute, nachdem ich das Musikzimmer verlassen hatte und durch das Haus nach unten geschlichen war, dachte ich schon, ich hätte mir nur eingebildet ... was immer ich gehört hatte. Das Geräusch war so leise gewesen und hatte sich am äußersten Rand meines neuen geschärften Gehörs befunden – doch etwas daran hatte dafür gesorgt, dass sich meine Nackenhaare aufgerichtet hatten. Es schien es wert zu sein, dem auf den Grund zu gehen, selbst wenn ich nicht erklären konnte, warum ich so empfand.

Da war es wieder. Ich erstarrte auf der untersten Stufe und spitzte die Ohren. Der Laut war kaum ein Flüstern. Ein Schauder durchlief mich trotzdem. Ich musste die Quelle finden – ich musste herausfinden, was das Ganze bedeutete.

Loki, Thor und Freya waren noch immer im Esszimmer

um den Computer herum versammelt und unterhielten sich. Ich nahm an, dass Hödur wieder in seinem Büro war, seinem Lieblingsrückzugsort. Niemand ging mir nach, als ich die Eingangstür öffnete. Entweder waren sie zu beschäftigt, um mein Gehen zu bemerken, oder sie vertrauten mittlerweile alle darauf, dass ich wenigstens zurückkommen würde.

Ich nahm mein Klappmesser in die Hand, klappte es auf und scannte den Rasen. Nichts sah außergewöhnlich aus. Falls das Geräusch wirklich bedrohlich gewesen wäre, hätte es zumindest Loki bemerken sollen, oder? Seine Sinne mussten viel schärfer sein als meine. Er war derjenige, der mir diese Kraft gegeben hatte.

Ich schwankte und rang mit mir, ob ich allein losziehen oder vorher Verstärkung holen sollte. Da trug die Brise den Laut etwas deutlicher zu mir. Es war Gelächter. Kindliches Gelächter von weiter weg.

Es klang beinahe wie *Petey*.

Meine Schultern spannten sich an. Das ergab keinen Sinn. Niemand außer den Göttern wusste, dass ich hier war, und abgesehen von Hödur wusste keiner, dass Petey existierte. Da er gestern Abend letztendlich so sanft mit mir umgegangen war, zweifelte ich keine Sekunde lang daran, dass der Gott der Dunkelheit meinen Bruder nicht für einen Überraschungsbesuch herholen würde.

Ich marschierte im warmen Vormittagslicht über das gemähte Gras. Wie weit weg konnte dieses Kind sein? Ich ging um ein paar Bäume am Rand des Grundstücks herum und wandte mich vom Pfad ab, als mich das Lachen erneut erreichte. Es war noch immer leise, wurde jedoch lauter. Ich war näher dran.

Nachdem ich einige Minuten lang gelaufen war, regte sich etwas im Schatten einer alten Ulme auf der anderen Seite des überwucherten Feldes, das ich gerade erreicht hatte. Das Lachen kam von dort. Es klang jetzt noch vertrauter.

Nervös ging ich weiter und das hohe Gras zischte über meine Hose. Der Plastikgriff meines Klappmessers wurde schweißnass. Falls es ein Kind war, wollte ich ihm allerdings nicht wehtun.

„Wer ist da?", rief ich. „Drüben bei dem Baum. Kannst du dich so positionieren, dass ich dich sehe?"

Ich war noch ungefähr zehn Schritte entfernt, als die Gestalt an den Rand des Schattens trat. Nicht direkt ins Licht, aber so nah an dieses heran, dass ich ihre Besonderheiten erkennen konnte. Glatte, schwarze Haare, blasse Haut, gruselig bleiche Augen. Eine Schwarzalbe.

Meine Beine erstarrten. Mein Kopf wirbelte herum, doch ich sah keine anderen Alben in der Nähe.

„Was willst du?", fragte ich. Bestand eine Chance, dass sie uns helfen wollte?

Bei dem schiefen Lächeln, das sie mir schenkte, zerfiel diese Möglichkeit zu Staub. Sie öffnete den Mund und stieß eine neuerliche Lachsalve aus. Hell und hoch wie das Lachen eines kleinen Jungen. Meine Nackenhärchen stellten sich auf.

Es *war* Peteys Lachen. Sie ahmte es irgendwie Ton für Ton nach.

„Ari", sagte sie mit Peteys Stimme. „Du würdest doch nicht zulassen, dass mir etwas Schlimmes zustößt, oder?"

Meine Messerhand schnellte in die Höhe, doch ich blieb reglos stehen, obwohl ich sie angreifen wollte.

„Was hast du mit ihm gemacht? Worum geht es hier?"

Die Schwarzalbe senkte beinahe schüchtern den Kopf. Als sie wieder sprach, tat sie das mit einer dumpfen, krächzenden Stimme, die keinerlei Ähnlichkeit mit der meines Bruders aufwies.

„Wir haben ihm nichts angetan … noch nicht. Wenn du willst, dass er weiterhin sicher ist, musst du uns in Ruhe lassen."

Ich starrte sie an. Mein Verstand hatte wegen meines

ersten Ausbruchs panischer Wut immer noch Probleme, mitzukommen.

Wie hatten sie von Petey erfahren? Hatten sie Glück gehabt und mich gestern Abend zufällig dort gesehen? Es war nicht so, als hätte mir einer von ihnen folgen können. Mit ihren plumpen kleinen Beinchen konnten sie nicht mit meinen Flügeln mithalten.

Das spielte allerdings keine Rolle oder? Sie wussten es und sie waren ihm so nah gekommen, dass sie den Laut seiner Stimme hatten lernen können. Sie waren gewillt gewesen, die Götter anzugreifen, sie nahmen Obdachlose und Schulkinder ins Visier … Ich glaubte keine einzige Sekunde lang, dass sie zögern würden, Petey wehzutun, falls sie der Meinung wären, dass sie dadurch erhalten würden, was sie wollten.

„Okay", sagte ich. „Na schön. Tu, was du willst, und ich werde kein Wort sagen. Halte dich einfach von meinem Bruder fern."

Sie hielt meinen Blick mit ihren unheimlichen Augen. „Du bist diejenige, die sich fernhalten muss. Halte dich von den Göttern fern, denen du geholfen hast. Verlier kein Wort über das hier oder erzähle ihnen irgendetwas über uns. Geh jetzt und komm nicht zurück."

„*Was?*", stotterte ich.

Sie verschränkte die Arme vor der Brust. „Wir beobachten dich. Wir werden es wissen. Wenn du dieses Haus erneut betrittst oder dich den Göttern darin näherst …" Sie bleckte die Zähne. Zackige Zähne wie abgesplitterte Felsen.

Mein Herz hämmerte wie wild. Die Götter verlassen. Wegen ihnen war ich überhaupt noch auf dieser Erde und ich hatte ihnen meine Kräfte zu verdanken … aber ich hatte immer vorgehabt, zu gehen, wenn sie Odin erst einmal gefunden hatten. Ich würde hier auf Midgard bleiben, Ende der Geschichte.

Mich ihrer Drohung zu beugen, fühlte sich jedoch anders an. Als würde ich mit eingeklemmtem Schwanz davonrennen. Ich kämpfte keine Schlachten, von denen ich nicht glaubte, dass ich sie gewinnen würde, war aber auch kein Feigling.

Mir blieb kaum eine Wahl, oder? Ich hatte es gestern selbst gedacht: Petey kam vor allen anderen. Die Schwarzalben könnten die ganze Welt niederbrennen und ich müsste als Erstes Petey beschützen. Das hatte ich ihm versprochen. Erst gestern, während sein vertrauensseliges kleines Gesicht zu mir aufgesehen hatte …

Die Schuldgefühle in meinem Bauch … ich musste sie für ihn vergraben. Ich musste sie tief vergraben, so wie Balder es gesagt hatte. Ich musste mich selbst tief vergraben, wo mich die Götter nicht aufspüren konnten oder sich zumindest nicht die Mühe machen würden, mich aufzuspüren.

Sie brauchten mich jetzt ohnehin nicht mehr, oder? Ich hatte ihnen erzählt, wer Odin entführt hatte. Mehr hatten sie von ihrer zwielichtigen Walküre sowieso nicht erwartet. Sie hatten mich dazu überreden wollen, im Haus zurückzubleiben. Nicht einmal sie konnten behaupten, dass ich sie irgendwie im Stich ließ.

Die Erinnerung an die gestrige Schlacht blitzte vor meinem inneren Auge auf. Die Dunkelheit, die in mir tobte, die Leben, die sie aufgesaugt hatte. Die Begeisterung in diesen Momenten …

Meine Brust verkrampfte sich. Noch eine Sache, die ich vergraben musste. Für Petey. Alles, immer für Petey.

„In Ordnung", stimmte ich zu. „Ich gehe. Wag es ja nicht, ihn anzufassen. Andernfalls wirst du es bereuen." Ich klappte die Klinge mit etwas mehr Kraft als nötig wieder in den Griff.

Die Schwarzalbe sah nicht eingeschüchtert aus. Sie beobachtete mich bloß mit ihren wachsamen weintraubenfarbenen Augen, als ich die Flügel aus meinem Rücken hervorrief. Ich stieß mich vom Boden ab und flog weg von ihr und dem Haus der Götter.

Auf diesem ersten Stück musste ich schnell sein. Ich wusste nicht, wie weit ihre Sinne mir durch die schwache Verbindung zwischen uns folgen konnten. Wenn ich erst einmal genügend Entfernung zwischen uns gebracht hatte, konnte ich zu Petey gehen …

Meine Flügel schlugen in einem schnellen steten Rhythmus in der Luft, der Magen war mir jedoch in die Hose gerutscht.

Ich konnte nicht zu Petey gehen. Das war der erste Ort, an dem Hödur nach mir suchen würde, ob er mich spüren konnte oder nicht. Den Schwarzalben wäre es egal, ob ich *wollte*, dass die Götter zu mir kamen, oder nicht. Sie würden nur sehen, dass ich wieder mit ihnen sprach.

Ich flog schneller durch die Luft. Die Landschaft unter mir verschwamm und der Wind brannte in meinen Augen. Geh einfach. Weit, weit weg, wo sie nie nach dir suchen werden. Vergrabe dich tatsächlich. Bis es keine Rolle mehr spielte, bis sie sich den Weg zurück nach Asgard erkämpft hatten. Dann konnte alles in meinem Leben dazu übergehen, wieder wie … nun, so normal wie möglich zu sein.

***

Die letzten Strahlen der verblassenden Sonne tauchten den Himmel entlang des Horizonts in ein orange-braunes Licht. Der Schmerz, der sich in meinen Flügeln ausbreitete, bohrte sich etwas tiefer. Jeder Schlag fühlte sich anstrengender an.

Ich war stundenlang geflogen. Ich hatte keine Ahnung mehr, wo ich war, und wusste nur, dass ich New York und Philly weit hinter mir gelassen hatte. Mich hatten bisher keine Götter eingeholt, weshalb ich vermutete, dass ich alles richtig gemacht hatte. Meine Flügel waren allerdings bereit, zusammenzubrechen. Es war an der Zeit, zur Erde zurückzukehren.

Ein Summen menschlicher Energie rief mich unweit vor mir, wo die Lichter einer Großstadt leuchteten. Der Puls all dieser lebenden Körper, die atmeten, aßen, tanzten …

Ja, das wollte ich. Das war die perfekte Methode, das Loch zu begraben, das sich in meinem Unterleib ausgebreitet hatte, seit ich zu diesem Flug aufgebrochen war. Eine Nacht, in der ich einfach so tun würde, als wäre ich das Mädchen, das ein paar Wochen fortgewesen war – oder jemand noch freier als sie.

Ich sank tiefer und tiefer, als ich über die Vororte und ins Stadtzentrum flog. Meine Füße berührten den Gehweg unter einem Neonschild und meine Flügel falteten sich mit einem Laut wie einem Seufzen in meinen Rücken. Ich marschierte geradewegs in den Club.

Drinnen wusch warme Luft zusammen mit dem Geruch von Alkohol über mich hinweg. Stroboskoplicht flackerte über die Menge tanzender Körper. Ich schnappte mir einen Shot von dem Tablett eines Kellners, der sich an mir vorbeischlängelte, und exte den Drink mit einem Schluck. Die säuerliche Flüssigkeit brannte durch meine Kehle.

Der Kellner sah sich um und versuchte, festzustellen, wer sich das Glas geschnappt hatte. Es sah aus, als würde ich an diesem Abend umsonst trinken. Ein Lächeln breitete sich auf meinem Gesicht aus, als der Alkohol durch meinen Körper kribbelte. Ich hob noch ein Glas und sprang in die Menge.

Die Körper teilten sich für mich, wie sie es nie getan hatten, als ich nur eine andere solide Gestalt in einem Meer aus Leibern war. Ich drehte mich und wippte im Takt mit der hämmernden Musik. Die Haare peitschten mir ins Gesicht und meine Arme schwangen in der Luft.

Ein Lied ging ins nächste über und ins nächste. Meine Flügel waren müde gewesen, der Rest von mir war jedoch bereit, die Sau rauszulassen. Ich schnappte mir einen dritten Shot, der so stark war, dass ich das Gesicht verzog, als er sich durch meine Kehle brannte. Anschließend stürzte ich mich noch wilder in die Musik. Nach meinem vierten Drink begann mein Kopf, zu brummen. Das war gut. Ein brummender Kopf konnte nicht an all die Leute denken, die ich zurückgelassen hatte.

Es war nicht das Gleiche, so zu tanzen. Es gefiel mir, dass ich mir keine Sorgen darum machen musste, dass sich irgendein Typ an mich schmiegte, doch zugleich vermisste ich die Berührungen. Ellenbogen, die einen aus Versehen anrempelten. Das Vorbeidrängen an den anderen Menschen, um mir Platz zu verschaffen. Zu wissen, dass ich da war, Teil der Menge, eine von ihnen.

Doch ich war keine von ihnen. Nicht mehr. Ich würde es nie wieder sein.

In Ordnung! Zeit für einen weiteren Shot. Dieses Mal nahm ich mir einen blauen und kippte ihn ab. Das Glas entglitt meinen Fingern und zerschellte auf dem Boden. Ich starrte es kurz an, ehe ich auf die Scherben trat. Das knirschende Geräusch vermischte sich mit der Musik.

Ich wirbelte in eine Richtung und wiegte mich in eine andere. Die anderen Tänzer entfernten sich, wann immer ich ihnen zu nahe kam. Der Puls in meinem Kopf war beinahe so laut wie die Musik. Ich schwankte und drehte mich – und stockte, als mein Blick auf einer hochgewachsenen, schlanken Gestalt hängen blieb, die sich durch das Meer aus Körpern schob und geradewegs auf mich zukam. Als wüsste er genau, wo ich war.

Denn das tat er. Die bunten Lichter tüpfelten Lokis hellrote Haare und helle Haut. Er zog eine Augenbraue hoch, als er mich erreichte, und seine Lippen verzogen sich zu ihrem üblichen verschlagenen Grinsen.

KAPITEL ZWEIUNDZWANZIG

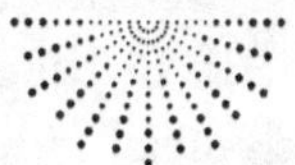

Ari

Zuerst sagte Loki nichts. Er bewegte sich im Takt der Musik und mit einer Eleganz, die mich nicht überraschen hätte sollen, es hier unter all diesen Sterblichen jedoch tat. Er kam mir etwas näher, bevor er sich wieder ein Stückweit entfernte. Seine Augenbraue blieb weiterhin gewölbt, als würde er mich herausfordern, mit ihm mitzuhalten.

Ich begann, trotz meines heftig pochenden Herzens wieder zu tanzen. Ich machte schnellere Schritte, wirbelte in kleineren Kreisen durch den Raum und traf jeden Beat, als könnte ich sie auswendig. Loki passte sich mir bei jeder Bewegung an, wobei seine so flüssig waren, dass es mir schwerfiel, den Blick von ihm loszureißen. Ich wollte nach oben greifen und mit den Händen über die sehnigen Muskeln streicheln, die sich unter seiner Tunika abzeichneten. So hätte ich es in einem anderen Club an einem anderen Tag womöglich getan, wenn mich ein gewöhnlicher Kerl, dessen Aussehen mir gefiel, so angesehen hätte.

Lokis Augen blickten unverwandt in meine und in ihnen flackerte sogar hier ein bernsteinfarbenes Licht. Er kam näher und legte vorsichtig eine Hand auf meine Taille, während wir uns gemeinsam drehten. Bei der Berührung breitete sich Hitze auf meiner Haut aus. Er beugte den Kopf nah neben meinen – so nah, dass ich plötzlich nichts außer dem heißen, würzig-süßen Duft seines Körpers riechen konnte: Ingwer, Kardamom und ein Klecks Honig. Zum Anbeißen.

„Wenn du tanzen wolltest, hättest du nicht durch das halbe Land fliegen müssen, Fee", sagte er neben meinem Ohr. „Ich kann mich für einige der Clubs in unserer Nähe in Manhattan verbürgen."

„Vielleicht wollte ich einen größeren Tapetenwechsel", entgegnete ich.

„Hmm. Ich habe beinahe das Gefühl, als hättest du versucht, *uns* zu entkommen. Aber warum solltest du das wollen?"

Panik durchbrach den Nebel in meinem Kopf. Die Schwarzalben. Würden sie uns sogar hier sehen? Würden sie mich dafür bestrafen, dass ich gefunden worden war?

Mein Körper erstarrte. Ich wich gerade so weit zurück, dass ich ihm in die Augen schauen konnte. „Könnte irgendjemand wissen, dass du hier bist? Nicht nur diese Leute." Ich wedelte mit der Hand zur Menge. „Schwarzalben oder … oder was immer."

Loki war mit mir stehen geblieben. Er blieb nah bei mir und seine Hand ruhte nach wie vor an meiner Seite. Seine Augen wurden schmal. „Niemand, Mensch, Dreckfresser oder jemand anderes, hätte mir folgen können. Was ist passiert, Ari? Warum bist du weggelaufen?"

Meine Kehle schnürte sich zu. Doch ich musste es ihm

erzählen, oder? Er hatte mich gefunden. Ich konnte mir keine Ausrede ausdenken, die so gut war, dass er ohne mich ging.

„Eine Schwarzalbe ist beim Haus vorbeigekommen", erklärte ich so ruhig wie ich konnte. „Ich habe einen kleinen Bruder in Philly. Sie haben das irgendwie herausgefunden. Sie drohte, dass sie ihm wehtun – ihn töten – würden, wenn ich euch noch einmal helfe. Sie sagte auch, dass sie mich beobachten würden, um sicherzustellen, dass ich mich euch nicht nähere."

Lokis Kiefer spannte sich an. „Petey", sagte er und als er meinen Gesichtsausdruck sah, fügte er hinzu, „Hödur hat uns von euren kleinen Ausflügen erzählt, als wir bemerkten, dass du verschwunden warst. Er ist dorthin gegangen, um nach dir zu suchen. Darum musst du dir keine Sorgen machen, Fee. Wenn ich nicht gesehen werden will, werde ich nicht gesehen. Allerdings ging es mir dieses Mal hauptsächlich darum, dass du mich nicht bemerkst."

Ein kleiner Teil des Drucks in mir wich. Mein Schwips machte sich wieder bemerkbar und entspannte mich so weit, dass sich die Neugier zu Wort melden konnte. „Wie hast du mich gefunden?", fragte ich.

Er zuckte mit den Achseln, als wäre das keine große Sache gewesen. „Instinkt. Wir haben dich alle zu uns gerufen, als wir dich heraufbeschworen haben. Ich war allerdings derjenige, der dich beim ersten Mal gefunden hat. Ich kenne dich bis zu dem Beben deines Geistes." Seine Lippen bogen sich nach oben. „Man könnte beinahe sagen, dass wir Seelenverwandte sind, wenn man an diesen Müll glaubt."

Ich konnte nicht anders, als die Augen zu verdrehen trotz der tieferen Hitze, die bei diesen Worten durch mich wogte. „Die eine aus abertausenden Seelenverwandten, die zufällig zum richtigen Zeitpunkt gestorben ist?"

Sein Lächeln wurde schärfer. „Da, siehst du. Du verstehst mich. Allerdings könnten ‚abertausend' eine kleine Übertreibung sein."

Er beugte sich wieder vor und sein Atem streifte meine Wange, woraufhin mein Herz einen Schlag aussetzte. Die Menge tanzte noch immer um uns herum, mich interessierte jedoch nichts mehr außer dieser kleinen Blase, die ihn, mich und die Frage umfasste, die über uns hing.

„Jetzt, da ich dich gefunden habe", raunte er, „wie kann ich dich überzeugen, zurückzukommen?"

„Musst du mich überzeugen?", fragte ich mit mehr Wagemut, als ich verspürte. „Ich bin überrascht, dass du mich nicht schon über deine Schulter geworfen und weggetragen hast."

Er gluckste. „Jetzt aber. Du solltest wissen, dass das nicht mein Stil ist. Sei einfach froh, dass es nicht Thor war, der dich aufgespürt hat."

„Ich kann nicht zurückgehen", verkündete ich. „Nicht, solange die Schwarzalben Petey beobachten."

„Ich kann sicherstellen, dass sie nicht erfahren, dass du bei uns bist", versprach Loki. „Ich bin nicht umsonst als der Meister der Tarnung bekannt. Du – und er – wären in meinen Händen sicher."

Ich gab einen skeptischen Laut von mir. Er berührte meine Wange mit seiner anderen Hand und wich zurück. Seine Augen blickten suchend in meine. „Ich weiß, wie wichtig er dir ist. Das kann ich sehen. Ich habe das Gleiche erlebt. Odin ist nicht einmal mein richtiger Bruder, aber ich würde so viel für ihn aufgeben ..." Er unterbrach sich mit einem leichten Kopfschütteln. „Falls es eine Sache gibt, die du glaubst, dann glaube, dass wir deinen Bruder beschützen werden. Möge ich nie wieder nach Asgard zurückkehren, sollte ich lügen."

In seinen letzten Worten knisterte Energie, als hätten sie

ihn magisch an diesen Schwur gebunden. Ich zögerte, wollte ihm glauben und dennoch …

„Es ist sicherer, wenn ich überhaupt nicht zurückgehe. Ihr braucht mich nicht einmal. Was für eine Rolle spielt es, wo ich bin?“

„Du bist unsere Walküre“, antwortete Loki. „Du bist unsere Verantwortung. Und wir *brauchen* dich zwar momentan nicht, aber du kannst wohl schlecht leugnen, dass du geholfen hast.“

Die Erinnerungen, die ich zu vergraben versucht hatte, regten sich in meinem Hinterkopf. Balder irrte sich. Es war nicht so einfach, von ihnen loszukommen.

„Indem ich Leute getötet habe“, entgegnete ich.

„Nun, ich würde Schwarzalben nicht *Leute* nennen, aber …“

Loki legte den Kopf schief. „Belastet dich das? Du hast nur versucht, zu verhindern, dass sie uns töten.“

Ich befeuchtete meine Lippen. Das hohle Gefühl in meinem Magen kehrte so tief und leer zurück, dass nicht einmal die Musik es berühren konnte, die durch den Raum dröhnte. Eine Wahrheit, die ich so tief vergraben konnte, dass ich nicht einmal mehr wusste, dass sie da war, kitzelte in meinem Kopf.

„Ich wollte nicht nur sie töten. Ich weiß nicht, ob euch Hödur alles erzählt hat … ob er euch erzählt hat, dass er mich gestern Abend daran hindern musste, den Freund meiner Mom anzugreifen.“

„Weil er deinen Bruder verletzt hatte.“

Also hatte Hödur auch das verraten. Ich nickte. „Ich hätte es getan. Selbst wenn er hilflos und schlafend dagelegen wäre … ich glaube, es hätte mir sogar *gefallen*. Es fühlte sich beinahe *gut* an, diesen Schwarzalben das Leben zu nehmen.“

Loki strich mit den Fingern über meine Haare. Die zärtliche Geste riss an meinem Herzen. Ich wollte mich in sie schmiegen und zugleich wollte ich mich von ihm losreißen, denn er konnte das nicht ernst meinen. Er sollte es nicht ernst meinen, nicht bei mir.

„Ari, du bist jetzt eine Walküre", sagte er. „Du sollst Recht sprechen, indem du Einfluss auf einen Krieg nimmst."

„Das bedeutet nicht, dass ich *Spaß* daran haben sollte", platzte es aus mir heraus, da der Alkohol meine Zunge lockerte. „Es gab so viele Male, so viele Leute, die ich gerne aus dem Weg geräumt hätte, als ich es nicht konnte … Was, wenn ich es nicht nur tun will, um das Blatt in einem Krieg zu wenden?" Ich schluckte schwer. „Vielleicht sollte jemand wie ich nicht diese Art von Macht haben. Vielleicht gibt es einen Grund dafür, dass all die Walküren, die Odin früher zu sich gerufen hat, reinen Herzens waren und all das."

Loki schüttelte den Kopf und sein Lächeln wirkte zugleich grimmig und belustigt. „Du weißt, mit wem du sprichst, oder? Hallo, ich habe einmal das Ende der Welt herbeigeführt. Du wirst mich nicht davon überzeugen, dass du eine so verdorbene Seele bist, dass du die Gaben nicht verdienst, die du erhalten hast."

„Das … das ist etwas anderes", widersprach ich, mein Protest klang jedoch sogar in meinen eigenen Ohren schwach.

Loki beugte sich wieder näher, sodass sein Gesicht nur noch eine Haaresbreite von meinem entfernt war und mir sein würzig-süßer Geruch in die Nase stieg. Kurz glaubte ich, er würde mich küssen. Mein Herz setzte viel zu eifrig aus.

Doch er sprach nur und die Luft bewegte sich von seinen Lippen über meine Wange. „Es sollte tröstlich sein, Fee. Ganz gleich, wie schlimm du bist, ganz gleich, wie schlimm du noch wirst, du kannst nie die Schlimmste von allen sein. Dieser Titel gehört bereits mir."

Sein Ton war leicht, sogar lässig, doch ein Splitter von Schmerz hallte im gleichen Moment von ihm in mich. Den

Trickster-Gott belastete das alles so viel mehr, als er zugeben wollte. Irgendwie berührte mich das stärker als die Nähe seiner Lippen.

„Komm mit mir zurück", fuhr er fort. „Komm mit mir zurück und vertreibe diese fiesen Höhlenbewohner aus deinem Reich. Wir werden nicht zulassen, dass sie deinem Bruder auch nur ein Haar krümmen. Nimm all diese Dunkelheit in dir und lass sie auf sie herabregnen."

Ich erschauderte. Die Worte hallten tiefer in mir wider, als *ich* zugeben wollte. Meine Hände ballten sich zu Fäusten. Meine Zunge ging wieder mit mir durch.

„Ich habe Angst", gestand ich so leise, dass ich mir nicht sicher war, ob er mich überhaupt hören würde. Ich war mir nicht sicher, ob ich wollte, dass er es hörte. „Ich habe Angst vor mir in diesem Zustand … davor, was ich tun könnte." Mit jedem, ob er es verdiente oder nicht. Davor, entscheiden zu müssen, ob derjenige es verdiente.

Ich fürchtete mich vor allem, was damit einherging, eine verdammte Walküre zu sein.

„Gut", sagte Loki, dessen Stimme jetzt ausnahmslos warm war. „*Das* – nicht ‚Güte des Herzens' – ist es, was den Unterschied zwischen dir und jemand Unwürdigem macht. Und denk einmal darüber nach, Ari. Wenn du Angst hast, stell dir vor, wie viel Angst die Schwarzalben vor dir und dem haben, was du tun kannst. Immerhin haben sie eine schlimme Drohung ausgesprochen, um dich loszuwerden."

Seine letzte Bemerkung klang beinahe ehrfürchtig. Er sah mich, er sah jeden dunklen Fleck in mir und er war *ehrfürchtig*.

Mir war noch immer ein wenig schwindlig von den Shots, die ich abgekippt hatte, und die Wärme und die Ehrfurcht legten sich mit einem Drang um mich, den ich nicht ganz leugnen konnte. Ich packte die Vorderseite von Lokis Tunika mit beiden Händen und neigte meinen Kopf, sodass ich die winzige Lücke zwischen uns schließen und meinen Mund auf seinen pressen konnte.

Der Gott atmete erschrocken ein, bevor er den Kuss hart und begierig erwiderte. Sein Daumen zeichnete eine geschwungene Linie über meine Seite. Überall, wo sich unsere Körper berührten, kribbelte Hitze durch meine Nerven, als würde er mich buchstäblich in Brand stecken. Doch was für ein berauschendes Feuer es war.

Ich erlaubte mir, mich an ihn zu schmiegen, in die heiße, berauschende Empfindung seiner Lippen, die meinen begegneten, wo für einen Augenblick nichts eine Rolle spielte. Wenn er mir das geben wollte, würde ich alles nehmen, was ich kriegen konnte.

Er küsste mich erneut und die Elektrizität des Kusses entzündete mich wie eine Wunderkerze. Ein Wimmern löste sich aus meiner Kehle, als sich sein Mund von meinem entfernte und einen brennenden Pfad über meinen Kiefer zog.

„Sag mir, dass du zurückkommen wirst", raunte er neben meinem Ohr. „Ich werde dich nicht mitschleifen. Ich will, dass du es willst. Wir können dafür sorgen, dass diese Mistkerle für alles bezahlen, Ari."

Ja, ja, ja. Scheiß darauf. Wer war ich, dass ich mit einem Gott stritt? Mein Griff um sein Shirt spannte sich an.

„Ich werde mitkommen", versprach ich. „Doch vorher will ich tanzen."

Er gluckste, knabberte an meinem Ohrläppchen und bewegte sich bereits im Rhythmus der Musik. Seine Hüften, die sich an meinen rieben, sandten eine neuerliche Woge aus Feuer durch mich. Ich überließ mich den Empfindungen. Wenn ich brannte, dann brannte ich eben.

Das schwache Licht der Morgendämmerung fiel durch mein Schlafzimmerfenster. Ich blinzelte träge und rieb mir über die Augen.

Mein Zimmerfenster – mein Zimmer im Haus der Götter. Eine mittlerweile vertraute Decke war bis zu meinen Schultern hochgezogen worden und mein Kopf ruhte auf dem weichen Kissen. Ein leichter Schmerz nagte an meiner Schläfe, es war jedoch nicht so schlimm angesichts dessen, wie viele Shots ich in schneller Folge getrunken hatte. Sechs Shots: Fünf, bevor Loki im Club aufgetaucht war, und einen, nachdem wir angefangen hatten, wieder zu tanzen, bevor wir uns erneut dem Küssen gewidmet hatten …

Mein Herz machte einen Salto. Das war das Letzte, woran ich mich erinnerte: seine Lippen, die meine verbrannten. Hatte ich … hatten *wir* …?

Ich rutschte unter der Bettdecke hin und her und spürte, wie sich der Stoff meiner Kleider mit mir bewegte. Es waren die gleichen Kleider, die ich gestern Nacht getragen hatte: eines dieser Racerback-Oberteile und eine Jeans. Nichts wirkte ungewöhnlich.

Eine eigenartige Mischung aus Erleichterung und Enttäuschung überkam mich. Ich zog es wirklich vor, bei Bewusstsein zu sein, wenn ich mit jemandem schlief. Und mein erstes Mal mit einem *Gott*? Ja, daran würde ich mich gerne erinnern.

Doch ich hatte ihn gewollt, ich hatte mich ihm quasi an den Hals geworfen, und er hatte mich eindeutig genauso sehr gewollt.

Nun, was hatte ich erwartet? Er *war* ein Gott.

Ich setzte mich auf, strampelte die Decke beiseite und die Tür öffnete sich. Loki schlüpfte herein, schloss die Tür hinter sich, schlenderte zum Bett und setzte sich auf dessen Kante. Seine bernsteinfarbenen Augen leuchteten in dem schwachen Licht. Irgendwie reichte das, damit mir der Atem stockte.

Verdammt, ich musste definitiv bald auf die ein oder andere Art flachgelegt werden, ansonsten würde ich zu einer Vollidiotin mutieren.

„Hast du gut geschlafen?", erkundigte er sich.

„Es scheint so." Mein Blick huschte wieder zum Fenster. „Hast du sichergestellt, dass niemand meine Rückkehr bemerkt hat?"

„Der Tag, an dem ein Schwarzalb eine meiner Illusionen durchschauen kann, ist der Tag, an dem ich mich zu einem Ball zusammenrolle und vor Scham sterbe", erwiderte Loki. „Während du geschlafen hast, habe ich mit Hödur gesprochen. Er hat nach deinem Bruder gesehen, während ich nach dir gesucht habe. Der Junge wurde nicht verletzt. Hödur ist dorthin zurückgekehrt, um nach den Schwarzalben Ausschau zu halten ... nun ‚Ausschau' halten in einem metaphorischen Sinn."

Ich stieß den angehaltenen Atem aus. „Ich bin mir sicher, er weiß diesen Befehl zu schätzen", sagte ich sarkastisch.

„Ich habe es ihm nicht befohlen, auch wenn ich das sehr genossen hätte. Er hat sich freiwillig gemeldet."

Verwunderte Dankbarkeit durchfuhr mich. Der Gott der Dunkelheit war relativ nett gewesen, nachdem ich ihn neulich dorthin geschleift hatte, aber ich hätte nicht erwartet, dass er sich für mich eine solche Mühe machen würde. Hödur musste das Ganze stärker an die Nieren gegangen sein, als er sich hatte anmerken lassen.

Ich schluckte meine Überraschung und schaute zu Loki auf. War ja klar, dass er sogar in aller Herrgottsfrühe, nachdem er durchs ganze Land gereist war, absolut großartig aussah. Ich musste aufhören, das zu bemerken.

„Nun, ich bin wieder hier. Allerdings weiß ich noch immer nicht, was ich deiner Meinung nach Hilfreiches tun soll jetzt, da ich hier bin."

Loki lächelte. „Oh, ich bin mir sicher, wir werden etwas finden, um dich zu beschäftigen."

Sein Ton war fröhlich, seine Augen blickten allerdings forschend in meine, als würde er auf etwas von mir warten, was er noch nicht erhalten hatte. Ich rang nach den richtigen Worten.

„Wegen letzter Nacht …"

„Es war eine eindrucksvolle Nacht", bot er an und sein Lächeln wurde etwas breiter, als ich zögerte.

Spuck es einfach aus, Ari. Meine Hände ballten sich in der Bettdecke. „Ich erinnere mich nicht an die Heimreise, aber ich habe offensichtlich allein geschlafen." Eine Frage, ohne die tatsächliche Frage zu stellen.

„Ja", stimmte Loki zu. „Nun, meiner jahrhundertelangen Erfahrung nach geben Betrunkene lausige Bettpartner ab."

Mein Rücken spannte sich an. Eine Hitzewelle, die alles andere als angenehm war, flutete meine Wangen. „Dann tut es mir leid, dass ich dich angebaggert habe. Du musst dir keine Sorgen machen, dass es noch einmal vorkommen wird."

„Ari." Loki seufzte und winkte mich zu sich. „Kommst du her?"

Mein Körper sträubte sich, der unerwartete Ernst in diesen bernsteinfarbenen Augen schmolz jedoch einen Teil meiner Abwehr. Ich rutschte etwas näher. Loki blickte mit leicht belustigter Miene auf die dreißig Zentimeter Abstand, die ich zwischen uns gelassen hatte, und hob den Kopf, um meinem Blick zu begegnen.

„Ich bereue es, dass du betrunken warst", erklärte er. „Ich bereue nichts daran, dass du du warst. Baggere mich so viel an, wie du willst. Tu es einfach, während du nüchtern bist. Mehr verlange ich nicht. Ich besitze Selbstbeherrschung, allerdings kann ich nicht behaupten, dass ich es besonders genieße, sie einzusetzen."

Oh. *Oh.* Die Hitze, die in mein Gesicht gestiegen war, sickerte abwärts durch meinen restlichen Körper und sammelte sich tief in meinem Bauch. Die Worte purzelten ohne mein Zutun aus meinem Mund: „Ich bin jetzt nüchtern."

Loki grinste auf eine Weise, bei der sich mein ganzer Körper vor Verlangen verknotete. „Ja, das scheint zuzutreffen."

Ich rutschte etwas näher zu ihm und meine Hand streifte seinen Schenkel. Er berührte meine Wange und schob seine Finger in meine Haare. Mir stockte der Atem.

„Das hier könnte noch immer eine schlechte Idee sein", konnte ich mir nicht verkneifen, anzumerken.

Lokis Lächeln wurde breiter. „Meine Lieblingssorte."

Und dann trafen unsere Münder aufeinander.

Ich hatte mir die Hitze seiner Küsse im Club nicht eingebildet. Dieses heiße Kribbeln breitete sich erneut in meinen Nerven aus und leckte durch jeden Teil meines Körpers. Der Trickster-Gott teilte meine Lippen mit einem geschickten Zungenschlag, der einen Lustblitz durch mich jagte.

Ich drückte mich näher an ihn, als unsere Zungen miteinander tanzten, und setzte mich rittlings auf seinen Schoß. Loki neigte mich mit einem ermutigenden Laut und einer Hand auf meiner Hüfte. Ich wölbte mich ihm entgegen. Mir stockte der Atem, als ich ihn hart im Schritt seiner Hose spürte, die auf perfekter Höhe mit meiner Mitte war. Dieses Mal wollte ich so viel mehr tun, als ihn zu küssen.

Loki schob seine Hände unter mein Oberteil und verteilte das feurige Kribbeln überall, wo er mich berührte. Seine Lippen lösten sich gerade so lange von meinen, dass er mir das Oberteil ausziehen konnte. Daraufhin trafen sich unsere Münder erneut, tauschten Luft und Hitze, während er kurzen Prozess mit meinem BH machte.

Er umfing meine Brüste und drehte seine Handflächen, woraufhin sich meine Nippel fester zusammenzogen und ein Schauer der heißesten Funken durch mich hindurch knisterte. Ich stöhnte in seinen Mund. Seine schlanken Finger neckten die Spitzen und Rundungen, als würde er jede Kurve erforschen.

Seine Lippen und Zunge glitten neckend über meinen Kiefer und Hals. Ich zerrte an seiner Tunika und er half mir, sie ihm auszuziehen. Wir pressten uns Haut an Haut aneinander und eine Woge göttlicher, feuriger Wärme nach der anderen schwappte durch mich hindurch, als er meine Kehle mit den Zähnen streifte. Ich streichelte mit den Händen über die sehnigen Muskeln, die ich zuvor nur kurz gesehen hatte. Sie waren fest, glatt und zuckten bei meiner Berührung.

Mit einem leichten Ruck neigte uns Loki aufs Bett, wobei seine Hüften zwischen meinen Beinen blieben. Sein Gewicht verlagerte sich auf mir und ein Funke einer Emotion, die mehr Panik als Lust war, durchfuhr meine Brust. Mein Herz machte einen Satz.

Resolut schob ich diese Reaktion beiseite und gab seiner Schulter einen leichten Schubs. Als er zurückwich, schubste ich ihn erneut, allerdings fester. Er erlaubte mir, ihn auf den Rücken zu werfen, und grinste, bevor er wieder meinen Mund eroberte.

Ich schaukelte auf ihm und konnte mich jetzt in der Empfindung verlieren, da ich oben war und zumindest ein bisschen Kontrolle hatte. Meine Mitte presste sich an seine Erektion, woraufhin er stöhnte und mich noch stürmischer küsste.

„Ari", murmelte er und knabberte an meiner Unterlippe. Er klang fast schon flehend. Als ob er das hier noch mehr wollte als ich. Er packte meine Hüften, bäumte sich mir entgegen und ich stöhnte ebenfalls.

Ich fummelte an seinem Hosenschlitz und riss an seiner Hose. Anscheinend trugen Götter Boxershorts. Diese zerrte ich ebenfalls nach unten und sein Schwanz federte heraus. Groß und schmal wie der Mann und so hart, dass er eine verdammte Pracht war. Ich leckte mir über die Lippen, ohne darüber nachzudenken. Meine Kehle schnürte sich zu – ich gab keine Blowjobs, das würde niemals gut enden – doch ich wollte es beinahe versuchen, als ich ihn so sah.

Ich entschied mich dafür, die seidige Haut seiner Erektion zu streicheln, als er meine Jeans öffnete. Loki stemmte sich auf einen Ellenbogen und zog meinen Mund wieder zu seinem. Wir küssten uns zwischen keuchenden Atemzügen und unsere Küsse wurden immer feuchter. Nachdem ich meine Jeans beiseitegetreten hatte, wanderte seine Hand über meinen Körper und tauchte zwischen meine Beine.

Seine Finger glitten über mein feuchtes Höschen und Wonne flammte noch heißer in meiner Mitte auf. Ich packte seinen Schwanz fester. Loki stöhnte erneut. Seine Finger hoben sich und hakten sich in die Seiten meines Höschens. Mit einem schnellen Ruck riss der Stoff.

Verflucht. Ich rieb mich an seinem Schwanz und mein Kitzler bebte. Ein Wimmern entwich mir, als er seinen Zeigefinger in mich tauchte. Unsere Küsse waren jetzt geradezu hektisch. Aber ich hatte noch nicht komplett den Verstand verloren.

„Brauchen wir ...", begann ich und lachte rau über die Absurdität der Frage. „Können Walküren schwanger werden?"

Loki begleitete mein Lachen mit einem atemlosen Glucksen. „Nicht ohne ein ganz anderes Level an Magie, Fee.

Du bist sicher davor, gerissene Trickster-Babys auf die Welt bringen zu müssen."

„In diesem Fall …"

Ich positionierte seinen Schwanz direkt an meiner Spalte. Er zog seine Finger raus und packte meinen Schenkel, als ich mich auf ihn senkte. Daraufhin wölbte er mir seine Hüften entgegen und füllte mich vollständig. Seine Schwanzspitze traf die richtige Stelle in mir, sodass ich vor Verlangen erzitterte.

Wir fanden einen Rhythmus, der beinahe wild war, wobei ich ihn ritt und er mir entgegenkam. Jeder Stoß sandte ein lustvolles Feuer durch meine Adern. Seine Hände waren überall und hinterließen Flammen, wo sie mich berührten. Sie liebkosten meine Brüste, streichelten meine Rippen und neigten meine Hüften so, dass ich ihn noch tiefer aufnehmen konnte.

Flammende Wonne schwappte von meiner Mitte ausgehend durch meine Brust. Ich neigte den Kopf nach hinten, bewegte mich schneller und jagte meine Erlösung. Sein Daumen neckte immer wieder meinen Kitzler und drückte fester zu. Und ich explodierte.

Die Explosion der Ekstase erschütterte meinen Körper und versengte mein Sichtfeld. Ich erschauderte auf Loki und schrie. Er ließ seine Hand auf meinem Kitzler liegen, rammte sich mit einem zittrigen Seufzen in mich und ich kam erneut, während er sich heiß in mir ergoss. In diesem Moment war mein Körper nichts als Hitze und Wonne und ich glaubte, ich könnte mich durch alles — und jeden — brennen.

KAPITEL DREIUNDZWANZIG

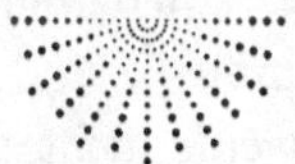

Ari

Wir lagen ausgestreckt auf dem Bett, Loki auf dem Rücken und ich an ihn gekuschelt. Sein Daumen streichelte träge meinen Rücken hoch und runter. Gerade als ich mich fragte, ob es das war, ob er erhalten hatte, weswegen er gekommen war, und jetzt fertig war, senkte er den Kopf und suchte meine Lippen. Der Kuss war nicht so verzweifelt wie die vorherigen, sondern sanft. Dennoch züngelte ein Feuer durch mich hindurch.

Vielleicht sollte ich besser *meine* Erwartungen deutlich machen.

Ich nahm mir einen Moment, um wieder zu Atem zu kommen, und sagte: „Nur damit du es weißt, ich bin nicht auf der Suche nach irgendeiner Art von – ich weiß nicht – Verbindlichkeit oder dergleichen. So etwas mache ich ohnehin nicht."

Loki lachte schallend und kitzelte mich mit einer

zärtlichen Fingerbewegung am Kopf. „Willst du damit sagen, dass ich mit jeglichen Bekundungen unsterblicher Liebe warten soll?“

Mein Blick schnellte in die Höhe. „Hattest du vor, eine zu machen?“

Seine Lippen krümmten sich vor Belustigung. „Das ist auch nicht mein Stil, Fee. Ich bin, wie ihr Sterblichen es ausdrückt, ‚herumgekommen‘, und zwar mehr, als es die Mythen andeuten. Ich werde nicht annehmen, dass ich dich besitze, nur weil wir die Gesellschaft des anderen genossen haben. Du kannst jedem nachsteigen, nach dem dir der Sinn steht.“ Er hob eine Augenbraue. „Vielleicht könnte ich mich dir irgendwann sogar mit einer anderen Eroberung anschließen.“

Zwei Männer gleichzeitig? Zwei *Götter*? Denn das war die Richtung, die mein Gehirn sofort einschlug: Thors kräftige Hände, Balders sanfte Berührung, Hödurs intensive Präsenz. Ich hatte noch nie zuvor einen Dreier ausprobiert – es war viel einfacher, ein Gefühl von Kontrolle zu haben, wenn man nur auf einen Partner achten musste – die Vorstellung übte jedoch plötzlich ihren Reiz auf mich aus. Vielleicht weil einer dieser Partner möglicherweise der superheiße Gott wäre, der direkt neben mir lag.

„Hast du das schon einmal getan?“, fragte ich.

Loki wedelte lässig mit der Hand. „Ich habe so gut wie alles getan.“ Er schwieg einen Augenblick lang, bevor er wieder anfing, mit den Fingerspitzen über meine Haare zu streicheln. „Um ehrlich zu sein, habe ich seit einer Weile kaum etwas getan. Es wurde alles recht banal. Ich hatte vergessen, wie stimulierend es sich anfühlen kann, mit jemandem zusammen zu sein, der mich auf Trab hält.“

„Stimulierend, hm?“, brummte ich.

„Wurdest du nicht stimuliert?“, neckte er. Sein Ton wurde etwas ernster. „Ich würde dich niemals einschränken,

Ari. Ich meine das ernst. Aber nur damit du weißt, wo ich stehe, ich hoffe auch, dass wir uns erneut so vergnügen können.“

„Hmm“, machte ich nichtssagend. Die Wahrheit war, dass allein die flüchtige Berührung seiner Hand an meinem Kopf und die Wärme seines Körpers an meinem reichten, um mich in Versuchung zu führen, mich ihm erneut an den Hals zu werfen. Allerdings war ich mir nicht sicher, ob es eine gute Idee war, das zuzugeben. Loki war verdammt ‚stimulierend‘, aber er war auch durch und durch ein Trickster. Es gab Gründe, aus denen ich versucht hatte, zu ignorieren, wie sehr ich mich zu ihm hingezogen fühlte.

Doch wir waren jetzt hier, weshalb es relativ sicher wirkte, meinen Kopf unter sein Kinn zu legen und den würzig-süßen Duft seiner Haut einzuatmen. Ein Beben seiner Lebensenergie verlief darunter, das schwache Pulsieren, auf das meine Walküre-Sinne eingestellt waren.

Genau wie bei den anderen Göttern war seine Energie heller als die der Menschen oder Alben, denen ich begegnet war. Hell und intensiv – doch eigenartigerweise nicht so warm, wie ich es bei den anderen gespürt hatte. Als ich mich darauf konzentrierte, konnte ich eine scharfe Kühle in der Helligkeit wahrnehmen. Mehr Bronze als Gold. Ich runzelte die Stirn.

„Du bist nachdenklich geworden, Fee“, bemerkte Loki. „Was beschäftigt dich?“

„Deine … Lebensessenz oder was auch immer. Die der anderen Götter fühlt sich mehr oder weniger gleich an, doch deine ist ein wenig anders. Ich schätze, es liegt daran, dass sie alle Brüder sind?“

Seine Hand erstarrte an meinen Haaren. Nur kurz, jedoch so lange, dass mich sein lässiger Tonfall nicht täuschen konnte, als er antwortete.

„Nein, das liegt daran, dass ich kein Gott bin.“

Ich wich zurück und starrte ihn an. „Ha ha, sehr witzig."

„Nein", erwiderte er ruhig. „Es stimmt. Du weißt offensichtlich nicht genug über die nordische Mythologie. Thor, Balder und Hödur sind alle Asen, die rechtmäßigen Einwohner von Asgard. Ich bin ein Riese, der sich dort hineingedrängt hat, indem er sich mit dem Kerl angefreundet hat, der das Sagen hat. Natürlich nehme ich gerne den Titel eines Gottes an, wenn ihn mir die Leute anbieten wollen."

„Oh." Ich schätzte, das erklärte etwas besser, warum diese Reibung zwischen ihm und den anderen bestand, die ich ab und zu bemerkt hatte. Man sollte meinen, sie wären nach all dieser Zeit darüber hinweg.

„Bist du schwer beleidigt?", erkundigte sich Loki. „Du hast gedacht, du hättest dir einen Gott geangelt, doch wie sich herausstellt, ist er gar keiner?"

Ich verdrehte die Augen. „Mir ist scheißegal, wie du dich nennst. Mir war es nur nicht bewusst."

„Das ist gut", sagte er in demselben etwas zu beiläufigen Ton. Dann schlich sich ein natürlicherer Unterton in seine Stimme. „Alle unterschiedlichen Wesen haben ihre eigene Art der Energie. Ich vermute, Freya hat auch eine etwas andere Energie als der Jungsclub ... sie ist eine Wane, keine Ase, obwohl ich dir nicht erklären kann, was die beiden Arten unterscheidet. Menschen sind eine völlig andere Geschichte. Genauso wie Walküren."

Er neigte den Kopf und seine Lippen streiften meine Schläfe. Der flüchtige Kuss schickte ein frisches Kribbeln durch mich hindurch, aber mein Verstand wirbelte bereits in eine andere Richtung. „Und die Energie von Schwarzalben ist auch anders", schlussfolgerte ich.

„Nun, ja. Ich vermute, dieser Faktor wäre hilfreich, wenn wir ihnen nicht nahe sein müssten, um diese Energie wahrzunehmen."

Ich stemmte mich hoch. „Ich muss nicht in der Nähe sein. Ich kann angeblich von überall die Energie einer Schlacht auffangen.“

Ein eifriges Funkeln trat in Lokis Augen. „Worauf willst du damit hinaus?“

Mein Herz schlug schneller. „Ich glaube nicht, dass ich von hier das ganze Land wahrnehmen könnte, geschweige denn die ganze Welt – aber ich könnte umherfliegen. Ich könnte erspüren, wo sich eine Gruppe Schwarzalben aufhält, die am selben Ort erscheint und verschwindet. Als würden sie in dieses Reich kommen und wieder gehen.“

„Durch das Tor!“ Loki krabbelte vom Bett und zog sich seine Kleider in einer beeindruckenden Show aus chaotischer Anmut an. „Du kannst deine Flügel ausruhen. Ich kann schneller durch den Himmel rennen, als dich deine Flügel tragen können. Aufgrund der vielen Aktivitäten der Höhlenbewohner auf dieser Seite des Ozeans denke ich, dass wir nicht die ganze Welt abdecken müssen. Wir können das Land innerhalb einer Stunde absuchen.“

Ich schnappte mir meine Kleider. Meine Aufregung mischte sich mit Beklommenheit. Was, wenn es nicht funktionierte, und ich ihn umsonst durch das ganze Land rennen ließ?

Das hier war jedoch der Grund, aus dem ich zurückgekehrt war. Ich war zurückgekommen, um es zu versuchen. Und möglicherweise auch für superheißen Sex mit einem nicht-ganz-Gott.

„Du wirst mich herumtragen?“, fragte ich und zog meine geliehene Leinenhose an. Ich musst mir wirklich neue Jeans besorgen.

„Das ist nicht die Zeit, um dir Sorgen um deine Würde zu machen“, sagte der Trickster. „Ich kann dich huckepack nehmen. Komm. Wenn wir uns beeilen, können wir mit den guten Neuigkeiten zurückkehren, bevor der Rest dieser Faulpelze auch nur zum Frühstück runterkommt."

Ich eilte hinter ihm her zum Dachfenster. Meine Beine sträubten sich, als er das Fenster aufstieß. „Falls mich die Schwarzalben sehen …"

Er winkte mich zu sich. „Die Illusion, mit der ich dich belegt habe, wird halten, bis ich sie von dir nehme. Niemand wird bemerken, dass du bei mir bist, außer ich zeige dich demjenigen."

„Okay, okay." Ich kletterte hinter ihm durch das Fenster. Er nahm mich in die Arme und auf seinem Rücken huckepack, wie er es gesagt hatte. Ich legte meine Arme um seine Schultern und drückte meine Knie an seine Taille. Daraufhin sprang er in die Luft.

Während er immer höher zum Himmel schoss, wurde mir bewusst, wie er mich so schnell im Club gefunden hatte. Er war nicht direkt hinter mir gewesen. Er hatte die Entfernung einfach viel schneller als ich überwinden können.

Innerhalb von ein paar Atemzügen war er bereits so hoch marschiert, dass sich das gesamte Anwesen unter uns erstreckte. Bei unseren vorherigen Reisen hatte er sich anscheinend zurückgehalten, damit der Rest von uns mithalten konnte.

„Ist hier irgendetwas?", fragte er.

„Zuerst muss ich herausfinden, wonach ich suche", erklärte ich. Ich war zu beschäftigt gewesen, mich nicht von Schwarzalben umbringen zu lassen – oder mir Sorgen darum zu machen, dass Petey getötet werden könnte – dass ich der einzigartigen Eigenschaft ihrer Energie keine Beachtung geschenkt hatte. Doch als ich einatmete und diese Erinnerungen heraufbeschwor, stellte ich fest, dass ich sie fast schmecken konnte. Die Energie pulsierte langsamer und etwas zäher als die der Menschen. Sie fühlte sich leicht ölig an. Ich verzog das Gesicht und sandte meine Sinne aus.

Leben pulsierte überall unter uns: kleine Flecken in den Kleinstädten, eine wilde lebhafte Explosion in New York City vor uns, und alles dazwischen. Ich bemerkte hier und da einen Hauch der öligeren Energie, doch als ich mich darauf konzentrierte, verblasste sie in der Masse aus Menschenleben oder gab mir den Eindruck von nicht mehr als ein oder zwei Gestalten. Keine größeren Gruppen.

„Ich glaube nicht, dass das Tor hier ist", verkündete ich.

„Dann fliegen wir weiter!"

Loki rannte durch den Himmel und viele Meilen blieben mit jedem Schritt hinter uns zurück. Wir verfielen in ein Muster: Er blieb stehen, ich sandte meine Sinne aus und wir zogen weiter. Manchmal spürte ich überhaupt keine Schwarzalben, andere Male gab es nur ein paar wie zuvor. Meine Hoffnung begann, zu sinken. Vielleicht hatten sie eine Möglichkeit gefunden, ihre Präsenz vor meinem Walküre-Bewusstsein zu verbergen.

Loki hielt erneut an und ich öffnete mich der Energie, die unter uns summte. Eine Stadt hier, eine Großstadt dort, weitere Städte, die die hügelige Landschaft sprenkelten – und ein Fleck öliger Energie.

Ich spannte mich auf Lokis Rücken an. Er berührte meine Wade, die an seinem Schenkel ruhte. „Hier?"

„Warte." Nur ein Haufen Schwarzalben reichte nicht. Wichtig war, was sie taten.

Als ich mich angestrengt auf diesen Fleck Leben konzentrierte, verschwanden drei von ihnen, einer nach dem anderen, als wären sie gestorben. Eine Minute später erschienen fünf Neue scheinbar aus dem Nichts. Ein Lächeln breitete sich auf meinem Gesicht aus.

Nicht aus dem Nichts. Aus dem Durchgang zwischen ihrem Reich und unserem.

„Dort", sagte ich, deutete und konzentrierte mich noch stärker auf die Stelle. Wir waren so weit oben, dass die

Ansammlung an Gebäuden, auf die ich auf der Seite eines der einsamen Hügel deutete, wie ein winziger Fleck aussah.

Loki gackerte. „Jetzt haben wir sie."

Ich lachte ebenfalls, als er sich in Richtung Zuhause wandte, und Erleichterung durchströmte mich. Er war an einigen Staaten vorbeimarschiert, als sein Kopf zur Seite zuckte. „Schau nur, wer da ist."

Er hielt an. Eine schwarzgefiederte Gestalt segelte herbei. Die Luft erzitterte und Munin verwandelte sich in ihren menschlichen Körper. Sie behielt lediglich zwei viel größere schwarze Flügel, mit denen sie schlug, um auf einer Höhe mit uns zu bleiben.

„Woher kommst du Loki?", fragte sie und sah nur ihn an. „Du siehst schrecklich zufrieden aus. Hast du etwas herausgefunden?"

„Bloß den genauen Standort des Tors der Schwarzalben", antwortete Loki grinsend. „Wir werden Odin bis zum Abendessen zurückholen."

Ihre Augen wurden groß. „Wo ist es?"

„Hinterland von Kentucky. Ich werde jetzt die Truppe zusammentrommeln, damit wir das Ganze näher in Augenschein nehmen können. Ich vermute, du wirst dich uns anschließen?"

„Natürlich", erwiderte sie.

Ich verlagerte meine Position auf Lokis Rücken, doch ihr Blick verließ nie sein Gesicht. Plötzlich verstand ich. Sie konnte mich nicht sehen. Lokis Illusion verbarg mich auch vor ihr.

„Ich habe womöglich einige Waffen, die ich in die Schlacht mitbringen kann", fuhr die Rabenfrau mit einem dunklen Funkeln in den Augen fort. „Ich werde sie holen und mich so bald wie möglich mit euch treffen."

Loki nickte und sie verwandelte sich wieder in ihre

Rabengestalt. Mit einigen schnellen Flügelschlägen segelte sie davon.

Als Loki weiterlief, ließ sich ein unbehagliches Gefühl in meinem Magen nieder. „Also werden wir geradewegs zu dem Tor marschieren – um es zu durchqueren, gegen die Schwarzalben zu kämpfen und Odin zurückzuholen?“, fragte ich.

„Das scheint die offensichtliche Vorgehensweise zu sein“, stimmte Loki zu. „Was ist das Problem, Fee?“

„Deine Illusion kann sie daran hindern, mich zu sehen. Doch wenn ich mit euch kämpfe, wenn ich sie wie eine Walküre töte … werden sie wissen, dass ich dort bin.“

Und dann würden sie Petey angreifen, wie sie es gedroht hatten.

„Du musst das nicht zu deinem Kampf machen“, sagte Loki.

Er meinte das ernst, genauso wie es die anderen ernst gemeint hatten, als sie gesagt hatten, dass ich zurückbleiben könnte. Es fühlte sich jetzt jedoch genauso wenig nach der richtigen Antwort an wie damals.

„Selbst wenn ihr Odin erreicht, ist es nicht so, als hättet ihr damit die Schwarzalben daran gehindert, in Midgard zu sein, oder?“

„Das stimmt. Wir können eine vollständige Ausrottung nicht rechtfertigen – oder durchführen. Wir sind möglicherweise in der Lage, sie aus diesem Reich zu verbannen, falls wir Hinweise auf ihre Verbrechen finden können, und wenn wir Odins Mächte wieder bei uns haben …“

„Das wird jedoch seine Zeit brauchen“, sprach ich weiter. „Selbst wenn sie nicht mit Sicherheit wissen, dass ich euch wieder geholfen habe, könnte es sein, dass sie Petey einfach aus Boshaftigkeit töten.“

Loki schwieg einen Augenblick lang. „Ich werde nicht leugnen, dass das möglich ist, Ari", sagte er.

Gequält stieß ich den Atem aus. „Was soll ich dann tun? Solange sie wissen, wo sie ihn finden, könnten sie ihm schaden, wann immer sie wollen. Vielleicht haben sie ihm *bereits* wehgetan."

„Nein", widersprach Loki bestimmt und unterbrach meine Panikspirale. „Hödur bewacht ihn. Er kann es mit vielen Schwarzalben aufnehmen – und hätten sie einen Versuch gewagt, hätte er Alarm geschlagen."

Richtig. Ich atmete scharf ein. Ich schuldete dem blinden Gott eine Menge Dankbarkeit das nächste Mal, wenn ich ihn sah. Aber trotzdem …

„Ich kann nicht erwarten, dass ihr alle Petey für immer beschützt", sagte ich. „Oder dass ihr das noch viel länger tut. Ihr müsst alle dort sein, um die Schwarzalben an dem Tor anzugreifen, oder? Und dann werdet ihr nach Asgard zurückkehren."

„Genauso wie du", erinnerte mich Loki sanft, als bräuchte ich diese Erinnerung. Doch selbst wenn ich den Göttern irgendwie ausweichen oder sie überzeugen könnte, mich hier im Menschenreich bleiben zu lassen, könnte ich Petey nicht allein vor der Rache der Schwarzalben schützen. Dieses Wissen ließ sich wie ein Felsbrocken in meinem Magen nieder.

„Ich kann ihn nicht allein lassen", verkündete ich. „Er wird nie richtig sicher sein." Das war er nie gewesen, nicht einmal als dort nur meine Mom und ihre ständig wechselnden Arschloch-Freunde gelebt hatten. Ich konnte Petey wohl schlecht überallhin mitnehmen, oder?

Ich schluckte schwer. Loki berührte erneut mein Bein, als wir über dem Haus nach unten glitten. „Ich denke, du hast bereits deine Antwort. Wir werden deinen Bruder an einen

Ort bringen, wo ihn die Schwarzalben nicht finden können. Und dann kannst du diesen Dreckfressern zeigen, wie der echte Zorn einer Walküre aussieht."

KAPITEL VIERUNDZWANZIG

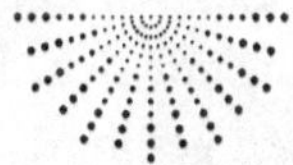

Hödur

Aris Haare raschelten, als sie den Kopf neigte. Auf der anderen Seite der Straße gingen drei Paar Schritte über den Weg zu einem Haus. Die Sonne schien heiß auf uns herab und wärmte die Schindeln des Dachs, auf dem wir kauerten. Die Brise trug den hellen Geruch von Osterglocken aus dem Garten unter uns herauf, doch nichts davon änderte etwas an dem kühlen Schatten, der über der Walküre hing.

Eine kindliche Stimme schallte zu uns. „Was machen wir hier?"

„Wir lernen deine neue Familie kennen", erklärte Balder mit seiner ruhigen Wärme.

Ari stieß schaudernd die Luft aus. „Ist das wirklich die einzige Möglichkeit, wie wir das hier tun können?", fragte sie leise.

Ich wusste, dass sie die Antwort darauf bereits kannte.

„Hätte ich ihm seine Erinnerungen gelassen, hätte er sich verplappert. Er hätte etwas gesagt, was die Leute darauf aufmerksam gemacht hätte, dass die Geschichte nicht stimmt, die wir ihnen aufgetischt haben. In diesem Fall wäre er womöglich wieder bei deiner Mutter gelandet. Sogar ein Erwachsener, der um die Schwere einer Situation weiß, hat Probleme, eine bewusste Lüge zu leben."

„Ja." Sie zog die Beine vor sich. Die Federn ihrer Flügel, die noch in ihrem Rücken gespreizt waren, flatterten leise in der Brise. „Ich dachte immer, dass ich eines Tages einen richtigen Job, ein Haus und alles haben würde, damit ich Moms Sorgerecht anfechten und es gewinnen kann …"

„Du hättest ihm das nicht geben können, nicht so, wie du jetzt bist."

„Nicht als Walküre. Ich weiß." Sie seufzte schwer. „Ich muss mir immer wieder ins Gedächtnis rufen, dass das hier besser ist, als wenn ich einfach gestorben und überhaupt nicht dagewesen wäre, um zumindest das hier für ihn zu tun."

Die Emotion in diesen Worten löste einen leichten Schmerz in meiner Brust aus. Ich hatte gewusst, dass Ari ihren Bruder liebte, seit sie zum ersten Mal von ihm gesprochen hatte. Liebe konnte jedoch oft besitzergreifend und sogar selbstsüchtig sein. Anstatt sich an ihn zu klammern, hatte sie ihren Platz in seinem Leben für sein Wohl aufgegeben.

„Du tust das Richtige", versicherte ich ihr. „Du passt auf die dir bestmögliche Art auf ihn auf. Er hat Glück, dass er eine Schwester wie dich hat."

Ihr nächster Atemzug klang erstickt. Sie rieb mit der Hand über ihre Wange. Sie wischte Tränen weg, wurde mir bewusst. Der Schmerz in mir biss tiefer. Der Drang, sie in die Arme zu nehmen, wuchs in mir seit dem Moment, in dem wir ihr diesen Plan erklärt hatten. Ich wollte sie an mich ziehen, so wie ich es in jener Nacht neulich nicht gewagt hatte – damals hatte ich allerdings erkannt, dass sie das nicht gewollt hätte. Woher sollte ich wissen, dass es jetzt anders war? Das Letzte, was ich wollte, war, sie an den Mann zu erinnern, der sie verletzt hatte.

Also blieb ich, wo ich war.

Die drei Gestalten auf der anderen Straßenseite hatten die Eingangstür des Hauses erreicht. Einer von ihnen – vermutlich Loki – klopfte an. Einen Augenblick später öffnete sich die Tür.

„Oh", sagte die Frau leicht atemlos, die die Tür geöffnet hatte. „Du bist hier. Hallo. Es ist so schön, dich kennenzulernen."

„Dürfen wir reinkommen?", fragte Loki mit so ruhiger Stimme wie üblich, allerdings in einem höheren Ton. Der Trickster hatte sich für diese Rolle in eine kultivierte Dame verwandelt – angeblich war er eine Sozialarbeiterin der örtlichen Kinderschutzbehörde. Wir hatten eine Familie ausgesucht, die auf ein Pflegekind wartete und am besten zu Aris Bruder zu passen schien. Loki hatte anschließend die notwendigen Papiere geändert. Balder kam als sein Assistent mit, um gute Vibes auszustrahlen und den Übergang zu erleichtern.

Meine Aufgabe war es wie immer gewesen, Dunkelheit zu verbreiten. Ich hatte jegliche identifizierenden Erinnerungen aus dem Gedächtnis des kleinen Jungen gelöscht. Außerdem hatte ich die Erinnerung an ihn aus allen Köpfen in der Großstadt gelöscht, in denen sie vorhanden war: die Mutter, die zugelassen hatte, dass er angegriffen worden war, der Lebensabschnittspartner, der tätlich geworden war, die Schwarzalben, die in den Schatten gelauert hatten, die Lehrer und Freunde, die sich möglicherweise nach ihm erkundigt hätten. Keiner von ihnen würde jetzt daran denken, nach ihm zu suchen.

Ich konnte nicht jeden einzelnen Schwarzalb erreichen, der womöglich von der Drohung gewusst hatte, doch wir hatten ihn in eine Großstadt in Kanada gebracht, wo Lokis Computer keinerlei Hinweise auf ihre Aktivitäten gefunden hatte. Die Wahrscheinlichkeit, dass sie zufällig über ihn stolperten und ihn erkannten, war gering.

Er war in Sicherheit. Und er hatte keine Ahnung, dass er jemals eine Schwester gehabt hatte, geschweige denn eine, die gewillt war, so viel für ihn zu opfern.

„Mir geht es gut", verkündete Ari plötzlich. Ihre Stimme klang nicht mehr tränenerstickt.

„Das weiß ich", erwiderte ich, da ich das Gefühl hatte, dass sie das hören musste. Und ich zweifelte nicht daran, dass es ihr gut gehen würde. Sie war auf allerlei Arten schrecklich widerstandsfähig, unsere Walküre.

Die Tür des Hauses öffnete und schloss sich wieder. Nur zwei Paar Schritte kamen den Weg entlang. Und sie hatten sich anscheinend wieder unsichtbar für sterbliche Augen gemacht, weil Loki kurz darauf zu uns geflogen kam.

„Alles ist in Ordnung", berichtete er. „Er schien sofort mit den Pflegeeltern warm zu werden." Stoff raschelte und mir wurde bewusst, dass seine Hand Aris Schulter drückte. „Du hast diese Schlacht gewonnen, Fee."

Sie bewegte sich und lehnte sich in seine Berührung. Nur kurz, doch es reichte, um den Schmerz in meiner Brust in einen Splitter der Eifersucht zu verwandeln. Seit wann waren die beiden so vertraut miteinander?

„Ich will noch etwas länger bleiben", sagte Ari. „Dann können wir diesen Schwarzalben in den Arsch treten."

Loki gluckste. „Wir werden die Vorbereitungen auf *diese* Schlacht beenden."

„Kommst du, Bruder?", fragte Balder.

Ich schüttelte den Kopf. „Ich werde mit der Walküre zurückkehren."

Nachdem sie gegangen waren, streckte Ari ihre Beine wieder aus und stützte sich nach hinten auf ihre Hände, wobei das Dach leise knarzte. „Du musst nicht bleiben", meinte sie. „Ich habe das alles nicht durchgezogen, um es jetzt zu vermasseln, indem ich etwas Dummes mache. Ich … will ihm nur noch ein Weilchen nahe sein."

„Ich mache mir keine Sorgen darüber, dass du etwas Unüberlegtes tun wirst", erwiderte ich. „*Willst* du allein sein?"

Sie hielt inne. „Nein", gab sie zu. „Nicht wirklich."

Wir saßen eine Weile schweigend da. Jede Bewegung, die sie machte, sandte ein Echo durch mich hindurch. Ich musste noch etwas sagen.

„Es tut mir leid."

Ihr Kopf fuhr mit einem Zischen ihrer Haare herum. „Was tut dir leid?"

„Dass ich angedeutet habe, du seist egoistisch. Und dass … ich von Anfang an hart mit dir ins Gericht gegangen bin. Ich kann zugeben, dass ich dich falsch eingeschätzt habe. Loki hat dieses eine Mal eine gute Wahl getroffen, als er dich ausgewählt hat."

Sie schwieg so lange, dass ich schon dachte, ich hätte sie unbeabsichtigt noch mehr beleidigt. Dann sagte sie in einem Ton, der auf ein Lächeln hinwies: „Okay. Entschuldigung angenommen. Und es ist gut, dass du so empfindest, denn es macht den Anschein, als hättet ihr mich jetzt am Hals."

„Ist das etwas Schlimmes?", fragte ich.

„Nein, vielleicht nicht. Ich meine, angesichts der Alternativen … Danke, dass du für Petey da warst und diesen Plan in die Tat umgesetzt hast."

„Ich weiß, wie wichtig er dir ist. Du hast ihn nicht im Stich gelassen."

„Ja." Sie rieb mit einer Hand über ihren Mund. „Jetzt, da du all meine tragischen Geheimnisse kennst, denkst du, dass du mir eines Tages deine rührselige Geschichte erzählen wirst? Das erscheint mir nur fair."

Mein Mundwinkel zuckte nach oben, obwohl sich mein Magen verknotete. „Ich weiß nicht. Nicht jetzt. Vielleicht eines Tages."

„Nun, wann immer du bereit bist, ich bin bereit, deinetwegen auszuflippen."

Ich schnaubte, die Worte weckten jedoch den vorherigen Schmerz. Ich hatte das Gefühl, dass sie ausflippen würde, wenn ich es zuließ. Allerdings hatte ich das bisher nicht einmal mir selbst erlaubt.

Es war jedoch erleichternd, zu wissen, dass ich jemanden hatte, der mit mir schreien würde, sollte ich jemals das Bedürfnis danach verspüren.

Ohne mich an dem Moment zweifeln zu lassen, schob ich meine Hand über die Schindeln, bis meine Finger Aris streiften. Ich packte sie sachte. Sie zog sie nicht weg.

„Eines Tages", wiederholte sie und zögerte. „Ich habe mit Loki geschlafen."

Eine kribbelnde Empfindung durchfuhr mich vom Kopf bis zu den Zehenspitzen. Mein Rücken spannte sich an, aber ich schaffte es, ihre Hand weiterhin locker festzuhalten und mit ruhiger Stimme zu sprechen. „Warum erzählst du mir das?"

„Nun, ich bin mir sicher, du wärst sowieso bald dahintergekommen. Und ich habe mich irgendwie gefragt, ob es eine Rolle für dich spielt."

„Es geht mich nichts an", antwortete ich und fragte mich, wie viel von meiner Reaktion sie bereits lesen konnte. „Wenn du mit ihm auf diese Weise zusammen sein willst, werde ich nicht urteilen." Jedenfalls nicht über sie. Bei Loki verhielt es sich anders. Ich konnte mir etwas öfter als üblich vorstellen, wie ich ihn erwürgte.

Sie summte leise. „Die andere Sache ist, dass es nicht nur

um ihn geht. Ich fühle mich mit euch vieren verbunden. Ich dachte, dass es vielleicht weggehen würde, wenn ich dieses Verlangen gestillt habe … wenn überhaupt spüre ich es jetzt jedoch stärker. Bei euch allen."

„Wir haben dich gerufen", entgegnete ich, glaubte allerdings nicht, dass es die Gefühle abdeckte, von denen sie sprach. Die Wahrheit war, dass ich immer stärker etwas Ähnliches spürte. „Ich glaube, auf eine merkwürdige Art brauchten wir dich alle. Oder jemanden wie dich."

„Merkwürdig, hm?"

„Nun, ich meine …" Ich wusste nicht, wie ich mich aus dieser Sache herausreden konnte. Ich entschied mich für die Wahrheit. „Du bist nicht so, wie eine Walküre unserer Meinung nach sein sollte. Wir haben uns eindeutig geirrt. Lange Zeit waren nur wir fünf zusammen und Odin, wenn er zwischen seinen Wanderungen da war. Ich bin mir nicht sicher, ob das für alle gut war."

„Also bist du froh, dass ich hier reingeschneit bin und alles durcheinandergebracht habe?"

„Das kann man so sagen."

„Gut." Sie lachte zittrig. „Weißt du, ich habe in den letzten fünf Jahren mit einigen Kerlen geschlafen. Aber du bist die erste Person, vor der ich geweint habe, seit ich zwölf Jahre alt war. Also … du kannst entscheiden, ob das eine weniger zählt als das andere."

Ich drehte ihr den Kopf zu. Ich konnte sie nicht sehen, nein, aber ihre Gestalt hätte nicht schärfer vor meinem inneren Auge sein können. Der Schmerz breitete sich bis an die Ränder meines Brustkorbs aus, war in diesem Moment jedoch nicht besonders schmerzhaft.

Vielleicht war ich ebenfalls etwas, was sie gebraucht hatte. Etwas, was sie noch immer brauchte.

Ich hob meine Hand, um ihre Wange zu berühren. Sie legte ihre Hand auf meine Finger und drückte sie. Dann neigte sie ihren Kopf und gab meiner Handfläche einen sanften Kuss.

Mein Puls zitterte wegen der Empfindungen, die durch meinen Arm schossen, und ich bewegte mich, ohne nachzudenken. Meine Finger glitten in die Wogen ihrer Haare, als ich sie für einen richtigen Kuss zu mir zog.

Es war lange her, seit ich jemanden geküsst hatte. Leidenschaftliche Liebschaften waren nicht so sehr meins. Mein Mund schien allerdings ganz genau zu wissen, wie er sich auf Aris bewegen musste, um ein lustvolles Beben durch meinen Körper zu senden und ihrer Kehle ein wohliges Raunen zu entlocken.

Sie erwiderte den Kuss und ihre Hand legte sich an meinen Hals. Die Schatten in mir regten sich in Harmonie mit der dunklen Macht, die in ihrem Geist enthalten war, doch sie war nicht nur dunkel. Keineswegs. Ein so strahlendes Licht wie die Sonne, all die Wärme und der Elan, die sie ebenfalls verbreiten konnte, wanden sich durch diese Dunkelheit. Unsere dunkle Walküre war voller Licht.

Als ihr Mund von meinem glitt, tat sie das nur, damit sie ihren Kopf an meine Schulter lehnen konnte. Sie packte meine Hand wieder.

„Ich schätze, wir sollten besser gehen. Diese Schlacht wird sich nicht von allein kämpfen."

„Nein, so praktisch das auch wäre."

„Der Rest … wir können das alles danach klären, stimmt's?"

Sie sagte es lässig, spannte sich jedoch zugleich an, als wäre sie sich meiner Antwort nicht sicher. Als könnte ihr die falsche Antwort wehtun.

Ich besaß hier ebenfalls Macht.

Ich drückte ihre Hand und senkte meine Stimme. „Ich gehe nirgendwo hin."

Das schien die richtige Antwort zu sein. Ihr Körper

entspannte sich. Sie rappelte sich auf und drehte sich noch einmal zu dem neuen Zuhause ihres Bruders um.

„Werde glücklich, Petey", sagte sie und blies einen Luftkuss in Richtung des Hauses. Dann wirbelte sie herum.

„Lass uns losfliegen."

KAPITEL FÜNFUNDZWANZIG

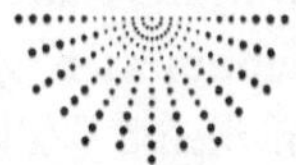

Ari

Wir hielten an und schwebten einige Meilen entfernt von der Stadt, in der sich das Tor der Schwarzalben befand – falls man es überhaupt eine Stadt nennen konnte. Ich konnte nur einige Dutzend Holzgebäude erkennen, die alle in ziemlich schlechtem Zustand waren. Ein paar Dächer waren eingestürzt, andere hingen durch. Unkraut wuchs überall auf der Schotterstraße.

Die kleinen, stämmigen Gestalten der Schwarzalben bewegten sich hier und da zwischen den Gebäuden, aber ich sah keine Leute. Ich konnte nichts als die träge, ölige Energie spüren, die die Alben ausstrahlten.

„Ich glaube, hier hat schon seit langer Zeit kein Mensch mehr gelebt", verkündete ich.

„Eine Geisterstadt", sagte Thor und schlug erwartungsvoll mit dem Hammer auf seine Handfläche. „Ein so guter Platz für das Tor wie jeder andere."

„Ich sehe kein Tor", meinte Munin und legte den Kopf auf ihre vogelartige Weise schief.

„Es ist dort." Freya deutete zu einer Baumgruppe auf der Hügelseite. Ihr Mund verzog sich. „Ich kann die Kälte der Höhlen sogar von hier spüren."

Loki drehte seinen gebogenen Dolch in der Luft und grinste scharf. „Dann auf in die Kälte."

Ich hielt mein Klappmesser griffbereit, würde mich jedoch hauptsächlich auf meine Walküre-Fähigkeit verlassen, anderen die Lebensenergie zu rauben. Hödur hatte bereits Schatten um sich herum versammelt, die sich um seine schlanken Arme und kräftige Brust wanden. Balder stand auf dem leuchtenden Magiefleck bereit, der ihn hierhergetragen hatte, wie immer das Gegenteil seines Zwillings.

„Zu dem Tor zu gelangen, sollte der leichte Teil sein", erinnerte uns Freya. Die Göttin der Liebe und des Kriegs sah so atemberaubend wie eh und je aus, in ihren Augen funkelte allerdings ein wildes Licht, mit dem ich es nicht aufnehmen wollte. Sie trug ein Kurzschwert, obwohl ich wusste, dass sie vorhatte, hauptsächlich mit ihrer Magie zu kämpfen. „In den Höhlen werden wir angreifbarer sein. Wir durchqueren sie so schnell wie möglich, suchen Odin und verschwinden wieder. Wir halten nicht für irgendwelche ausgefallenen Dinge an."

Sie sah niemand Bestimmtes an, aber Loki legte in gespielter Empörung eine Hand aufs Brustbein. „Kein Grund, an mir zu zweifeln. Ich werde sauber und schnell töten."

„Sind wir bereit?", fragte Thor mit seiner tiefen Stimme.

Ich holte tief Luft und nickte mit den anderen. Ich wusste noch immer nicht, was die Markierungen bedeuteten, die die Schwarzalben im ganzen Land hinterlassen hatten, doch das war auch nicht nötig. Sie hatten den Göttervater entführt, meinen kleinen Bruder bedroht und sie hätten mich beinahe bei der erstbesten

Gelegenheit getötet. Nein, ich würde nicht die kleinsten Gewissensbisse verspüren, weil wir uns heute einen Weg durch ihre Mitte kämpfen würden.

„Balder?", fragte Freya.

Der helle Gott hob seine Hände. Seine muskulösen Schultern spannten sich an. „Auf deinen Befehl."

Wir tauchten so schnell zu der Geisterstadt hinab, dass der Wind in meinen Ohren kreischte. Unter uns erklang auch ein Kreischen, als die Illusion verpuffte, die uns verborgen hatte, und uns ein Schwarzalb entdeckte.

„Jetzt!", brüllte Freya.

Balder schleuderte seine Arme mit aller Kraft nach vorne und eine sengende Lichtwoge fegte vor unserer Gruppe her. Sie zischte durch jedes Gebäude und jeden Körper, warf die Schwarzalben flach auf ihre Rücken und brannte ihre Augen schwarz. Diese Farbe passte viel besser zu ihrer Persönlichkeit.

Wir rasten an ihnen vorbei durch die Bäume, wo Freya das Tor gespürt hatte. Die Öffnung war nichts als ein breiter Spalt in dem felsigen Berghang, aus dem jedoch eine gruselige Energie kam und über meine Haut wehte. Was sich auf der anderen Seite befand, war überhaupt nicht irdisch.

Wir rannten, ohne zu zögern, in den Spalt, wobei Freya und Thor die Spitze bildeten. Ich stürzte in erdrückende schwarze Dunkelheit, die mich in einer schummrigen, feuchten Höhle ausspuckte wie der, zu der mich die Tür in Walhalla geführt hatte.

Thor rannte bereits weiter, brüllte vor Wut und schwang seinen Hammer. Freyas Magie durchschnitt scharf und summend die Luft. Die wenigen Schwarzalben, die in der Nähe des Tors gewesen waren, als die beiden Götter erschienen waren, lagen zusammengebrochen an den Wänden.

Ich rannte zusammen mit den anderen hinter ihnen her.

Unsere Gruppe platzte aus dem Durchgang in eine breitere Höhle.

Eine Horde Schwarzalben kam auf uns zugeeilt, die Zähne gebleckt und mit zischenden Messern. Balder schleuderte ihnen weitere Lichtblitze entgegen, seine Macht schien hier jedoch gedämpft zu sein und ihr Widerstand stärker. Thors Hammer sang durch die Luft. Mit jedem Schlag, zu dem er ausholte, strömten weitere Alben herbei. Loki schlug mit seinem Dolch schnell und scharf zu, wie er es versprochen hatte, und Flammen leckten an seiner anderen Hand.

Wo zur Hölle war Odin? Mehrere Öffnungen zweigten von der größeren Höhle ab und alle lagen in Schatten. Ich segelte über die Albenarmee und schnappte mir mit jedem Flügelschlag ein Beben Lebensenergie, doch Unbehagen stieg in meinem Magen auf. Wir waren verloren. Etwas fehlte.

Ich hätte das Gefühl nicht beschreiben können, konnte es allerdings auch nicht abschütteln.

Dann schrie Munin auf, die in einem Kreis an den Wänden des Raums entlanggeflogen war. Sie deutete mit ihrem Messer. „In diese Richtung! Der Göttervater ist in dieser Richtung!"

Die Götter drängten als Gruppe vorwärts, schlugen und schnitten sich einen Pfad zu dem Gang, auf den sie gedeutet hatte. Ein Schwarzalb durchschnitt einen von Hödurs Schatten, doch ich packte seine Haare und sein Leben mit einer Hand. Hödur zielte mit einem weiteren Hieb Dunkelheit auf eine Albe, die sich auf meine Flügel stürzte. Ich tauchte an ihm vorbei und streifte dankbar seine Schulter, gerade rechtzeitig, um zu sehen, dass sich ein Schwarm unserer Angreifer auf Thor stürzte.

Er schlug mit seinem Hammer nach ihnen, Blut schimmerte dort, wo die Klingen in seinen Schenkel und Rücken schnitten. Ich warf mich nach vorne und griff nach den Alben, die sein Schlag nicht erreichen konnte. Mein Arm stieß gegen Thors muskulösen Körper, aber einer der Angreifer brach zusammen, bevor er sein Messer noch tiefer rammen konnte. Den anderen trat ich in den nächsten Schwung des Hammers.

Der Donnergott fing meinen Blick für einen warmen Moment auf. Elektrizität knisterte in seinen Augen und sein Gesicht war von der Hitze des Gefechts gerötet, dennoch nickte er kurz dankbar.

Ich hatte keine Zeit, diesen flüchtigen Augenblick des Danks zu genießen. Als wir uns weiter in den schmalen Gang drängten, griffen uns die Alben in einem hektischen Tempo an. Ich konnte die Wesen nicht fest genug packen, um ihnen ihr Leben zu entreißen. Mehrere Minuten lang, in denen mein Herz wie wild hämmerte, beschränkte ich mich hauptsächlich darauf, mit meinem Klappmesser zuzustechen und mit meinen Ellenbogen und Knien auszutreten. Es spielte keine Rolle, ob sie lebten oder starben, solange ich sie von uns fernhalten konnte.

Ein feuchtkalter Geruch legte sich um uns, durchzogen von einem Hauch Verwesung, wie ich ihn zuvor in den Höhlen gerochen hatte. Wir bogen in einen anderen Gang und noch einen, wobei Munin den Weg anführte. Das unbehagliche Gefühl in mir sank immer tiefer. Uns *entging* hier etwas. Ich war mir sicher. Aber ich wollte verdammt sein, wenn ich wüsste, was es war.

Vielleicht war der Eindruck nur irgendeiner hinterhältigen Magie der Alben zuzuschreiben. Keiner der Götter schien irgendetwas Ungewöhnliches zu bemerken.

Wir stolperten in eine andere große Höhle und die Rabenfrau stieß einen Siegesschrei aus. Dort saß er: der Göttervater, die hochgewachsene, bärtige Gestalt, die ich in einer Erinnerung gesehen hatte, die nicht meine gewesen sein konnte, während ich seinen Thron in Walhalla betrachtet hatte. Die Schwarzalben hatten ihm allerdings keinen Thron gegeben. Ketten waren um seinen Körper gewickelt und banden ihn an den Felsen, an dem er lehnte. Sein Kopf hing tief nach unten, er war mit Blutergüssen und Blut übersät. Ich glaubte nicht, dass er überhaupt bei Bewusstsein war.

Freyas Stimme erklang abgehackt und wütend. Sie fegte nach vorne und ihr Schwert funkelte zusammen mit ihrer Magie, die die Luft durchschnitt. Thor rannte hinter ihr her. Er rammte seinen Hammer gegen die Seite des Felsens, wo eine der Ketten verlief, und der Stein sowie das Metall zersplitterten.

Loki schnellte nach vorne, um Odin aufzufangen, als sich die Fesseln lockerten und der Göttervater nach vorne sackte. Der Trickster scheuchte Thor davon und forderte ihn mit einer Geste dazu auf, weiterhin seinen Hammer zu schwingen. Balder glitt durch das Chaos, um das Gewicht seines Vaters auf der anderen Seite zu stützen. Ein heilendes Leuchten sickerte von ihm in die zusammengebrochene Gestalt, als wir uns wieder in die Richtung wandten, aus der wir gekommen waren.

Mein Herz hämmerte panisch, jedoch beinahe freudig. Jetzt mussten wir nur noch von hier verschwinden. Wir mussten zurück in die Sonne und frische Luft. Ich konnte sie fast vor uns schmecken.

Odin zu finden, hatte die Laune der Götter gehoben. Lokis Flammen zischten durch die Schwarzalben und Hödurs Schatten peitschten ihnen hinterher, wodurch unsere Angreifer in alle Richtungen verstreut wurden. Sie kämpften sich mit neuer Geschwindigkeit vorwärts und ich stellte fest, dass ich die Nachhut unserer Gruppe bildete. Ich stach mit meiner Klinge aus und schnappte mir eine Lebensenergie, als uns die restlichen Schwarzalben verfolgten.

Wir hatten gerade wieder die erste gewaltige Höhle betreten und es lagen nur noch sie sowie ein Tunnel zwischen uns und dem helleren Reich vor uns, als ein Lachen das Grunzen und die Kampfgeräusche durchschnitt. Mein Körper wurde stocksteif und meine Flügel hielten mitten im Schlag inne.

Das war Peteys Lachen.

Der Laut, der fröhlich hätte sein sollen, klang hier erschreckend. Er hallte von den Höhlenwänden wider, erhob sich und dehnte sich aus, als ein anderer Alb den Laut aufnahm und noch einer und noch einer. Plötzlich wirkte es, als würde Peteys Lachen von allen Seiten auf mich einprasseln, aus hundert Mündern.

Sie erinnerten mich an ihre Drohung. Erinnerten mich daran, was sie mit ihm tun würden, wenn sie ihn fanden. Hödur hatte versprochen, dass er die Erinnerungen all der Schwarzalben löschen würde, die in der Nähe Wache gehalten hatten, doch es gab offensichtlich noch viele andere, die Bescheid wussten.

Panik erfasste meine Brust. Ich trat nach einem Schwarzalb, der meinen Knöchel gepackt hatte. Die Bewegung fühlte sich jedoch schwerfällig an, als würde ich mich in Wasser bewegen.

Sie würden ihn angreifen. Sie würden Petey holen und mit diesen packenden Händen und knirschenden Zähnen an ihm reißen. Wie konnte ich denken, wie konnte ich kämpfen …?

Mein panischer Blick huschte durch den Raum und traf Lokis. Sein Arm war noch um Odin gelegt und sein Dolch schlitzte die Angreifer um ihn herum auf, doch er begegnete meinem Blick und formte mit den Lippen zwei Worte.

Sie lügen.

Er konnte das nicht wissen. Er konnte gar nichts darüber wissen, was gerade mit Petey passierte oder später passieren würde. Dennoch stieg Entschlossenheit in mir auf und durchbrach die Panik.

Ich wusste es. Ich wusste, dass die Götter alles in ihrer Macht Stehende für Petey getan hatten und weiterhin auf ihn aufpassen würden, nachdem wir von hier entkommen waren. Ich vertraute darauf, dass, wenn ihn etwas schützen konnte, es der Plan war, den wir bereits ins Rollen gebracht hatten.

Und um das sicherzustellen, *mussten* wir entkommen.

Ich stieß selbst einen Schrei aus, der rau vor Zorn war. Meine Walküre-Kräfte schossen durch meine Adern. Jetzt war nichts mehr an ihnen furchteinflößend. Es war die pure Kraft, die durch mich floss.

Als ich mit meiner Messerhand ausholte, fuhr ein Blitz durch mehrere Albenkörper und warf sie um. Ich flog von einer Seite zur anderen, durchschnitt Kehlen mit einem Ruck meiner Klinge und ließ zu, dass die angestaute Dunkelheit in mir einem anderen Angreifer das Leben nahm. Meine Flügel schlugen mit erneuter Energie in der Luft. Mein Körper bewegte sich schneller denn je, der verzauberte Hammer sauste Funken sprühend durch die Luft, Lokis Flammen tanzten – und die Schwarzalben fielen zurück. Sie blieben stolpernd zwischen den Leichen stehen und ließen uns gehen.

Thor schlug einen Pfad durch eine weitere Woge Angreifer auf unserem Weg durch die letzte Höhle. Freya kassierte einen Schlag ins Gesicht, bei dem ihre perfekten Lippen aufplatzten. Doch wir schafften es. Wir schleppten uns mit einer letzten Kraftanstrengung vorwärts, stolperten in das Tor, durch die Schwärze dahinter und auf das weiche Gras im warmen Sonnenlicht.

KAPITEL SECHSUNDZWANZIG

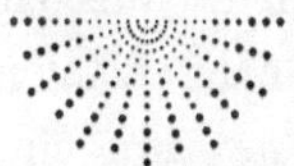

Ari

Odin taumelte, als seine Füße den weichen Boden berührten. Die Götter umringten ihn sofort. Munin packte den Arm des Göttervaters und sah mit hoffnungsvollen Augen zu ihm auf. Loki schlug ihm liebevoll, jedoch vorsichtig auf den Rücken.

„Bring uns nach Hause, Bruder. Bevor diese Höhlenbewohner beschließen, uns hier draußen zu verfolgen.“

Der Göttervater nickte ohne ein Wort. Er richtete sich auf und hob seine Arme zum Himmel. Licht schoss aus seinen Händen in die Wolken wie ein breiter flammender Regenbogen. Das Licht brannte schärfer und klarer, bis ich keinen Zweifel mehr daran hegte, dass es meine Füße tragen würde.

Thor gab einen triumphierenden Laut von sich und marschierte los. Loki und Balder folgten ihm, wobei sie Odin nach wie vor stützten. Freya und Munin hielten sich dicht an seine Seiten. Die Schritte des Göttervaters wurden steter, als er begann, die leuchtende Brücke zu erklimmen.

Ich blickte zurück zum Tor, sah jedoch keine Spur von den Schwarzalben. Mein Körper zitterte und schüttelte die Anspannung der Schlacht ab.

Wir hatten gewonnen. Wir hatten Odin gerettet und vielleicht könnte er uns bald erzählen, was seine Feinde noch geplant und warum sie ihn eingesperrt hatten. Dann könnten wir sie erneut besiegen. Doch obwohl sich der Großteil von mir plötzlich zehnmal leichter fühlte, schlug mein Herz schwer in meiner Brust.

Das war alles wahr, aber ich ließ auch mein echtes Zuhause zurück. Es gab hier zwar nicht viel, was ich vermissen würde, und auch keinen Platz mehr für mich, es war jedoch *mein* Zuhause gewesen.

Petey war hier mit der Familie, zu der wir ihn heimlich gebracht hatten. Der letzte Blick, den ich auf ihn erhascht hatte – seine blonden Haare, die durch die Tür des Hauses verschwunden waren – flackerte vor meinem inneren Auge auf und ein Kloß füllte meine Kehle. Ich könnte stattdessen zu ihm gehen. Ich könnte auf die ein oder andere Art dort sein …

Nein. Meine Hände ballten sich an meinen Seiten zu Fäusten. Wir hatten Odin von den Schwarzalben zurückgeholt, aber sie waren noch immer hier. Sie erinnerten sich noch an Petey und mich. Ich konnte ihn nicht noch einmal in Gefahr bringen.

Hödur hatte angefangen, den anderen zu folgen, hielt allerdings inne und drehte sich zu mir um. „Walküre?", fragte er.

Seine Aufmerksamkeit fühlte sich nicht mehr wie eine Forderung an. Ich wusste, dass ich gehen musste, zumindest fürs Erste. Ausatmend setzte ich einen Fuß und dann den anderen auf den funkelnden Bogen. Das fühlte sich auch nicht richtig an.

Wenn ich eine Walküre sein würde, konnte ich genauso gut wie eine fliegen.

Ich schwang mich ein Stück in die Luft und flog den anderen hinterher. Hödur ging mit einem kleinen, jedoch sanften Lächeln weiter. Als ich das sah, verringerte sich der Druck in meiner Brust ein wenig.

Ich würde einen Platz unter Göttern und Riesen finden, den ich womöglich irgendwann den meinen nennen konnte. Es gab in meiner Zukunft eine Menge, worauf ich mich freuen konnte.

Die Landschaft unter uns verschwamm und verblasste, sodass wir nur noch von blauem Himmel umgeben waren. Ein goldener Bogen kam vor uns in Sicht. Bei diesem Anblick beschleunigten alle ihre Schritte. *Asgard*, dachte ich mit einem vorfreudigen Kribbeln.

Wir traten durch den Bogen auf einen gewaltigen Platz, der mit Marmorfliesen ausgelegt war. Ein glänzendes Steingebäude, das so lang wie ein Fußballfeld sein musste, erstreckte sich zu unserer Rechten – Walhalla, vermutete ich. Irgendwie rief es von außen nicht die gleiche Ehrfurcht in mir hervor, wie es das getan hatte, als ich die Halle durchquert hatte. Es war jedoch nach wie vor beeindruckend.

Kleinere – aber nicht unbedingt winzige – Steingebilde standen weiter weg hinter einem epischen Springbrunnen, über den ein Dutzend schimmernde Wasserfälle plätscherten. Eine warme Brise, die so süß wie Honig roch, zerzauste die Federn meiner Flügel.

„Oh!“, rief Thor und streckte seine Arme aus. „Es tut gut, zurück zu sein.“

„Alles sieht in Ordnung aus“, stellte Balder lächelnd fest.

„Es kann kaum etwas mit dem Ort passieren, wenn ihn

niemand erreichen kann“, bemerkte Loki. „Aber es ist schön, zu sehen, dass Ari keine wilden Partys gefeiert hat, während sie das alles für sich hatte.“ Er zwinkerte mir zu.

„Wir müssen ein Haus für dich aussuchen“, meinte Freya und sah mich an, während sie mit der Hand über die Schläfe ihres Ehemannes strich. „Es besteht kein Grund, aus dem du deine Zeit in der leeren Kriegshalle verbringen musst. Es gibt einige verfügbare Unterkünfte ... Wir werden eine kleine Führung mit dir machen und du kannst dein Lieblingsgebäude aussuchen.“

„Das klingt ... das klingt wirklich gut“, erwiderte ich und stellte fest, dass ich sie anlächelte.

Odins Kopf zuckte beim Klang meiner Stimme zur Seite. Thor nahm seinen Arm und grinste mich warm an.

„Du hast unsere neueste Walküre noch nicht richtig kennengelernt, Odin. Sie hat dir bereits Ehre erwiesen.“

Der Göttervater neigte sich leicht zur Seite, als er sich zu mir umdrehte. Zuvor hatte ich gedacht, dass eines seiner Augen zugeschwollen war, jetzt erkannte ich jedoch, dass es von einer wulstigen Narbe verschlossen wurde. So wie es aussah, war es eine alte Narbe und vermutlich nichts, was ihm die Schwarzalben angetan hatten, angesichts dessen, dass niemand eine Bemerkung dazu gemacht hatte.

Sein anderes Auge wanderte unsicher über mich. Seine Schultern hingen noch immer herab. Das unbehagliche Kribbeln, das ich bereits in den Höhlen gespürt hatte, durchlief mich erneut. Die Alben hatten ihm ganz schön zugesetzt, aber sollte er sich jetzt nicht erholen, da er zu Hause war? Er war ein Gott wie die anderen. Balder hatte ihm seine Heilenergie geschenkt.

„Wir konnten dich nur mit ihrer Hilfe finden“, erklärte Hödur Odin auf seiner anderen Seite. „Wir haben sie nach Walhalla geschickt und sie ist Yggdrasils Pfad gefolgt, um herauszufinden, wer dich festhielt.“

Das Kribbeln vertiefte sich und Kälte sickerte durch meine Haut. Ja. Ich war Odins Ruf zu der anderen Tür und zu den Höhlen gefolgt. Dort draußen hatte ich ihn spüren können, den Gott aller Walküren.

Jetzt konnte ich nichts Derartiges fühlen, obwohl er nur anderthalb Meter entfernt von mir stand.

Loki war zu uns geschlendert. Sein Blick glitt von mir zu Odin und ein Schatten huschte durch seine Augen. Er drehte sich einmal im Kreis.

„Wohin ist dieser Rabe verschwunden?"

Munin musste sich davongestohlen haben, während alle ihre Erleichterung darüber genossen hatten, zu Hause zu sein. Sie interessierte mich allerdings nicht. Wichtig war der Gott vor mir.

Ich trat näher an Odin heran und legte meine Hand auf seine. Wärme summte unter seiner Haut, meine Walküre-Sinne reichten jedoch tiefer. Auf meiner Suche traf ich auf das Pulsieren einer Energie: eine schwache, kühle Energie, die mir Gänsehaut über den Rücken jagte.

Es fühlte sich nicht wie das warme Leuchten der anderen Götter an. Es fühlte sich kaum *lebendig* an.

Ich riss meine Hand zurück. „Das ist nicht Odin."

Alle auf dem Platz versteiften sich. Freya runzelte die Stirn und berührte sachte Odins Schulter. „Liebster?"

„Vater? Haben dir die Schwarzalben etwas angetan?", fragte Balder und sein glattes Gesicht legte sich vor Sorge in Falten.

Odin begann, zu zittern. Seine Haare bröckelten, dann sein Schädel und kurz darauf zerfiel sein gesamter Körper zu einem Haufen Asche. Innerhalb eines Atemzugs war die Gestalt, die wir für den Göttervater gehalten hatten, verschwunden.

Freya kreischte und presste sich die Hand auf den Mund. Ihre andere Hand schloss sich fest um ihr Schwert. Thor stieß ein Knurren aus, hob den Hammer und suchte den Platz nach einem Feind ab, den er angreifen konnte. Lokis Blick glitt ruhiger über unsere Umgebung und sein Mund verzog sich zu einem harten, flachen Strich.

„Nur Odin kann die Brücke nach Asgard öffnen", sagte er. „Wenn das nicht Odin ist ... wo in den neun Reichen sind wir dann?"

ÜBER DEN AUTOR

Eva Chase ist eine Amazon Top 100-Bestsellerautorin für Urban Fantasy und paranormale Liebesromane. Sie ist mit Magie, Chaos und Herzschmerz aufgewachsen und bringt alle drei Elemente in ihre Geschichten ein. Aber keine Angst vor dem gefürchteten Liebesdreieck - Evas Heldinnen müssen sich nie entscheiden. Online findet man sie unter www.evachase.com.

www.ingramcontent.com/pod-product-compliance
Lightning Source LLC
Chambersburg PA
CBHW021043310726
48969CB00006B/1786